황순원

별

Published by MINUMSA

The Stars and other stories
Copyright © 2005 by Hwang Sun-won
All rights reserved.
Printed in Seoul, Korea.

For information address Minumsa Publishing Co.
506 Shinsa-dong, Gangnam-gu, 135-887.
www.minumsa.com

First Edition, 2005

ISBN 89-374-2002-3(04810)

오늘의 작가총서 2

황순원

별

민음사

차례

늪 · 7

별 · 23

기러기 · 38

독 짓는 늙은이 · 50

아버지 · 62

목넘이 마을의 개 · 71

곡예사 · 102

학 · 122

산(山) · 129

소리 그림자 · 165

마지막 잔 · 174

나무와 돌, 그리고 · 199

작품 해설 순수성과 서정성의 문학, 또는 문학적 완전주의 / 김종회 · 205
작가 연보 · 216

늪

 태섭은 어떤 전문학교 강사로 있는 친구의 부인의 소개로 소녀의 가정교사 일을 맡게 되었다. 친구 부인이 돌아가자 소녀의 어머니는 태섭더러 어떻게 그 부인을 잘 알며 언제부터 아느냐는 말을 꺼내었다. 태섭이가 친구의 부인이라고 하였더니 소녀의 어머니는 애 셋이나 둔 여자가 머리를 잘라 지지고 옥색 저고리를 입고 다니는 것을 어떻게 생각하느냐고 물었다. 늘 느껴오는 대로 태섭은 부인의 머리 자른 것은 얼굴에 어울리지만 옥색 저고리는 검푸른 얼굴빛과는 어울리지 않는다는 말을 하고, 아까부터 소녀의 어머니의 흐린 시선을 느끼면서 새로이 마주 쳐다보았다. 소녀의 어머니는 곧 시선을 거두고 말았다. 움직임 없는 표정을 한 얼굴은 약간 부은 듯도 하였다. 그리고 심장이라도 약한 것이 분명하여 숨차하였다.
 소녀의 어머니는 숨찬 음성으로, 부인과는 한 고향이어서 서로의 집안 사정을 잘 안다는 말로 부인의 집에서는 지금 남편과 결혼하는 것을 반대하여 오랫동안 말썽이 많다가 종내 부인이 자기의 마음대로 붙고 말았다는 말을 하였다. 붙었다는 자기 말에 소녀의 어머니는 스스로 귀밑을 붉히고 이어서, 부인은 여태까지 본가에는 가지 못한다는 말을 하고, 그런 일을 저지른 것은 어려서 어머니를 잃고 후모 밑에서 자라난 탓이라고 하였다.

태섭은 소녀의 어머니의 숨차하는 말을 듣기가 거북스러워 소녀를 가르치는 것은 내일부터 시작하겠다고 하고 일어서려는데 소녀의 어머니는 하루가 새롭다고 하면서 오늘부터 시작하여달라는 것이었다. 그러고는 소녀가 이렇게 학교에서 늦어지기는 처음이라고 혼자 웅얼거리고 나서, 초조하게 손을 치마 속에 넣어 궐련 한 개를 꺼내어 붙여 물고 두어 모금 빨았는가 하면 이번에는 놀란 듯이 담뱃불을 죽이고 밖으로 귀를 기울였다.

휘파람 소리가 들려왔다. 발소리와 함께 휘파람 소리가 미닫이 밖을 지나 건넌방으로 가려 할 즈음 소녀의 어머니는 별안간 크게, 애, 소리를 질렀다. 그리고 소녀의 어머니는 엄숙하게 이리 들어오라고 말하며 태섭에게서 멀리 떨어져 앉았던 자리를 더 먼 거리로 움직여 앉았다. 소녀가 들어왔다. 한 손에 스파이크를 들고 있었다. 좀 전까지 운동을 하고 온 것이 분명하여 얼굴이 불그레 상기되어 있었다. 둥근 얼굴에 검고 긴 눈썹 속의 눈이 좀 작은 편이나 생기 있게 빛나고 있었다.

태섭은 교과서를 뒤적이며 소녀에게 학교서 배운 데까지 알아나갔다. 그러면서 태섭은 소녀가 손가락으로 짚어 가리키느라고 어깨를 내밀 적마다 강한 자극을 가지고 엄습하는 향기롭지 못한

땀내를 막아내기 위하여 담배를 피워 물었다. 소녀의 어머니는 흘깃흘깃 태섭과 소녀를 번갈아 보면서, 정신 차려 잘 배우라는 말을 몇 번이고 되풀이하였다.

소녀의 어머니의 흘깃거리는 시선을 받아가며 다음 날부터 소녀의 예습과 복습이 시작되었다. 소녀는 어학에 관한 암송은 상당히 속하였다. 그런 한편 수학에 있어서는 애당초 풀지 못할 것으로 여기고 마는 듯한 폐단이 있었다. 태섭이가 소녀에게 수학은 처음부터 싫어했느냐고 물으니까, 소녀는 그렇다고 머리를 크게 끄덕이었다. 그러나 소녀는 풀어놓은 예제 같은 것은 혼자 이해하고 설명도 해나가기도 하였다. 그리고 태섭이가 풀어주는 문제 같은 것도 마음만 내키면 모조리 이해하기도 하였다. 태섭은 소녀에게 수학을 푸는 데 있어 착안점을 바로 가지도록 가르치기에 노력해야 할 것을 느끼면서 소녀에게로 고개를 돌렸다. 소녀는 붉은 혀끝에 연필 끝을 묻혀내고 있었다.
태섭은 곧 숙제 중에서 제일 쉬운 문제를 골라서 소녀에게 풀라고 내놓았다. 소녀는 문제에 눈을 멈추고 그냥 연필을 혀끝에 묻혀내고 있었다. 태섭이가 착안점을 암시해주었다. 소녀는 그냥 연필을 혀로 사셔가기만 하였다. 태섭은 문득 수학 문제보다도 앞에 앉은 건강한 소녀의 혀와 입술에 더 정신이 가있는 자기 자신을 깨달으면서 저도 모르게 소녀에게서 연필을 빼앗았다. 그러나 태섭도 무엇을 쓰기 전에 연필을 혀끝으로 가져가고 있었다. 그리고 태섭은 이러한 자기 동작에 놀랐다. 문제를 잘못 풀었다. 아랫목 소녀의 어머니가 소녀에게 공부하면서 실없이 웃어서는 못쓴다고 꾸짖었다. 소녀의 장난에 찬 웃음을 이마에 느낄수록 태섭은 다시 헛풀었다. 또 소녀의 어머니가 소녀에게 웃지 말라고 꾸짖었다. 소녀는 이번에는 소리를 내어 웃으면서, 어머니가 자기보다 더 열심히 이쪽을 살피고 듣고 하면서 공부하는 것이 우스워 그런다고 하며, 한층 더 소리 높여 웃었다.

그 다음 날도 휘파람을 불며 돌아온 소녀를 소녀의 어머니가 들어오라고 일렀다. 그리고 소녀의 어머니는 또 되도록 태섭에게서 먼 거리를 잡느라고 움직거렸으나 소녀는 들어오지 않았다. 소녀의 어머니가 나갔다. 좀 만에 돌아온 소녀의 어머니는 고만한 몸 움직임에도 숨차하며 태섭에게 건넌방으로 가 가르치도록 말하였다.

건넌방에 소녀가 한복으로 갈아입고 꽤 얌전하게 앉아 있었다. 소녀가 등진 벽에는 이제 바로 스타트하려는 단거리 선수의 사진이 한 장 걸려 있었다. 앞으로 쏠리는 몸과 땅을 차려는 발끝과의 아슬아슬한 균형, 그리고 한 초점을 강렬히 노리고 있는 눈, 이러한 런닝 선수의 폼을 바라보면서 태섭은 소녀의 두꺼운 가슴이 테이프를 걸치고 골인하며 테이프 끝을 푸르르 날리는 장면을 머리에 그리고 저도 모르게 여윈 몸을 한번 부르르 떨었다. 그리고 태섭은 이번에는 다리를 한옆으로 모아 눕히고 앉았는 소녀의 풍만한 무릎으로 시선을 옮기다가 급히 거두면서 가까이 있는 교과서 하나를 막 집어 들고 뒤적이기 시작하였다.

소녀가 다리를 반대쪽으로 옮겨 눕히는 듯하더니 문득, 다른 사람의 눈에는 어딘가 자기 집에 빈 구석이 느껴지는 게 있으리라는 말을 하였다. 태섭이 그게 무슨 말이냐고 교과서에서 고개를 드는데 소녀가 다시, 아버지가 없는 것을 이상히 생각지 않느냐고 하였다. 태섭이 이 집에 아버지 없는 것만은 소개한 친구의 부인한테 들어서 미리 알고 있었다고 하였다. 그러니까 소녀는 곧, 어머니는 누구에게나 아버지가 죽었다고 하지만 사실은 살아 있다는 것이었다. 이어서 소녀는 자기가 철들어서 아버지가 첩을 얻고 딴살림을 하게 된 뒤부터 아버지와 어머니는 재산을 절반씩 똑같이 나누어 서로 갈라서고 말았다는 이야기로, 지금 얼마 멀지 않은 동네에 아버지가 살고 있다는 사실과, 그새 아버지는 재산도 다 없애고 얼마 전부터 류머티즘으로 자리에 누워 있다는 것과, 또 어머니도 그동안 울화병으로 심장병까지 생겼다는 말까지 하였다. 태섭은 위로의 말 대신에 대수책을 소녀 앞에 펴놓으며, 얼마나 어머니가 지금 소녀 공부 잘하는 것 한 가지만을 바라고 있는지 모르니 어서 열심히 공부하여 어머니를 기쁘게 해드려야 한다고 하였다. 그랬더니 별안간 소녀는 비웃는 듯한 이상한 웃음을 띠우며, 그런 말은 어머니한테서 귀에 못이 박히도록 들었다고 하였다. 그리고 소녀는 생각난 듯이, 그리고 누가 밖에서 엿듣기나 하는 것처럼 갑자기 앞 미닫이를 열었다. 뜰에서 소녀의 어머니가 김칫거리를 다듬다가 놀란 듯이 이쪽으로 고개를 돌렸다.

소녀가 학교에서 돌아오기 전에 태섭이 소녀의 집에 가닿게 되는 날이면 소녀의 어머니는 조심스레 미닫이를 열고 들어와 앉아서는 소녀가 학교에서 배운 것을 좀 알기는 하더냐고 묻는 것이었다. 태섭은 그저 기억력은 썩 좋다고 대답할 밖에 없었다. 소녀의 어머니는 잠잠히 한참이나 앉았다가 이번에는 나직이, 공부도 공부지만 먼저 남자를 멀리하도록 잘 가르쳐달라고 하면서, 사실 요새 여자 안 속이는 남자 어디 있더냐고 하며 태섭을 쳐다보았다. 태섭은 소녀의 어머니의 흐린 시선을 피하면서 저도 모르게 그렇다고 고개를 끄덕이고 말았다.

소녀의 어머니는 갑자기 소녀가 올 시간을 생각한 듯이 숨차하며 밖으로 나갔다. 소녀는 집에 돌아오자 태섭에게 내일은 일요일이니 교외로 피크닉 가자는 말을 하였다. 그리고 소녀는 태섭의 대답도 기다리지 않고 혼자 결정을 하고는 앞 미닫이를 열고 부엌 쪽을 향해 내일은 선생님과 함께 소풍 가기로 하였다고 하면서 그렇지 않느냐고 태섭을 돌아다보았다. 태섭은 교외에서 스파이크를 신고 달리는 소녀를 눈앞에 그리고 있다가 그만 고개를 끄덕이고 말았다.

다음 날은 흐렸다. 그리고 바람까지 있었다. 그러나 태섭은 교외로 갈라져나가는 길옆에서 소녀를 기다렸다. 한참 만에야 소녀가 왔다. 태섭은 소녀를 보고 우선 놀랐다. 소녀는 제복이 아닌 한복 차림을 하고 있었다. 흰 저고리에, 푸른 바탕에 원앙새 무늬가 있는 긴 치마가 바람에 물결지우며 펄럭이었다. 소녀는 치맛자락을 익숙하게 감싸 쥐며 미소와 함께 옷맵시가 어떠냐고 묻고 태섭을 똑바로 쳐다보았다. 태섭을 교외로 난 길로 들어서면서 혼잣말처럼, 제복을 안 입고 외출하면 안 되는 규칙이 아니냐고 하였다. 그리고 옆으로 와 나란히 서는 소녀에게서 제복을 입고 류색을 메고 스파이크를 들고 한 소녀와는 다른 완전한 한 여인을 발견하고 당황스레 흐린 하늘로 눈을 돌릴 밖에 없었다.

소녀는 태섭처럼 하늘을 쳐다보는 법도 없이 무슨 날씨가 밤새 그렇게 나빠졌는지 모르겠다고 하고는, 잘못하다가는 비 맞기 쉬우니 교외로 나가는 것은 그만두자는 것이었다. 태섭이 아무렇게 하여도 좋다고 하니까, 소녀는 누가 뒤를 밟아 따르기나 하는 듯이 날렵하게 뒤를 돌아보고 나서 영화 구경을 가자고 하였다. 이번에도 소녀는 자기 혼자서 벌써 그렇게 결정을 짓고는 앞서 걸으며 태섭에게, 뒤 왼쪽 과일가게 옆 골목에 어머니가 따라와 서 있다는 것을 알리고 얼마큼은 교외로 가는 길을 가다가 보자고 하였다.

태섭은 담배를 꺼내어 물고 바람을 피하여 불을 붙이려는 몸짓을 하며 돌아섰다. 사실 소녀의 어머니가 과일가게 옆에 서서 이쪽을 지켜보고 있었다. 담배에 불을 붙이고 돌아서면서 좀 전에 소녀가 누가 뒤를 밟기나 하는 것처럼 뒤를 돌아보던 일과 집에서 공부하다가도 누가 밖에서 엿듣기라도 하는 것처럼 갑자기 앞미닫이를 열곤 하던 일이 머리에 떠오르자 절로 등골에 소름이 끼침을 느꼈다. 태섭은 빠른 걸음으로 앞선 소녀를 따르고 나서 자기는 여기서 헤어지는 편이 좋겠다는 말을 하였다. 곧 소녀는 흰 이를 드러내고 웃으며, 어머니는 혹 딴 남자와 같이 가지나 않나 하여 따라 나온 것이니 태섭이와 만나는 것을 보고는 안심하고 돌아갈 것이라고 하면서 뒤를 다시 한번 돌아다보았다. 그리고 소녀는 왼쪽 길로 꺾이어 지금까지 온 길과 평행된 좁은 골목을 접어들었다. 태섭도 그냥 소녀를 따랐다.

둘이 나란히 서서 걸을 수도 없을 만큼 좁은 길을 소녀는 앞서 걸으면서, 어머니가 어디까지든지 남자를 경계시킨다는 이야기로, 사실 그러는 것도 어머니가 아버지한테 받은 타격으로 보면 마땅한 일일 것이라는 말과, 전에 아버지가 밖에 나가서 딴 여자들과 만나다 못해 나중에는 그런 여자들을 집 안에 끌어들이기까지 하던 일을 어려서 보아 잘 안다는 말이며, 그럴 적마다 어머니는 이를 갈며 밤잠을 못 자고 울곤 하여 자기는 아버지와 아버지가 데리고 들어온 여자가 아침에 일어나면 함께 죽어 있어 주기를 얼마나 바랐는지 모른다고 하였다. 교외로 나가는 일과 평행된 골목을 다 지나 거리로 나섰다. 바람이 소녀의 원앙새 무늬가 있는 치마를 휘날렸다.

소녀는 이번에는 치마를 감싸 쥐는 법 없이 새로 골목을 잡아들었다. 그리고 소녀는 걸음을 멈춰 뒤에 따르는 태섭과 나란히 되며, 요즈음도 어머니는 그때에 받은 원통함을 도리어 그때 이상으로 살려가면서 아버지를 원망하고 여인들을 욕질하면서 으레 자기더러 남자 같은 것은 생각도 하지 말라고 타이르고는 자기 하나만 의지하고 여태까지 살아오느라고 별의별 고생을 다 참아왔다는 이야기와, 어머니 없이 자라난, 태섭을 소개한 친구의 부인이 지금 남편과 제멋대로 결혼했기 때문에 본가에도 못 다니게 된 사실을 늘 되풀이하며 가엾이 여긴다는 이야기와 나중에는 반드시 죽기까지 모녀 단둘이 살다가 죽자고 다짐을 한다는 이야기를 하였다. 그리고 소녀는 잠시 말없이 걷다가, 자기도 얼마 전까지는 어머니와 한 심정이 되어 아버지를 원망하고 여인들을 미워하면서 진정으로 일생을 불쌍한 어머니와 같이 지내리라는 결심을 해왔으나 자기도 모르는 사이에 어머니에게 반감 같은 것을 가지게 되었다는 말과, 요새는 지난날의 가슴 아픈 사실을 되풀이하며 자식에게 그러한 비극이 일어나지 않게만 애쓰는 어머니가 가엾게는 생각되지만 그대로 좇아갈 마음은 전혀 일어나지 않는다는 말을 하였다.

태섭은 다 탄 담뱃불에 새 담배를 붙여 물었다. 그러자 소녀는 생각난 듯이 말을 이어, 어머니가 담배를 피운다는 것, 그것을 자기는 어머니가 마음 상할 때 피우곤 한 것이 인이 박힌 것으로 이해하고 있다는 것, 그런데 어머니는 오늘까지도 자기의 눈을 속여오고 있는 게 자식으로서 불만이라고 하였다. 그리고 며칠 전에 있은 일이라고 하면서, 첩이 찾아와 아버지의 류머티즘이 대단하다고 하며 어머니에게 약값을 좀 달라고 하였는데 이 말을 듣자 어머니는 펄쩍 뛰면서 숨넘어가는 소리로, 네년이 그만큼 돈을 빨아먹었으면 됐지 나중에는 우리 것마저 뺏아먹으려 덤비느냐고 소리를 질렀다는 것, 그리고 첩 되는 여인은 아버지와 어머니가 재산을 나누고 갈라설 때 아버지와 만난 여자로 그때 벌써 두 애의 어머니인 과부였다는 말과, 그 뒤에도 아버지는 여자관계를 끊지 않아 여러 가지로 고생을 하면서도 이 여인은 참고 끝내 아버지와 헤어지지 않았다는 말이며, 그날도 어머니는 그 여인에게 애 둘씩이나 있는 것이 남의 첩 노릇하는 개만도 못한 년이라고 욕을 몇 번이고 하였으나 소녀 자기는 전처럼 그 여인이 밉게 보이지는 않더라는 말과, 마침내 그 여인이 앓는 아버지를 위하여 이리 와 있게 하는 것이 좋겠다는 말을 하자 어머니는 가슴을 쥐어뜯고 이를 갈면서, 저 좋아 잡년하고 붙어살다가 이제 돈 다 없어지니까 쫓겨나는 사람을 자기는 맡을 수 없다고 고함을 지르고는 그만 졸도해 넘어졌다는 이야기를 하는 것이었다.

소녀는 이야기 도중에 잡년하고 붙었다는 상스러운 말을 입에 담으면서도 얼굴 하나 붉히지 않았다. 그리고 어머니가 졸도해 넘어졌다는 말을 하면서도 소녀는 대수 문제를 풀 때보다도 긴장된 빛을 띠지 않았다. 끝으로 소녀는 어머니가 졸도해 넘어진 것을 보고 의사를 부르러 달려가면서도 오히려 그러한 어머니보다도 류머티즘으로 고생하는 아버지와 그 여인에게 더 동정과 호의가 감을 어쩌지 못했다는 말을 덧붙였다.

태섭은 할 말을 몰라 그저, 어머니의 심장병도 대단한 것 같더라고 한마디 하였다. 그리고 태섭은 여기서 문득 소녀의 어머니는 친구의 부인과 자기 사이에 무슨 추잡한 관계나 있는 것으로 억측하고 있지 않을까 하는 생각과 함께, 처음부터 소녀와 자기 사이까지 감시하고 있음에 틀림없다는 생각이 들자 저도 모르게 온몸을 한 번 떨었다.

소녀는 태섭을 쳐다보며, 바람을 좀 있으나 그렇게 떨릴 정도로 추우냐고 하고는, 어느새 티 없는 미소를 얼굴 전체에 퍼뜨리면서 저쪽 영화관이 있는 골목으로 고개를 돌렸다. 그러는 소녀의 미소는 골목 옆 다방 앞에 섰는 한 소년을 발견하자 더 똑똑히 새겨졌다. 그리고 소녀는 태섭과 함께인 것도 잊은 듯이 빠른 걸음으로 소년에게로 걸어갔다. 태섭은 그 자리에 서고 말았다. 눈썹이 검은 소년. 소녀와 무슨 말을 하는 동안 소녀가 다시 태섭에게로 걸어올 때는 또 창백해지는 듯하였다. 태섭에게로 오더니 소녀는 먼저, 소년은 동무의 오빠라는 말을 하고 그 동무가 지금 앓아누워서 자기를 만나자고 한다는 말을 하였다. 태섭은 속으로 거짓말 말라고 하면서도 그럼 가보라고 하였다. 소녀가, 온 김에 영화 구경이나 하라는 것을 태섭은 일부러 온몸을 떨어 보이며 갑자기 따끈한 커피가 마시고 싶어졌다고 하면서 피하듯이 다방 안으로 들어가고 말았다.

하루는 소녀가 학교에서 오기 전에 소녀의 어머니가 조심히 미닫이를 열고 들어와 잠잠히 앉았다가, 요즘 소녀가 어떤 남자와 만나는 눈친데 그런 것 같지 않더냐고 하며 얼굴을 붉혔다. 태섭은 자기도 모르게 곧 머리를 저으며 그렇지 않다고 해버렸다. 소녀의 어머니는 또 잠잠하다가 이번에는 혼잣말처럼, 딸이 무슨 생각을 하고 있건 자기는 그애를 놓아주지 못한다고 하고는, 소녀가 올 시간이 생각난 듯이 급히 밖으로 나갔다.

소녀가 돌아왔다. 그리고 소녀는 대수책을 펴놓자 소년에 대한 말을 꺼내며 소년이 서울서 철학 공부를 하다가 신경쇠약에 걸려 집에 와 있다는 말까지 하고는 어딘가 모르게 태섭과 같은 데가 있다고 하였다. 태섭은 공연히 귀밑이 달아오름을 느끼며, 결국 소녀가 요새 어머니에게 반항심이 생긴 것은 소년을 안 뒤부터이리라는 것을 깨닫고, 소년의 신경질스러운 얼굴이 남을 속일 것 같지는 않지만 요즘 남자들의 속을 누가 알 수 있느냐는 말에 이이 사실은 지금 자기는 자기 자신의 속도 종잡을 수 없어서 애쓴다는 말을 하였다. 그랬더니 소녀는 눈을 빛내며, 신통히도 어머니의 말을 옮긴다고 하였다.

태섭을 펴놓은 대수책에서 인수분해 문제 하나를 손가락으로 짚었다. 소녀는 노트를 끌어다가 무딘 연필을 혀끝에 찍더니 쓰기 시작하였다. 그러나 곧 노트가 태섭의 앞에 와 놓였다. 노트에는 답 대신에 '겁쟁이 선생'이라는 말이 씌어져 있었다. 태섭은 소녀에게서 얼핏 연필을 빼앗아가지고 낙서한 곳을 두 줄 길게 그어버리고는 이렇게 쉬운 문제를 못 풀면 어떡하느냐고 하면서 고개를 들다가 윗구석에 세워둔 창이 눈에 들어오자 운동하는 시간을 줄이는 것이 좋겠다고 타일렀다.

 소녀가 일어나더니 창을 잡고, 요즘 창던지기를 시작하였는데 자세가 바로잡히지 않는다고 하면서 왼팔을 앞으로 뻗치었다. 태섭은 또 여기서 소녀가 창을 어깨에 메듯 하고 달릴 때 날릴 머리카락과 던진 창이 그리는 선명한 호선을 눈앞에 떠올리고 있는데, 소녀가 창을 내려놓고 역시 방구석에 놓여 있는 원반을 들었다. 소녀는 원반 든 팔을 던질 듯이 저으며, 원반이나 창을 경계선 바로 전에서 던지고 나서 앞으로 쏠리는 몸을 경계선 밖으로 나가지 않게 멈추는 데 여간 쾌미가 있지 않다고 하면서, 사실 그때만은 집안일이나 수학 숙제 같은 것도 모두 잊어버릴 수 있다고 하였다. 그리고 소녀는 계속 원반 든 팔을 저으며 빙그르르 돌았다. 태섭은 소녀의 오른 손목에 감긴 붕대를 지켜보다가 다시 빙그르르 돌려고 하는 소녀의 팽팽한 가슴에서 호크가 벗겨지면 어쩌나 하고, 원반을 피하듯이 물러나 앉았다. 그러자 물러나 앉는 태섭의 무릎에 소녀의 몸뚱이가 와락 와 쓰러졌다. 태섭이 미처 팔로 소녀의 몸뚱이를 받을 새도 없이 태섭의 약한 몸은 소녀의 풍만한 육체를 감당치 못하고 뒹굴고 말았다.

 태섭이 몸을 일으키면서 앞 미닫이부터 열었다. 소녀의 어머니가 수돗가에서 나물을 씻고 있다가 이쪽으로 고개를 돌렸다. 소녀가, 문을 열어놓으면 정신이 산만해져 공부가 안 된다고 하면서 미닫이를 닫았다. 태섭이 소녀의 서툴게 그린 원과 꽤 곧게 그은 직선들이 난잡하게 널려 있는 기하 노트를 집어 들었다. 그러나 소녀는 기하책은 펼 생각도 않고, 지금 자기가 쓰러진 것은 요즘 몸이 약해진 탓이라고 하고는, 무슨 생각을 했는지 이번에는 제 손으로 앞 미닫이를 열었다. 그리고 수돗가에서 아직 나물을 씻다가 이쪽으로 고개를 돌리는 어머니에게, 오늘 밤은 학교에서 수양 강연회가 있어 학교에 가야 한다고 하였다. 그러고 나서 소녀는 어머니의 대답도 기다리지 않고 미닫이를 닫고는 태섭에게 나직이, 오늘 밤에 꼭 할 말이 있으니 아홉 시에 교외로 나가는 길 오른편 늪으로 와달라고 하였다.

태섭은 이날 밤 소녀를 기다리며 타원형으로 된 늪 둘레를 돌았다. 먼 시계탑은 소녀가 만나자던 아홉 시가 지나 있었다. 태섭은 저만큼에서 끊어진 가로수 쪽을 지켜보며 소녀가 나타나면 나무와 소녀 어느 쪽이 더 달그림자가 짙을까 하는 생각을 하며 문득 자기의 그림자를 찾았으나 자신의 그림자는 검은 늪에 떨어져 분간할 수가 없었다.

태섭은 다시 늪가를 돌기 시작하였다. 검은 늪을 내려다보면서 태섭의 공상은 자기가 이번에 늪을 한 바퀴 다 돌기 전에 소녀가 몰래 숨어와서 사기의 눈을 가리우는 장난을 하고, 그러면 자기는 처음으로 소녀의 손을 잡고, 그러면 소녀는 할 말은 다른 것이 아니고 원반이나 창을 던지고 난 순간처럼 모든 것을 잊어버리게 같이 늪으로 뛰어들어보자고 할 것이고, 자기는 또 그러기를 허락하여 둘이는 그 원앙새가 쌍쌍이 뜬 무늬가 있는 치마로 허리를 묶고 늪에 뛰어들 것이고, 그렇게 하여 둘이는 늪 밑으로 가라앉느라면 늪 밑 어느 한구석에서 솟아나오는 차가운 샘물이 둘이의 등을 스치고 지나갈 것이고, 그러면 둘이는 퍼뜩 정신이 들어 늪 속을 헤어나오려고 허우적거리게 될 것이고, 그때 갑자기 소녀는 짐 되는 자기를 허리에서 풀어내려고 애쓰고 자기는 또 떨어지지 않으려고 소녀의 머리칼을 꽉 감아쥘 것이고, 그러면 나중에 소녀는 자기를 허리에 단 채 헤엄쳐 늪 밖으로 나올 것이고, 거기서 자기는 소녀가 허리를 풀어놓는 대로 추워서 덜덜 떨 밖에 없고──사실 태섭은 떨고 있었다.

늪가를 다 돌고 다시 가로수 쪽을 살폈을 때에는 찬 밤기운에 몇 번이고 온몸을 떨었다. 태섭은 먼 시계탑을 더듬었으나 그새 고장이 났는지 시계탑의 전등이 꺼져 있었다. 태섭이 다시금 가로수 쪽으로 시선을 옮기다가 자기의 여윈 달그림자를 발견하고 자기의 것 아닌 것으로 착각하며 놀랐다. 그리고 지금 어디쯤에서 소녀의 어머니가 자기를 지켜보고 있는 환각을 일으키고 나서, 소녀의 어머니는 자기를 소녀 앞에 내놓고 무슨 일이 생기나 실험을 하고 있지나 않나 하는 생각이 들자 새로 온몸이 떨렸다. 그만 거리로 발길을 돌리면서 태섭은 기울어진 달을 쳐다보며 지금쯤 소녀와 소년이 늪 아닌 어느 어두운 골목에서 서로 만나고 있는 환영을 그러고는 자기의 달그림자를 소녀의 어머니와 소녀와 소년의 것으로 몇 번이고 착각하면서 그때마다 온몸을 떨었다.

아파트로 돌아온 태섭은 자리에 누워 며칠 동안 열로 떨면서 앓았다. 열과 오한이 없어진 어느 날 아침 태섭은 머리에 동였던 타월을 풀고 일어나 오래간만에 물뿌리개로 화분에 물을 주고 있었다. 그러다가 태섭은 무심코 앞 유리창에 나비의 날개 같은 것이 움직임을 느꼈다. 처음에는 그저 자기의 야윈 얼굴이 비친 것으로 알고 무심히 여겼으나 나비의 날개 같은 그림자는 또 움직이는 것이었다. 태섭이 고개를 들고 자세히 보니 원앙새가 있는 무늬였다. 놀라 돌아섰다. 뒤에 어느새 소녀가 들어와 서있었다. 그러나 소녀의 치마는 원앙새 무늬가 있는 것이 아니고 풍랑이 일어난 바다 무늬가 있는 치마였다. 태섭은 이상한 현기증이 나서 베드에 주저앉았다.

소녀는 베드 옆의 가스스토브를 만지며 늦에 못 간 변명으로, 사실은 그날 밤에 소년과 거리에서 만나 함께 늪으로 가서 태섭에게 자기들의 앞일을 의논하려던 것이 그날따라 집에 혼자 남을 어머니가 불쌍하게 보여 그만 머리가 아프다는 핑계를 하고 자리에 눕고 말았다는 말을 하였다. 소녀는 이어서 그날 밤 소년은 자기를 기다리다 못해 자기가 소년을 배반한 줄로 알고 머리칼을 잘라 자기에게 보냈더라는 말까지 하였다. 태섭은 또 열이라도 생긴 듯이 한 번 떨고 저도 모르게 크게 소리를 내어 웃고 말았다. 소녀가 놀라 눈을 크게 떴다. 태섭이 짐짓 엄한 어조로, 그런 광대놀음을 하는 소년 가운데 더 불량한 애가 많다고 하였다. 소녀는 태섭이 자기의 어머니와 똑같은 말을 할 줄은 몰랐다고 하며 눈을 빛내었다.

태섭이 이번에는 소녀에게 나타나는 어떤 새 힘을 깨달으면서 불쌍한 어머니를 어떻게 하려느냐는 말과 소녀가 없어지면 어머니는 졸도하여 깨나지 못할는지도 모른다는 말을 하였다. 소녀는 입가에 비웃음을 띠우며 당돌한 말씨로, 병든 아버지를 집에 들이지 않는 어머니의 졸도가 자기와 무슨 상관이 있으냐고 하면서, 사실은 지금 소년과 자기는 어디로 떠나는 길이라고 하였다. 태섭이 일부러 냉랭한 어조로, 소년과 함께 떠난대도 멀지 않아 불행해질 것이라고 하니까, 소녀의 손이 날아와 태섭의 뺨을 갈겼다. 그리고 소녀는, 악마, 악마, 하고 두어 번 부르짖고 나서, 무슨 일이 있더라도 자기네는 행복해 보이겠다고 소리치고는 빛나는 눈에 눈물을 내돋히며 풍랑이 인 바다 무늬가 있는 치마를 물결지우며 도어를 밀고 나가버렸다. 아파트의 유난히 잔 층계를 소녀가 몇 개씩 한꺼번에 뛰어내려가는 소리를 들으며 태섭은 무언가 안정된 심정으로 다시 물뿌리개를 들어 화분에 물을 주기 시작하였다.

별

동네 애들과 노는 아이를 한동네 과수노파가 보고, 같이 저자에라도 다녀오는 듯한 젊은 여인에게 무심코, 쟈 동복누이가 꼭 죽은 쟈 오마니 닮았디 왜, 한 말을 얼김에 듣자 아이는 동무들과 놀던 것도 잊어버리고 일어섰다. 아이는 얼핏 누이의 얼굴을 생각해내려 하였으나 암만해도 떠오르지 않았다. 집으로 뛰면서 아이는 저도 모르게, 오마니 오마니, 수없이 외었다. 집 뜰에서 이복동생을 업고 있는 누이를 발견하고 달려가 얼굴부터 들여다보았다. 너무나 엷은 입술이 지나치게 큰 데 비겨 눈은 짭짭하니 작고, 그 눈이 또 늘 몽롱히 흐려 있는 누이의 얼굴. 아홉 살 난 아이의 눈은 벌써 누이의 그런 얼굴 속에서 기억에는 없으나 마음속으로 그렇게 그려오던 돌아간 어머니의 모습을 더듬으며 떨리는 속으로 찬찬히 누이를 바라보았다. 참으로 오마니는 이 누이의 얼굴과 같았을까. 그러자 제법 어른처럼 갓난 이복동생을 업고 있던 열한 살잡이 누이는 전에 없이 별나게 자기를 자세히 들여다보는 동복 남동생에게 마치 어머니다운 애정이 끓어오르기나 한 듯이 미소를 지어 보였을 때, 아이는 누이의 지나치게 큰 입 새로 드러난 검은 잇몸을 바라보며 누이에게서 돌아간 어머니의 그림자를 찾던 마음은 온전히 사라지고, 어머니가 누이처럼 미워서는 안 된다고 머리를 옆으로 저었다. 우리 오마니는 지금 눈앞에 있는 누이로서는 흉내도 못 내게스레 무척 이뻤으리라. 그냥 남동생이 귀엽다는 듯이 미소를 짓고 있는 누이에게 아이는 처음으로 눈을 흘기며 무서운 상을 해보였다. 미운 누이의 얼굴이 놀라 한층 밉게 찌그러질 만큼. 생각다 못해 종내 아이는 누이가 꼭 어머니 같다고 한 동네 과수노파를 찾아 자기 집에서 왼편 쪽으로 마주난 골목 막다른 집으로 갔다. 마침 노파는 새로 지은 저고리 동정에 인두질을 하고 있었다. 늘 남에게 삯바느질을 시켜 말쑥한 옷만 입고 다녀 동네에서 이름난 과수노파가 제 손으로 인두질을 하다니 웬일일까. 그러나 아이를 보자 과수노파는 아이보다도 더 의아스러운 듯한 눈치를 하면서 인두를 화로에 꽂는다. 아이는 곧 노파에게, 아니 우리 오마니하구 우리 뉘하구 같이 생겼단 말은 거짓말이디요? 했다. 노파는 더욱 수상하다는 듯이 아이를 바라보다가 그러나 남의 일에는 흥미 없다는 얼굴로, 왜 닮았디, 했다. 아이는 떨리는 입술로 다시, 아니 우리 오마니 입하고 뉘 입하구 다르게 생기디 않았이요? 하고 열심히 물었다. 노파는 이번에는 화로에 꽂았던 인두를 뽑아 자기 입술 가까이 갖다 대어보고 나서, 반만큼 세운 왼쪽 무릎 치마에 문대고는 일감을 잡으며 그저, 그러구 보믄 다르든 것 같기두 하군, 했다. 아이는 인두질하는 과수노파의 손 가까이로 다가서며 퍼뜩 과수노파의 손이 나이보다는 젊고 고와 보인다는 생각을 하면서, 우리 오마니 닛몸은 우리 뉘 닛몸터럼 검디 않구 이뻤디요? 했다. 과수노파는 아이가 가까이 다가와 어둡다는 듯이 갑자기 인두 든 손으로 아이를 물러나라고 손짓하고 나서 한결같이 흥 없이, 그래앤, 했다. 그러나 아이만은 여기서 만족하여 과수노파의 집을 나서 그 달음으로 자기 집까지 뛰어오면서, 그러면 그렇지 우리 오마니가 뉘처럼 미워서야 될 말이냐고 속으로 수없이 되뇌었다. 안뜰에 들어서자 누이가 안 보임을 다행으로 여기며 방 안으로 들어갔다. 그리고 책상 앞으로 가 란도셀 속에서 산수책을 꺼내다가 그 속에 인형을 발견하고 주춤 손을 거두었다. 누이가 비단색헝겊을 모아 만들어준 낭자를 튼 예쁜 각시인형이었다. 그리고 아이가 언제나 란도셀 속에 넣어가지고 다니는 인형이었다. 과목은 요일을 따라 바뀌었으나 항상 란도셀 속에 이 인형만은 변함없이 들어 있었다. 아이는 인형을 꺼내 들었다. 그러자 지금 아이는 이 인형의 여태까지 그렇게 이쁘던 얼굴이 누이의 얼굴이나처럼 미워짐을 어쩔 수 없었다. 곧 아이는 인형을 내다버려야 한다는 걸 느꼈다. 그걸 품에 품고 밖으로 나섰다. 저녁그늘이 내린 과수노파가 사는 골목을 얼마 들어가다 아이는 주위에 사람 없는 것을 살피고 나서 주머니에서 칼을 꺼냈다. 칼끝으로 땅을 파가지고 거기에다 품속의 인형을 묻었다. 그러고는 그곳을 떠났다. 인형인가 누이인가 분간 못 할 서로 얽힌 손들이 매달리는 것 같음을 아이는 느꼈다. 그러나 아이는 어머니와 다른 그 손들을 쉽사리 뿌리칠 수 있었다. 골목을 다 나온 곳에서 달구지를 벗은 당나귀가 아이의 아랫도리를 찼다. 아이는 굴러 나가동그라졌다. 분하다. 일어난 아이는 당나귀 고삐를 쥐고 달구지채로 해서 당나귀 등에 올라탔다. 당나귀가 제 꼬리를 물려는 듯이 돌다가 날뛰기 시작했다. 아이는, 그럼 우리 오마니가 뉘터럼 생겠단 말이가? 뉘터럼 생겠단 말이가? 하고 당나귀가 알아나 듣는 것처럼 소리를 질렀다. 당나귀가 더 날뛰었다. 아이의, 뉘터럼 생겠단 말이가? 하는 소리가 더 커갔다. 그러다가 별안간 뒤에서 누이의, 데런! 하는 부르짖음 소리를 듣고 아이는 그만 당나귀 등에서 떨어지고 말았다. 땅에 떨어진 아이는 다리 하나를 약간 삔 채로 나자빠져 있었다. 누이가 분주히 달려왔다. 그러나 아이는 누이가 위에서 굽어보며 붙들어 일으키려는 것을 무지스럽게 손으로 뿌리치고는 혼자 벌떡 일어나, 삔 다리를 예사롭게 놀려 집으로 돌아갔다.

갓난 이복동생을 업어주는 것이 학교 다녀온 뒤의 나날의 일과가 되어 있는 누이가, 하루는 아이의 거동에서 자기를 꺼리고 있다는 것을 눈치 채고는 그런 동생을 기쁘게 해주려는 듯이, 업은 애의 볼기짝을 돌려대더니 꼬집기 시작했다. 물론 누이의 손은 힘껏 꼬집는 시늉만 했고, 그럴 적마다 그 작은 눈을 힘주는 듯이 끔쩍끔쩍 하였지만, 결국은 애가 울지 않을 정도로 조심하면서 꼬집어대는 것이었다. 사실 줄곧 누이에게만 애를 업히는 의붓어머니에게 슬그머니 불평 같은 것이 가고 누이에게는 동정이 가던 아이였다. 그러나 이날 아이는 자기를 기껍게나 해주려는 듯이 이복동생의 볼기짝을 힘껏 꼬집는 시늉을 하는 누이에게 재미있다는 생각이 일기는커녕 도리어 밉고, 실눈을 끔쩍일 적마다 흉하게만 여겨졌다. 아이는 문득 누이를 혼내어줄 계교가 생각났다. 그는 날렵하게 달려가 이복동생의 볼기짝을 진짜로 꼬집어댔다. 그리고 업힌 애가 울음을 터뜨리는 걸 보고야 꼬집기를 멈추고 골목으로 뛰어가 숨었다. 이제 턱이 받은 의붓어머니가 달려나와, 왜 애를 그렇게 갑자기 울리느냐고 누이를 꾸짖으리라. 아이는 골목에서 몰래 의붓어머니가 나오기만 기다렸다. 사실 곧 의붓어머니는 나왔다. 그리고 또 어김없이 누이를 내려다보면서, 앨 왜 그렇게 갑자기 울리니, 했다. 아이는 재미나하는 장난스런 미소를 떠올렸다. 그러나 다음 순간 아이는 누이의 대답이 어떨까 하는 생각이 들면서, 이번에는 저도 모르게 미소가 걷히고 귀가 기울어졌다. 그렇게 자기들에게 몹쓸게 굴지는 않는다고 생각되면서도 어딘가 어렵고 두렵게만 여겨지는 의붓어머니에게 겁난 누이가 그만 자기가 꼬집어서 운다고 바로 이르거나 하면 어쩌나. 그러나 누이는 의붓어머니가 어렵고 힘들고 두렵게 생각키우지도 않는지 대담스레 고개를 들고, 아마 내 등을 빨다가 울 젠 배가 고파 그런가 봐요, 하지 않는가. 아, 기묘한 거짓말을 잘 돌려댄다. 그러나 지금 대담하게 의붓어머니에게 거짓말을 하여 자기를 감싸주는 누이에게서 어머니의 애정 같은 것이 풍기어오는 듯함을 느끼자 아이는, 우리 오마니가 뉘 같지는 않았다고 속으로 부르짖으며 숨었던 골목에서 나와 의붓어머니에게로 걸어갔다. 그러고는, 난 또 애 업고 어디 넘어디디나 않았나 했군, 하면서 누이의 등에서 어린애를 풀어내고 있는 의붓어머니에게 아이도 이번에는 겁내지 않고, 이자 내가 애 엉뎅일 꼬집었이요, 했다.

아이는 옥수수를 좋아했다. 옥수수를 줄줄이 다음다음 뜯어먹는 게 참 재미있었다. 알이 배고 줄이 곧은 자루면 엄지손가락 쪽의 손바닥으로 되도록 여러 알을 한꺼번에 눌러 밀어 얼마나 많이 붙은 쌍둥이를 떼낼 수 있나 누이와 내기하기도 했었다. 물론 아이는 이 내기에서 누이한테 늘 졌다. 누이는 줄이 곧지 않은 옥수수를 가지고도 꽤 잘 여러 알 붙은 쌍둥이를 떼내곤 했다. 그렇게 떼낸 쌍둥이를 누이가 손바닥에 놓아 내밀어 아이는 맛있게 그걸 집어먹기도 했었다. 그러나 이날 아이는 누이가, 우리 누가 많이 쌍둥이를 만드나 내기할까? 하는 것을 단박에, 싫어! 해버렸다. 누이는 혼자 아이로서는 엄두도 못 낼 긴 쌍둥이를 떼냈다. 아이는 일부러 줄이 곧게 생긴 옥수수자루인데도 쌍둥이를 떼내지 않고 알알이 뜯어먹고만 있었다. 누이는 금방 뜯어낸 쌍둥이를 아이에게 내주었다. 그러나 아이는 거칠게, 싫어! 하고 머리를 도리질하고 말았다. 누이가 새로 더 긴 쌍둥이를 뜯어내서는 다시 아이에게 내밀었다. 그러나 누이가 마치 어머니나처럼 굴 적마다 도리어 돌아간 어머니가 누이와 같지 않다는 생각으로 해서 더 누이에게 냉정할 수 있는 아이는, 내민 누이의 손을 쳐 쌍둥이를 떨궈버리고 말았다. 그러던 어떤 날 저녁, 어둑어둑한 속에서 아이가 하늘의 별을 세며 별은 흡사 땅 위의 이슬과 같다고 생각하고 있는데, 누이가 조심스레 걸어오더니 어둑한 속에서도 분명한 옥수수 한 자루를 치마폭 밑에서 꺼내어 아이에게 쥐어주었다. 그러나 아이는 그것을 먹어볼 생각도 않고 그냥 뜨물항아리 있는 데로 가 그 속에 떨구듯 넣어버렸다.

아이는 또 땅바닥에 갖가지 지도 같은 금을 그으며 놀기를 잘 했다. 바다를 모르는 아이는 바다 아닌 대동강을 여러 개 그리고, 산으로는 모란봉을 몇 개고 그리곤 했다. 그러다가 동무가 있으면 땅따먹기도 했다. 상대편의 말을 맞히고 뼘을 재어 구름이 피어오르는 듯한 땅과 무성한 나무 같은 땅을 만드는 게 재미있었다. 그날도 아이는 옆집 애와 길가에서 땅따먹기를 하고 있었다. 옆집 애의 땅한테 아이의 땅이 거의 잠식당하고 있었다. 한쪽 금에 붙어 꼭 반달처럼 생긴 땅과 거기에 붙은 한 뼘 남짓한 땅이 남았을 뿐이었다. 그것마저 옆집 애가 새로 말을 맞히고 한 뼘 재먹은 뒤에는 반달에 붙은 땅이 또 줄었다. 이번에는 아이가 칠 차례였다. 옆집 애가 말을 놓았다. 그것은 아이의 반달땅 끝에서 한껏 먼 곳이었다. 그러나 아이는 기어코 반달 끝에다 자기의 말을 놓았다. 옆집 애는 아이의 반달땅에 달린 다른 나머지 땅에서가 자기의 말이 제일 가까운데 하필 반달 끝에서 치려는지 이상히 여기는 눈치였다. 사실 아이의 어디까지나 반달 끝에다 한 뼘 맘껏 둘러재어 동그라미를 그어놓았으면 얼마나 아름다울지 모르겠다는 계획을 옆집 애는 알 턱 없었다. 아이는 반달 끝에서 옆집 애의 말까지의 길을 닦았다. 이번에는 꼭 맞혀 이 반달 위에 무지개 깊은 동그라미를 그어놓으리라. 아이의 입은 꼭 다물어지고 눈은 빛났다. 뒤이어 아이는 옆집 애의 말을 겨누어 엄지손가락에 버텼던 장가락을 퉁기었다. 그러나 아이의 장가락 손톱에 맞은 말은 옆집 애의 말에서 꽤 먼 거리를 두고 빗지나갔다. 옆집 애가 됐다는 듯이 곧 자기의 말을 집어 들며 아이가 아무리 먼 곳에 말을 놓더라도 대번에 맞혀버리겠다는 득의의 미소를 떠올렸다. 그러면서 아이의 말 놓기를 기다리다가 흐려지지도 않은 경계선을 사금파리 말을 세워 그었다. 아이의 반들 끝이 이지러지게 그어졌다. 아이가, 이건 왜 이르캐? 하고 고함쳤다. 옆집 애는 곧 다시 고쳐 금을 그었다. 옆집 애는 아이가 자기의 땅을 줄게 그어서 그러는 줄로 알았는지, 이번에는 반달의 등이 약간 살찌게 그어놓았다. 아이는 그대로, 것두 아냐! 했다. 그러는데 어느새 왔었는지 누이가 등 뒤에서 옆집 애의 말을 빼앗아서는 동생을 도와 반달의 배가 부르게 긋기 시작했다. 그러나 아이는 누이가 채 다 긋기도 전에 손바닥으로 막 지워버리면서, 이건 더 아냐! 이건 더 아냐! 하고 소리 질렀다.

하루는 아이가 뜰 안에서 혼자 땅바닥에다 지도 같은 금을 그으며 놀고 있는데, 바깥에서 누이가 뒷집 계집애와 싸우는 소리가 들려, 마침 안의 어른들이 듣지 못하고 있는 것을 다행으로 열린 대문 새로 내다보았다. 아이가 늘 이쁘다고 생각해오던 뒷집 계집애의 내민 역시 이쁜 얼굴에서, 그래 안 맞았단 말이가? 하는 말소리가 빠른 속도로 계속되는 대로, 또 누이의 밉게 찌그러진 얼굴에서는, 안 맞디 않고, 하는 소리가 같은 속도로 계속되고 있었다. 땅따먹기 하다가 말이 맞았거니 안 맞았거니 해서 난 싸움이 분명했다. 어느 편이 하나 물러나는 법 없이 점점 더 다가들면서 내민 입으로 자기의 말소리를 좀 더 이악스레 빠르게들 하고 있는데, 저쪽에서 뒷집 계집애의 남동생이 달려오더니 다짜고짜로 누이에게 흙을 움켜 뿌리는 것이 아닌가. 그러자 뒷집 계집애의 이쁜 얼굴이 더 내밀어지며, 그래 안 맞았단 말이가? 하는 소리가 더 날카롭게 빠르게 계속되는 한편, 누이는 먼저 한 걸음 물러나며, 안 맞디않구, 하는 소리도 떠져갔다. 뒷집 계집애의 남동생이 또 흙을 움켜 뿌렸다. 뒷집 계집애의 남동생이 흙을 움켜 뿌릴 적마다 이쪽 누이는 흠칫흠칫 물러나며 말소리가 줄고, 뒷집 계집애의 말소리는 더욱 잦아갔다. 그러자 아이는 저도 깨닫지 못하고 대문을 나서 그리로 걸어갔다. 아이를 보자 뒷집 계집애의 남동생이 우선 흙 뿌리기를 멈추고, 다음에 뒷집 계집애가 다가오기를 멈추고, 다음에 계집애의 말소리가 늦추어지고, 다음에 누이가 뒷걸음치던 걸음을 멈추었다. 그리고 누이는 뒷집 계집애의 남동생처럼 자기의 남동생도 역성을 들러 오는 것으로만 안 모양이어서 차차 기운을 내어 다가나가며, 안 맞디 않구, 안 맞디 않구, 하는 소리를 점점 빠르게 회복하고 있었다. 거기 따라 뒷집 계집애는 도로 물러나며 점차, 그래 안 맞았단 말이가? 하는 소리를 늦추고 있고, 뒷집 계집애의 남동생도 한옆으로 아이를 피하고 있었다. 그러나 아이는 싸움터로 가까이 가자 누이의 흥분된 얼굴이 전에 없이 더 흉하게 느껴지면서, 어디 어머니가 저래서야 될 말이냐는 생각에, 냉연하게 그곳을 지나쳐버리고 말았다. 그리고 등 뒤로 도로 빨라가는 뒷집 계집애의 말소리와 급작스레 떠가는 누이의 말소리를 들으면서도 아이는 누이보다 이쁜 뒷집 계집애가 싸움에 이기는 게 옳다고 생각하며 저만큼 골목 어귀에서 여물을 먹고 있는 당나귀에게로 걸어갔다.

열네 살의 소년이 된 아이는 뒷집 계집애보다 더 이쁜 소녀와 알게 되었다. 검고 맑고 깊은 눈하며, 깨끗하고 건강한 볼, 그리고 약간 노란 듯한 머리카락에서 풍기는 숫한 향기. 아이는 소녀와 함께 있으면서 그 맑은 눈과 건강한 볼과 머리카락 향기에 온전히 홀린 마음으로 그네를 바라보기만 하면 그만이었다. 그러나 소녀 편에서는 차차 말없이 자기를 쳐다보기만 하는 아이에게 마음 한구석으로 어떤 부족감을 느끼는 듯했다. 하루는 아이와 소녀는 모란봉 뒤 한 언덕에 대동강을 등지고 나란히 앉아 있었다. 언덕 앞 연보랏빛 하늘에는 희고 산뜻한 구름이 빛나며 떠가고 있었다. 아이가 구름에 주었던 눈을 소녀에게로 돌렸다. 그리고는 소녀의 얼굴을 언제까지나 들여다보기 시작했다. 소녀의 맑은 눈에도 연보랏빛 하늘이 가득 차있었다. 이제 구름도 피어나리라. 그러나 이때 소녀는 또 자기만 말끄러미 바라보고 있는 아이에게 느껴지는 어떤 부족감을 못 참겠다는 듯한 기색을 떠올렸는가 하면, 아이의 어깨를 끌어당기면서 어느새 자기의 입술을 아이의 입에다 갖다 대고 비비었다. 아이는 저도 모르게 피하는 자세를 취하였으나 서로 입술을 비비고 난 뒤에야 소녀에게서 물러났다. 벌떡 일어났다. 그리고 아이는 거친 숨을 쉬면서 상기돼 있는 소녀를 내려다보았다. 이미 소녀는 아이에게 결코 아름다운 소녀는 아니었다. 얼마나 추잡스러운 눈인가. 이 소녀도 어머니가 아니라는 생각이 불현듯 떠올랐다. 아이는 소녀에게서 돌아섰다. 소녀는 실망과 멸시로 찬 아이의 기색을 느끼며 아이를 붙들려 했으나 아이는 쉽게 그네를 뿌리치고 무성한 여름의 언덕길을 뛰어내릴 수 있었다.

하늘에 별이 별나게 많은 첫가을 밤이었다. 아이는 전에 땅 위의 이슬같이만 느껴지던 별이 오늘 밤엔 그 어느 하나가 꼭 어머니일 것 같은 생각이 들어, 수많은 별을 뒤지고 있었다. 그러나 아이는 곧 안에서 누구를 꾸짖는 듯한 아버지의 음성에 정신을 깨치고 말았다. 아이는 다시 하늘로 눈을 부었으나 다시는 어느 별 하나가 어머니라는 환상을 붙들 수는 없었다. 아쉬웠다. 다시 아버지의 누구를 꾸짖는 듯한 음성이 들려나왔다. 아이는 아쉬운 마음으로 아버지의 음성이 들려오는 창 가까이로 갔다. 안에서는 아버지가, 두 번 다시 그런 눈치만 뵀단 봐라, 죽여 없애구 말 테니, 꼭대기 피두 안 마른 년이 누굴 망신 시킬려구, 하는 품이 누이 때문에 여간 노한 게 아닌 것 같았다. 좀한 일에는 노하는 일이 없는 아버지가 이렇도록 노함에는 심상치 않은 일이 일어났음에 틀림없었다. 의붓어머니의 조심스런 음성으로, 좌우간 그편 집안을 알아보시구레, 하는 말이 들려나왔다. 이어서 여전히 아버지의, 알아보긴 쥐뿔을 알아봐! 하는 노기 찬 음성이 뒤따랐다. 이번엔 누이의 나직이 떨리는 음성이 한 번, 동무의 오래비야요, 했다. 이젠 학교두 고만둬라, 하는 아버지의 고함에, 누이 아닌 아이가 등골이 서늘해짐을 느꼈다. 그러면서 얼마 전에 누이가 호리호리한 키에 흰 얼굴을 한 정년과 과수노파가 살고 있는 골목 안에 마주 서 있는 것을 본 일이 생각났다. 그때 누이는 청년이 한반 동무의 오빠인데 심부름을 왔다고 변명하듯 말했고, 아이는 아이대로 그저 모른 체하고 있었으나, 속으로는 누이 같은 여자와 좋아하는 청년의 마음을 정말 모르겠다고 생각했었다. 그 청년과 누이가 만나는 것을 집안에서도 알았음이 틀림없었다.

지금 안에서 의붓어머니의 낮으나 힘이 든 음성으로, 애 넌 또 웬 성냥 장난이가! 하는 것만은 이제는 유치원에 다니게 된 이복동생을 꾸짖는 소리리라. 요사이 차차 의붓어머니가 어렵고 두렵기만 한 게 아니고 진정으로 자기네를 골고루 위해주고 있다는 것을 깨닫게 된 아이는, 동복인 누이의 일로 의붓어머니를 걱정시키는 것이 아버지에게보다 더 안됐다고 생각됐다. 다시 의붓어머니의 조심성 있고 은근한 음성으로 넌두 생각이 있갔디만 이제 네게 잘못이라두 생기믄 땅속에 있는 너의 어머니한테 어떻게 내가 낯을 들겠니, 자 이젠 네 방으루 건너가그라, 함에 아이는 이번에는 의붓어머니의 애정에 얼굴이 달아오르면서, 정말 누이가 돌아간 어머니까지 들추어내게 하는 일을 저질렀다가는 용서 않는다고 절로 주먹이 쥐어졌다. 어디서 스며오듯 누이의 흐느끼는 소리가 들려왔다. 두 번 다시 그런 일만 있었던 봐라, 초매(치마)루 묶어서 강물에 집어넣구 말디 않나, 하는 아버지의 약간 노염은 풀렸으나 아직 엄한 음성에, 아이는 이번에는 또 밤바람과 함께 온몸을 한 번 부르르 떨었다.

꽤 쌀쌀한 어떤 날 밤이었다. 의붓어머니가 아버지에게 애걸하다시피 하여 학교만은 그냥 다니게 된 누이보고 아이가, 우리 산보 가, 했다. 누이는 먼저 뜻하지 않았던 일에 놀란 듯 흐린 눈을 크게 떠 보이고 나서 곧 아이를 따라 나섰다. 밖은 조각달이 달려 있었다. 그리고 수많은 별들이 빛나고 있었다. 싸늘한 바람이 불러왔다. 바람이 불어올 적마다 별들은 빛난다기보다 떨고 있는 것만 같았다. 아이는 앞서 대동강 쪽으로 난 길을 접어들었다. 누이는 그저 아이를 따랐다. 어둑한 속에서도 이제 누이를 놀래어주리라는 계교 때문에 아이의 얼굴은 미소가 떠올라 있었다. 강둑을 거슬러 오르니까 더 써느러웠다. 전에 없이 남동생이 자기를 밖으로 이끌어낸 것을 의아하게 여기는 눈치로, 그러나 즐거운 듯이 누이가 아이에게, 춥디 않니? 했다. 아이는 거칠게 머리를 옆으로 저었다. 젓고 나서 어둠으로 해서 누이가 자기 머리 저음을 분간치 못했으리라고 깨달았으나 아이는 그냥 잠자코 말았다. 누이가 돌연 혼잣말처럼, 사실 나 혼자였다믄 벌써 죽구 말았어, 죽구 말디 않구, 살믄 멀하노……. 그래두 네가 있어 그렇디, 둘이 있다 하나가 죽으믄 남는 게 더 불쌍할 것 같애서…… 난 정말 그래, 하며 바람 때문인지 약간 느끼는 듯했다. 아이는 혹시 집에서 누이의 연애사건을 알게 된 것이 자기가 아버지나 의붓어머니에게 고자질한 것으로 잘못 알고 있지나 않나 하는 생각이 들자, 누이를 쓸어안고 변명이나 할 듯이 홱 돌아섰다. 누이도 섰다. 그러나 아이는 계획해온 일을 실현할 좋은 계기를 바로 붙잡았음을 기뻐하며 누이에게, 초매 벗어라! 하고 고함을 치고 말았다. 뜻밖에 당하는 일로 잠시 어쩔 줄 모르고 섰다가 겨우 깨달은 듯이 누이는 어둠 속에서 조용히 저고리를 벗고 어깨치마를 머리 위로 벗어냈다. 아이가 치마를 빼앗아 땅에 길게 폈다. 그리고 아이는 아버지처럼 엄하게, 가루 눠라! 했다. 누이는 또 곧 순순히 하라는 대로 했다. 그러나 아이는 치마로 누이를 묶어 강물에 집어넣는 차례에 이르러서는 자기의 하는 일이면 누이가 죽는 한이 있더라도 아무 항거 없이 도리어 어머니다운 애정으로 따라 할 것만 같은 생각이 들며, 누이가 돌아간 어머니와 같은 애정을

별 35

베풀어서는 안 된다고 치마 위에 이미 죽은 듯이 누워 있는 누이를 그대로 남겨둔 채 돌아서 그곳을 떠나고 말았다.

누이는 시내 어떤 실업가의 막내아들이라는 작달막한 키에 얼굴이 검푸른, 누이의 한반 동무의 오빠라는 청년과는 비슷도 안 한 남자와 아무 불평 없이 혼약을 맺었다. 그리고 나서 얼마 안 되어 결혼하는 날, 누이는 가마 앞에서 의붓어머니의 팔을 붙잡고는 무던히나 슬프게 울었다. 아이는 골목에 몸을 숨기고 있었다. 누이는 동네 아낙네들이 떼어놓는 대로 가마에 오르기 전에 젖은 얼굴을 들었다. 자기를 찾고 있음에 틀림없다고 생각하면서도, 아이는 그냥 몸을 숨기고 있었다. 그리고 누이가 시집간 지 또 얼마 안 되는 어느 날, 별나게 빨간 놀이 진 늦저녁때 아이네는 누이의 부고를 받았다. 아이는 언뜻 누이의 얼굴을 생각해내려 하였으나 도무지 떠오르지가 않았다. 슬프지도 않았다. 그러다가 아이는 지난날 누이가 자기에게 만들어주었던, 뒤에 과수노파가 사는 골목 안에 묻어버린 인형의 얼굴이 떠오를 듯함을 느꼈다. 아이는 골목으로 뛰어갔다. 거기서 아이는 인형 묻었던 자리라고 생각키우는 곳을 손으로 팠다. 흙이 단단했다. 손가락을 세워 힘껏힘껏 파댔다. 없었다. 짐작되는 곳을 또 파보았으나 없었다. 벌써 썩어 흙과 분간치 못하게 된 지가 오래리라. 도로 골목을 나오는데 전처럼 당나귀가 매어 있는 게 눈에 띄었다. 그러나 전처럼 당나귀가 아리를 차지는 않았다. 아이는 달구지채로 올라서지도 않고 전보다 쉽사리 당나귀 등에 올라탔다. 당나귀가 전처럼 제 꼬리를 물려는 듯이 돌다가 날뛰기 시작했다. 그리고

아이는 당나귀에게나처럼, 우리 닐 왜 쥑엔! 왜 쥑엔! 하고 소리
질렀다. 당나귀가 더 날뛰었다. 당나귀가 더 날뛸수록 아이의, 왜
쥑엔! 왜 쥑엔! 하는 지름 소리가 더 커갔다. 그러다가 아이는 문
득 골목 밖에서 누이의, 데런! 하는 부르짖음을 들은 거로 착각하
면서, 부러 당나귀 등에서 떨어져 굴렀다. 이번에는 어느 쪽 다리
도 삐지 않았다. 그러나 아이의 눈에는 그제야 눈물이 괴었다. 어
느새 어두워지는 하늘에 별이 돋아났다가 눈물 괸 아이의 눈에
내려왔다. 아이는 지금 자기의 오른쪽 눈에 내려온 별이 돌아간
어머니라고 느끼면서, 그럼 왼쪽 눈에 내려온 별은 죽은 누이가
아니냐는 생각에 미치자 아무래도 누이는 어머니와 같은 아름다
운 별이 되어서는 안 된다고 머리를 옆으로 저으며 눈을 감아 눈
속의 별을 내몰았다.

(1940년 가을)

기러기

쇳네는 아버지가 데릴사위로 정해준 남편이 그저 무섭고 싫기만 했다. 아버지가 시키는 일이니 따랐을 뿐, 그리고 보아하니 아무개도 그랬으니 자기도 그럴 밖에 없다는 생각으로 밤이면 남편과 한자리에 들었을 뿐. 나이 열다섯에.

쇳네 아버지가 쇳네의 남편으로 데릴사위 동이를 맞아들인 데는 무어 사내자식이 없다든지 쇳네가 딸자식으로 그다지도 살뜰해서가 아니었다. 집안에 여인이 쇳네 혼자라서 그런 것도 아니었다. 같이 늙던 마누라는 이미 이 세상 사람이 아니었으나 맏며느리가 있었다. 그렇다고 쇳네 아버지 자기의 기력이 그처럼 쇠퇴한 때문도 아니었다.

쇳네 아버지로 말하면 육순이 지났어도 오히려 정정하였다. 그 독특한 목소리도 여전히 온 동네를 뒤흔들었다. 쇳네 아버지는 밖에 나간 집안 식구를 부를 때에는 앞마당 한가운데 서서 아래위쪽을 향해 이름을 한 번씩 소리 높여 부르는 것이었는데, 그것이 그대로 요새 와서도 꽤 길쭉이 생긴 동네 어느 구석에고 안 들리는 곳이 없을 정도였다. 별명인 호랑이영감의 면목도 뚜렷이. 강직하고 고집 센 것도 그대로였다. 근하고 끈끈하던 것도 마찬가지였다.

중년에 들어, 앞 개울둑 임자 없는 초평을 일구어 오늘날의 훌륭한 밭을 만들어놓은 사람이 쇳네 아버지였다. 처음에 동네 사람들은 모두 저 사람이 아무래도 미쳤거니 했다. 사실 그것은 미친 사람의 짓이었다. 강 쪽으로는 강둑을 높여 웬만한 장마에도 물이 넘지 않도록 하고, 그 밑에다 제대로 낟알을 심어먹을 수 있을 만큼 밭 모양을 만들어놓았을 때, 정말 동네 사람들은 놀라는 데만 그치지 않고, 쇳네 아버지에게 어떤 무서움까지 느꼈던 것이었다.

그 뒤에도 쇳네 아버지는 그곳을 다듬고다듬어 낟알 잘 되기로 이름난 오늘날의 밭을 만드는 한편, 쌓아올린 강둑에다는 띠와 억새풀을 길러 동둑을 든든히 하는 동시에, 새(땔나무)는 새대로 누구네보다도 풍성할 수 있었다.

봄철부터 가을철에 걸쳐 쇳네 아버지는 낮일만 끝나면 으레 이 동둑에 와 날이 아주 어두워 캄캄해지도록 앉아 있는 것이 한 일과처럼 돼 있었다. 어느 누구의 소 콧김도 어느 누구의 낫날도 와 범접하지 못하게끔. 새가 한창 우거질 때면 앉아 있는 쇳네 아버지의 몸이 뵈지도 않았다. 날이 저물어 어두워짐에 따라 이 동둑에 나타나는 빨간 담뱃불로 거기 쇳네 아버지가 앉아 있다는 걸 알 수 있을 뿐이었다. 동네 사람들은 이 쇳네 아버지의 담뱃불을 두고 호랑이가 홰를 켜들었다고들 했다. 쇳네 아버지는 날이 흐린 날은 도롱이를 입고서라도 좀처럼 이 일과만은 빼놓지 않았다.

한번은 어떤 사람이 늦게 꼴 베어 올 것을 잊고 있다가 마침 이 동둑에 쇳네 아버지의 담뱃불이 뵈지 않으므로, 옳다 됐다고, 저기 가서 잠깐 한 짐 해오는 수밖에 없다고, 한참 후림 낫질을 해 나가다 보니, 아이 깜짝이야, 거기 호랑이 같은 쇳네 아버지가 한 손에 담뱃대를 쥔 채 졸고 앉았는 게 아닌가. 그 사람은 정말 호랑이라도 본 사람처럼 꼴망태를 버려둔 채 도망쳐 오고 말았다. 물론 뒤에 그것이 내 꼴망태노라고 나서지 못한 것을 말할 것도 없다.

이 같은 쇳네 아버지의 일과도 예나 지금이나 조금도 다름이 없었다.

도리어 육십줄에 들어 왕성해지는 건 어떻게 하면 대농을 해볼까 하는 의욕뿐이었다. 사실 이 쇳네 아버지에게 앞 개울둑 초평 같은 땅이 또 나선다면 지금도 능히 좋은 밭을 만들어낼 수 있었으리라.

그러니 이런 쇳네 아버지가 데릴사위를 구해들인 것은 그저 일꾼이 필요한 때문이었다. 지금 한창 일을 다 배워놓은 쇳네라는 일꾼을 내놓기도 아까웠지만 동네에서 부지런하기로 소문난 동이가 욕심난 것이었다.

장성한 아들이 둘씩이나 있었다. 그러나 두 아들은 어려서만 아버지를 도왔을 뿐, 이제 와서는 어린 손자들만 수두룩하게 낳아놓고 투전판만 찾아다니는 큰아들이나, 별별 하이칼러 모양으로 머리치레만 하면서 사진쟁이 장사를 한다고 평양에만 가 있는 둘째 자식은 도리어 없는 편만 못한 것이었다. 동네 사람들은 이를 두고, 호랑이가 그만 스라소니를 낳았다는 말들을 했다. 이런 자식들 가운데 홀로 쇳네만이 일꾼이었다. 동네 사람들은 또, 이 쇳네만은 자지만 달고 나왔던들 그대로 자기 아버지였으리라는 말들을 했다. 여기에 쇳네 아버지는 두 아들 대신으로 쇳네의 남편을 택한 것이었다.

그러나, 모든 것이 쇳네 아버지의 뜻대로만 되지는 않았다. 그렇게 부지런하기로 근동에 소문났던 쇳네의 남편이 데릴사위로 들어온 지 일 년도 채 못 되어서부터 점점 게으름을 피게 된 것이었다. 새벽이면 어둑어둑해서 일어나 부지런을 피우던 사람이, 차차 장인영감이 깨워야 마지못해 일어나곤 하더니 나중에는 깨워도, 오늘은 머리가 아프니 오늘은 배가 아프니 하고, 숫제 일어나지 않는 날도 많게끔 됐다. 하긴 일어나 나올래야 나올 수 없기도 했다. 밤마다 늦게 집에 돌아오거나 밤을 새우는 날도 가끔 있었으니. 동네에서들은 쇳네 남편이 투전판에 섞여 다닌다고들 수군거렸다.

쇳네 아버지는 그러나 전날 큰아들 작은아들에게처럼 몽둥이찜을 한다는지 하지는 않았다. 동네에서들은, 역시 호랑이영감이 겉으로는 전과 다름없는 것 같지만 속으론 한풀 늙은 게 분명하다고들 했다. 그것이 사실이었는지도 몰랐다. 쇳네 아버지는 그저 사위와 면대할 적마다 그의 눈을 한참씩 바라보곤 할 따름이었다. 너마저 그렇게 되고야 마느냐는 듯이. 그러면 쇳네 남편은 또 이것이 처음에는 장인영감의 눈을 피하는 듯했으나 차차 대담하게 마주 바라보게끔 됐다. 그래 자기 친아들들 훈계는 어디다 두고 나보고만 이러느냐는 듯이.

이러는 동안, 일 년 치고 궂은 날만 제하고는 언제나 낮엔 반드시 밖에 내다 매야 하던 쇠네 아버지네 소가 다시 영감의 손으로 내다 매어지게 됐다.

쇠네 남편은 술까지 배웠다. 먹어나니 술에는 고래였다. 처음에는 근처 마을에서 돌아가며 먹더니, 나중에는 이십 리나 되는 평양으로 벋어나가 며칠씩 묵어 돌아오곤 했다.

한번은 평양 갔던 쇠네 남편이 양복에 구두까지 사 신고 돌아왔다. 양복과 구두가 꼭 둘째 처남의 것과 같은 식의 것이었다. 그런데 이 양복이나 구두보다도 손에 낀 흰 장갑이 통 어울리지 않았다. 그 큰 손이 더욱 크게 드러나 보이는 것이었다.

이렇게 해서, 쇠네 남편은 여태까지 남의 집 절가(머슴)살이를 해 벌어두었던 돈 천팔백 냥을 다 날려버렸다. 무명 헝겊에 꽁꽁 싸서, 그 희던 무명 헝겊이 검정물 들인 것처럼 되도록 만져오던 돈을, 아직 그 무명 헝겊만은 검게 된 채 그냥 남아 있건만 속의 돈만은 한 닢 남기지 않고 날려버리고 만 것이었다.

쇠네 남편은 이번에는 아내의 은동곳(은비녀), 은가락지를 내다가 팔았다. 성한 옷가지 같은 것도 꺼내 나갔다. 평양서 입고 나온 양복과 구두도 팔아 없앴다. 그러고는 장인 몰래 쌀말을 퍼내가기도 했다.

마침내 쇠네 남편은 쇠네더러 돈을 내놓으라고 매질까지 하게 됐다. 어디 분명히 감추어둔 돈이 있을 테니 그걸 내놓으라는 것이었다. 쇳네는 어머니가 남겨주고 간 구리가락지를 뽑아주었다. 그러나 남편은 버럭 고함을 지르며, 이 미물아, 이게 무어 돈 될 물건인 줄 아느냐고, 도로 쇳네 면상에다 내던져버리고 말았다.

남편은 또 입버릇처럼, 그래 내가 너 같은 미물한테 데릴사위로 들어올 적에는 무엇 바라볼 게 있어 왔지 뭣 하러 들어왔겠느냐는 둥, 그래 내가 부지런히 일해 줬으면 좋기야 하겠지, 그러나 내가 뼈가 휘도록 일했댔자 모두 너의 오라비 좋은 일인 걸 뭣 하러 내가 일하겠느냐는 둥, 나도 누구처럼 별짓 다 할 줄 알고 몸 편한 것 좋아할 줄도 아는 사람이라는 둥, 하는 말을 하곤 했다. 쇳네는 이런 남편이 한없이 무섭기만 했다.

쇳네 아버지는 처음의 기대가 너무나 터무니없이 무너짐에 따라 그만 쇳네네를 동구 밖에다 오막살이집 하나를 장만해 주어 그리로 내보내고 말았다. 그날 밤 쇳네는 이불을 쓰고 혼자 울었다. 아버지를 떠난 슬픔도 아니었다. 그저 울어졌다. 그것은 혹 앞날의 자기의 평탄치 못할 생활에 대한 어떤 항거랄까 그러한 것이 이렇게 울음으로 돼 나오는지도 몰랐다. 남편은 이사 온 첫날 밤 재수 없이 운다고 고래고래 소리를 질렀다. 그러나 웬일인지 매질을 하지는 않았다.

남편은 이제부터는 자기 살림이라는 생각에서인지 정신을 좀 차리는 것 같았다.

그러나 얼마를 지나지 않아 다시 게으름을 피우는 것이었다. 그저 전과 다른 것은 노름판에 드나들지 않는 것과 술을 끊은 듯한 점이었다.

언제나 누워 있었다. 잠들어 있는 것도 아닌데, 눈을 감은 채

꼼짝 않고 몇 시간이고 있는 때가 많았다. 그러다가 쇳네더러, 우리 한번 먼 데로 가 살지 않을래? 하는 뚱딴지같은 말을 하곤 했다. 이런 남편이 쇳네는 그냥 무섭기만 했다.
 이런 가운데서 쇳네는 그래도 게으른 남편의 몫까지를 대신하듯이 부지런히 일을 했다. 들일은 물론 산에 가 나무까지 해왔다. 그러고는 모자라는 양식은 자기의 품삯을 미리 낟알로 바꾸어 왔다. 그러나 쇳네는 통 아버지한테는 가지 않았다. 그것은 요새 와서 갑자기 늙어 뵈는 아버지나 여러 조카를 데리고 고생하는 올케에게 자기네의 일로 해서까지 괴롭히고 싶지 않은 때문이라기보다도 그저 그러기가 싫었다.
 이런 쇳네가 어느 날 자기의 몸이 보통 몸이 아니고 태중이라는 걸 알았다.

 그해 가을, 호랑이영감네 둘째아들이 아버지의 도장을 훔쳐내어 개울둑 밭을 저당 내먹었다는 소문이 동네에 퍼진 지 얼마 안 되어, 쇳네 아버지는 여태까지 써온 심뇌가 한꺼번에 나타난 듯이 자리에 눕고 말았다. 값나가는 약이라곤 도무지 써보지를 못했다. 병인이 사들이지 못하게도 했다. 병인은 입버릇처럼, 자기의 병은 약을 써서 나을 병이 아니라는 것이었다.
 뼈와 가죽만 남아 거의 해골이 다 되어 있었다. 큰 나무일수록 넘어가기 시작하면 걷잡을 수 없듯이. 누가 보나 쇳네 아버지는 회생해 일어날 것 같지 못했다. 그러면서 동네에서들은, 그 온 동네를 뒤흔들어놓곤 하던 호랑이영감의 목소리를, 솔직히 말해서 그리 듣기 좋은 소리는 아니던 그 목소리를, 앞으로는 들을 수 없으리라는 것에 생각이 미치자 알지 못할 어떤 서운함이 가슴 속에 서림을 금할 길이 없어했다.

투전판만 찾아다니던 맏아들과, 대개는 평양에 가있던 작은아들이, 그래도 며칠 아버지 머리맡에 와 앉아 있었다. 병인은 어디 그런 기운이 남아 있었던지 두 아들에게 몇 번이고, 네깟 놈들은 내 아들이 아니니 썩 눈앞에서 없어지라고 고함을 지르는 것이었다. 병문안 와 있던 동네 늙은이들이, 이제 와서 그런 말 말라고 했으나, 소용없었다.

얼핏 보아 병인이 나아 자리에서 일어나지는 못해도 그렁저렁 오래 끌 것만 같은 데다 아버지의 역정이 듣기 싫어 큰아들은 다시 투전판으로, 작은아들은 잠깐 다녀오마고 평양엘 가버리고 말았다. 맏며느리도 손자들도 병구완에 아주 지쳐버리고 말았다. 사위인 쇳네 남편은 얼씬도 하지 않았다. 단지 쇳네만이 밤낮을 가리지 않고 아버지 곁에 붙어서 시중을 들었다. 뼈만 남은 딱딱한 아버지의 사지를 주무르고 두드린다, 손끝이 솔도록 머리를 찝어준다, 했다.

종내 쇳네 아버지는 손과 발이 보기 좋을 만큼 부어오르더니 그러한 지 사흘 만에 세상을 떠나고 말았다. 쇳네가 눈을 감겼다. 쇳네는 아버지의 눈에 손을 얹은 채 그 자리에 나가쓰러지고 말았다. 깨나서도 곡을 하다가 몇 번이고 까무라쳤다.

삼일장을 치르고 난 날 저녁에, 쇳네는 그만 팔삭둥이 애를 낳고 말았다. 사내애였다. 동네 노파들은 와서 들여다보고는 손톱발톱이 아직 채 굳지 않았다고들 했다. 눈도 뜨지 못했다. 사흘이 지나도 젖도 제대로 빨지 못했다. 울음조차 변변히 울지 못했다.

구삿둥이보다 팔삿둥이가 산다는 말이 있기는 하지만, 누가 보나 애가 살아날 것 같지는 않았다.

 남편은 한 번도 애를 들여다보는 법도 없이, 종자로 따들인 호박을 베고 밤낮 천정만 바라보고 있더니, 무슨 생각을 했는지 하루는 휙 밖으로 나가버렸다. 그러고는 다음 날까지 집에 들어오지 않았다. 이 동구 밖으로 나온 이후로 처음 있는 일이었다. 그러나 쇳네는 혼자 이 언제 죽을지도 모를 작은 핏덩어리를 의지하는 마음만으로 이제는 살아갈 수 있을 듯 했다. 이 마음은 그 다음 날에 가서는 더욱더 쇳네의 가슴 속을 자리 잡아 나갔다.

 동네에서는 누구의 입으로부턴가, 쇳네 남편 동이가 건넛마을 석봉이네 장 보러 가려고 내놓은 쌀 닷 말을 지고 어디론가 가버렸다는 소문이 퍼졌다. 쇳네의 가슴이 덜렁 내려앉을 밖에 없었다. 종내 남편이 그런 일까지 저질렀구나! 그길로 쇳네는 석봉이네한테로 갔다. 사실 소문대로였다. 쇳네는 이제 자기가 몸만 추스르면 품팔이를 해서라도 기어이 갚아주겠노라고 하고 돌아왔다.

 그날 밤부터 이상히 마음이 놓여지는 쇳네였다. 이젠가 저젠가 남편이 돌아올 것을 무서워할 필요도 없게 된 것이었다.

 애는 요행 죽지 않고 살아났다. 쇳네는 죽자 하고 일만 했다. 먹을 것도 먹지 않고, 남에게 갚아줄 것부터 앞세웠다. 그리고 모든 힘들고 고됨이 이 어린애로 해서 다 사라져버렸다.

 그런데 그즈음 쇳네의 마음에 한 가지 걸리기 시작한 게 있었다. 남편이었다. 그러나 그것은 여태까지의, 돌아오면 어쩌나 하는 남편으로서가 아니라, 돌아와줘야 할 텐데 하는 그런 남편으로서였다. 쇠네 저로서도 모를 일이었다.

백날이 되어도 웃지를 못하던 애가 그래도 어르면 사람을 알아보게쯤 됐을 때, 쇠네는 남몰래 혼자 애를 어르다가도 문득 생각키는 것은 남편이었다. 이런 때 남편이 있어주었으면! 자기는 아무래도 좋았다. 열일곱에 벌써 생과부가 됐다는 말도 참을 수 있었다. 단지 애에게만은 아비 없는 자식이란 말을 듣게 해서는 안 될 것 같았다. 도리어 자기에게는 무섭고 싫은 남편이건만 애에게만은 아비 없는 자식을 만들어서는 안 될 것 같았다. 그러면서 쇠네는 이젠가 저젠가 남편을 기다리게까지 됐다.

애가 뒤집기 시작했다. 그러한 어떤 날, 쇠네에게 웬 편지 한 장이 와닿았다. 쇠네는 이게 필시 심상한 일이 아니라고 안동네 맏조카한테로 갔다.

맏조카는 편지를 받아들더니, 작숙(고모부)한테서 온 편지라고 했다. 쇠네는 무슨 전기에라도 닿은 사람처럼 앞으로 돌려 젖을 물리고 있던 애를 후딱 끌어안았다.

편지에는 별 사연이 씌어져 있는 건 아니었다. 그저 겉봉에 적혀 있는 주소대로 만주 어디에 와 있다는 말과, 석봉이네 쌀값은 곧 벌어 보낼 터이니 좀 참아달라고 하라는 말이 들어 있을 뿐이었다. 그렇건만 쇠네는 전에 남편이 절가살이 시절에 돈을 간수하던 이상으로 정성스레 편지를 접어 주머니 속 깊이 넣었다. 석봉이네 쌀값 걱정일랑 하지 않아도 좋은걸, 하는 생각과 함께 그저 다른 것은 다 그만두고라도 애 잘 자라느냐는 말 한마디가 들어 있지 않은 걸 적이 섭섭해하면서. 하기는 애가 죽은 줄로 알고 있는지도 모르긴 하지만.

동네에서들은 쇳네의 남편이 그새 만주 가 산다는 말로, 쇳네를 만주로 들어오란다는 소문이 났다. 동네 노파들이 쇳네한테 와서는, 정말 만주로 들어오라더냐고 했다. 쇳네는 사실대로 편지는 왔지만 들어오란 말은 없다고 했다. 그래 들어갈려느냐 어쩔려느냐고 묻는 말에는 그저, 글쎄요, 하고 말았다. 그 이상 쇳네로서는 더 말할 수가 없었다.

어머니가 살았을 적에는 노 드나들던 살구나뭇집 할머니가, 아예 들어갈 생각은 말라고, 요새 만주에 색시 장수가 들끓는다는데, 못된 놈 제 색시 팔아먹을지 누가 아느냐고, 타이르듯 했다. 쇳네는 그 말에는 아무 대답 없이 앞 한곳만 바라보고 있었다.

그러고도 며칠 지난 뒤 어느 날, 쇳네는 마당가에서 아지랑이 낀 들판을 내다보다 문득 안고 있던 애를 들여다보며, 너 아바지한테 간다, 하고 말았다. 그러고는 지금 자기가 한 말에 저 스스로 깜짝 놀랐다. 가슴이 울렁거려지며 귀밑이 홧홧 달아올랐다. 누가 혹시 자기의 말을 듣지 않았나 해 방으로 달려들어오고야 말았다.

방 안에 들어와서도 쇳네는 한참을 설레는 가슴을 진정치 못했다. 그런 가슴 한구석으로부터 아주 먼 지난날 어머니와 동네 늙은이들이 무슨 말끝엔가 한, 도시 여자란 바늘 가는 데 실 따라가는 격으로 아무래도 남편 따라가게 마련이라던 말이 떠올랐다. 그러나 지금 쇳네는 자기만은 그렇지 않다고 몇 번이고 되뇌었다. 절로 고개까지 저어졌다. 그러면서도 가슴속 깊이에서는 역시 자기는 가야 한다는 생각이 한층 굳어지고 있었다.

그날 밤 쇳네는 아랫목에 애를 재워놓고 어두운 등잔불 아래서 남편이 전에 입던 다 낡은 옷가지들을 꺼내어 여기저기 손질하기 시작했다. 좀 만에 한번씩 생각난 듯이 바늘 든 손을 멈추고 잠든 애를 바라보고 나서는, 어서어서 하는 듯 다시 재게 손을 놀리는 것이었다.

 이 밤은 얼마나 깊었는지, 어디서 봄기러기 날아가는 소리가 들려왔다.

(1942년 봄)

독 짓는 늙은이

 이년! 이 백번 쥑에두 쌀 년! 앓는 남편두 남편이디만, 어린 자식을 놔두구 그래 도망을 가? 것두 아들놈 같은 조수놈하구서······. 그래 지금 한창나이란 말이디? 그렇다구 이년, 내가 아무리 늙구 병들었기루서니 거랑질이야 할 줄 아니? 이녀언! 하는데, 옆에 누웠던 어린 아들이, 아바지, 아바지이! 하였으나 송영감은 꿈속에서 자기 품에 안은 아들이, 아바지, 아바지이! 하고 부르는 것으로 알며, 오냐 데건 네 에미가 아니다! 하고 꼭 품에 껴안는 것을, 옆에 누운 어린 아들이 그냥 울먹울먹한 목소리로 아버지를 불러, 잠꼬대에서 송영감을 깨워놓았다.
 송영감은 잠들기 전보다 더 머리가 무겁고 언짢았다. 애가 종내 훌쩍훌쩍 울기 시작했다. 오, 오, 하며 송영감은 잠꼬대 속에서처럼 애를 끌어안았다. 자기의 더운 몸에 별나게 애의 몸이 찼다. 벌써부터 이렇게 얼리어서 될 말이냐고, 송영감은 더 바싹 애를 껴안았다. 그리고 홀쩍이는 이제 일곱 살 난 애를 그렇게 안고 있는 동안 송영감은 다시 이 어린것을 두고 도망간 아내가 새롭게 괘씸했다. 아내와 함께 여드름 많던 조수가 떠올랐다. 그러자 그 아들 같은 조수에게 동년배의 사내가 느끼는 어떤 적수감이 불길처럼 송영감의 괴로운 몸을 휩쌌다.

송영감 자신이 집중 잡히지 않는 병으로 앓아누웠기 때문에 조수가 이 가을로 마지막 가마에 넣으려고 거의 혼자서 지어놓다시피 한 중옹 통옹 반옹 머쎄기 같은 크고 작은 독들이 구월 보름 가까운 달빛에 마치 하나하나 도망간 조수의 그림자같이 느껴졌을 때, 송영감은 벌떡 일어나 부채방망이를 들어 모조리 깨부수고 싶은 충동을 받았으나, 다음 순간 내일부터라도 자기가 독을 지어 한 가마 채워가지고 구워내야 당장 자기네 부자가 살아갈 것이라는 생각에 미치면서는, 정말 그러는 수밖에 다른 도리가 없다고 지그시 무거운 눈을 감아버렸다.

날이 밝자 송영감은 열에 뜬 머리를 수건으로 동이고 일어나 앉아, 애더러는 흙 이길 왱손이를 부르러 보내놓고, 왱손이 올 새가 바빠서 자기 손으로 흙을 이겨 틀 위에 올려놓았다. 송영감의 손은 자꾸 떨리었다. 그러나 반쯤 독을 지어 올려, 안은 조마구 밖은 부채마치로 맞두드리며 일변 발로는 틀을 돌리는 익은 솜씨만은 앓아눕기 전과 다를 바 없는 듯했다.

왱손이가 와 흙을 이겨주는 대로 중옹 몇 개를 지어냈다.

그러나 차차 송영감의 솜씨에는 틈이 생기기 시작했다. 더구나 조마구와 부채마치로 두드려올릴 때, 퍼뜩 눈앞에 아내와 조수의 환영이 떠오르면 짓던 독을 때리는지 아내와 조수를 때리는지 분간 못하는 새, 독이 그만 얇게 못나게 지어지곤 했다. 그리고 전을 잡는 손이 떨려, 가뜩이나 제일 힘든 마무리의 전이 잘 잡혀지지를 않았다. 열 때문도 있었다. 송영감은 쓰러지듯이 짓던 독 옆에 눕고 말았다.

송영감이 정신이 들었을 때는 저녁때가 기울어서였다. 왱손이도 흙 몇 덩이를 이겨놓고 가고 없었다. 언제부터인가 바깥 저녁 그늘 속에 애가 남쪽 장길을 향해 쪼그리고 앉아 있었다. 어머니를 기다리는 거리라. 언제나처럼 장보러 간 어머니가 언제나처럼 저녁때면 조수에게 장감을 지워가지고 돌아올 줄로만 아직 아는가 보다.

밖을 내다보던 송영감은 제 힘만이 아닌 어떤 힘으로 벌떡 일어나 다시 독 짓기를 시작하는 것이었으나, 이번에는 겨우 한 개를 짓고는 다시 쓰러지듯이 눕고 말았다.

다음에 송영감이 정신이 든 것은 아주 어두운 속에서 애가 흔들어 깨워서였다. 울먹이던 애가 깨나는 아버지를 보고 그제야 안심된 듯이 저쪽에서 밥그릇을 가져다 아버지 앞에 놓았다. 웬거냐고 하니까 애가, 앵두나뭇집 할머니가 주더라고 한다. 송영감은 확 분노가 치밀어, 누가 거랑질해 오라더냐고 밥그릇을 밀쳐놓자 애가 홀쩍홀쩍 울기 시작했다. 송영감은 아침에 어제의 저녁밥 남은 것을 조금 뜨는 것처럼 하고는 하루 종일 아무것도 입에 대지 않은 것을 생각하고는, 애도 아직 저녁을 못 먹었을지 모른다고 밥그릇을 도로 끌어다 한 술 입에 떠 넣으며 이번에는 애보고, 맛있으니 너도 먹으라는 것이었으나, 자신은 입맛을 잃은 탓만도 아닌 무엇이 밥 넘기려는 목을 치밀어 올라오곤 해, 좀처럼 밥을 넘길 수가 없었다.

다음 날 아침에는 송영감이 죽인지 밥인지 모를 것을 끓였다. 여전히 입맛은 없었으나 어제저녁처럼 목이 메어오르는 것은 없었다.

오늘은 또 지어올리는 독을 말리느라고 처음에는 독 밖에 피워놓았다가 독이 한 반쯤 지어지면 독 안에 매달아놓은 숯불의 숯내까지가 머리를 더 무겁게 했다. 사십 년래 없이 숯내를 다 먹는 듯했다.

송영감은 어제보다 더 쓰러져 넘어지는 도수가 많았다. 흙 이기던 왱손이가 이래서는 도무지 한 가마 채우지 못하리라고 송영감에게 내년에 마저 지어 첫 가마에 넣도록 하는 게 어떠냐고 몇 번이고 권해보았으나 송영감은 일어났다가는 쓰러지고, 일어났다가는 쓰러지고 하면서도 독 짓기를 그만두려고 하지는 않았다.

송영감이 한번 쓰러져 있는데 방물장수 앵두나뭇집 할머니가 와서, 앓는 몸을 돌봐야 하지 않느냐고 하며, 조미음 사발을 송영감 입 가까이 내려놓았다. 송영감은 어제 어린 아들에게 거랑질해 왔다고 소리를 쳤던 일을 생각하며, 이 아무에게나 상냥한 앵두나뭇집 할머니에게 미안한 생각이 들어, 어제만 해도 애한테 밥이랑 그렇게 많이 줘 보내서 잘 먹었는데 또 이렇게 미음까지 쑤어오면 어떡하느냐고 했다. 앵두나뭇집 할머니는 그저, 어서 식기 전에 한 모금 마셔보라고만 했다. 그리고 송영감이 미음을 몇 모금 못 마시고 사발에서 힘없이 입을 떼는 것을 보고 앵두나뭇집 할머니는, 정말 이 영감이 이번 병으로 죽으려는가보다는 생각이라도 든 듯, 당손이를 어디 좋은 자리가 있으면 주어버리는 게 어떠냐고 했다. 송영감은 쓰러져 있던 사람같이 않게 눈을 흡떠 앵두나뭇집 할머니를 쏘아보았다. 그리고 어느새 송영감의 손은 앞에 놓인 미음사발을 앵두나뭇집 할머니에게로 떼밀치고 있었다. 그런 말 하러 이런 것을 가져왔느냐고, 썩썩 눈앞에서 없어지라고, 송영감은 또 쓰러져 있던 사람같이 않게 고함쳤다. 앵두나뭇집 할머니는 송영감의 고집을 아는 터라 더 무슨 말을 하지 않았다.

앵두나뭇집 할머니가 가자, 송영감은 지금 밖에서 자기의 어린 아들이 어디로 업혀가기나 하는 듯이 밖을 향해 목청껏, 당손아! 하고 애를 불러대기 시작했다. 그러다가 애가 뜸막 문에 나타나는 것을 이번에는 애의 얼굴을 잊지나 않으려는 듯이 한참 쳐다보다가 그만 기운이 지쳐 눈을 감아버리고 말았다. 애는 또 전에 없이 자기를 쳐다보는 아버지가 무서워 아버지에게 더 가까이 가지 못하고 섰다가, 아버지가 눈을 감자 더럭 겁이 나 훌쩍이기 시작했다.

날이 갈수록 송영감은 독 짓기보다 자리에 쓰러져 있는 때가 많았다. 백 개가 못 차니 아직 이십여 개를 더 지어야 한 가마 충수가 되는 것이다. 한 가마를 채우게 짓자 하고 마음만은 급해지는 것이었으나, 몸을 일으키다가 도로 쓰러지며 흰 털 섞인 노랑 수염의 입을 벌리고 어깨숨을 쉬곤 했다.

그러한 어느 날, 물감이며 바늘을 가지고 한돌림 돌고 온 앵두나뭇집 할머니가 찾아와서는 마침 좋은 자리가 있으니 당손이를 주어버리고 말자는 말로, 말이 난 자리는 재물도 넉넉하지만 무엇보다도 사람들 마음씨가 무던하다는 말이며, 그 집에서 전에 어떤 젊은 내외가 살림을 엎어치우고 내버린 애를 하나 얻어다 길렀는데 얼마 전에 그 친아버지가 되는 사람이 여남은 살이나 된 그 애를 찾아갔다는 말이며, 그때 한 재물 주어 보내고서는 영감 내외가 마주 앉아 얼마 동안을 친자식 잃은 듯이 울었는지 모른다는 말이며, 그래 이번에는 아버지 없는 애를 하나 얻어다 기르겠다더라는 말을 하면서, 꼭 그 자리에 당손이를 주어버리고 말자고 했다. 송영감은 앵두나뭇집 할머니와 일전의 일이 있은 뒤에도 앵두나뭇집 할머니가 애를 통해서 먹을 것 같은 것을 보내는 것이, 흔히 이런 노파에게 있기 쉬운 이런 주선이라도 해주면 나중에 자기에게 돌아오는 것이 있어 그걸 탐내어 그러는 건 아니라고, 그저 인정 많은 늙은이라 이편을 위해주는 마음에서 그런다는 것만은 아는 터이지만, 송영감은 오늘도 저도 모를 힘으로, 그런 소리 하려거든 아예 다시는 오지도 말라고, 자기 눈에 흙 들기 전에는 내놓지 못한다고 했다. 앵두나뭇집 할머니는, 그렇게 고집만 부리지 말고 영감이 살아서 좋은 자리로 가는 걸 보아야 마음이 놓이지 않겠느냐는 말로, 사실 말이지 성한 사람도 언제 무슨 변을 당할는지 모르는데 앓는 사람의 일을 내일 어떻게 될는지 누가 아느냐고 하며, 더구나 겨울도 닥쳐오고 하니 잘 생각해보라고 했다. 송영감은 그저 자기가 거랑질을 해서라도 애를 굶기지는 않을 테니 염려 말라고 했다.

앵두나뭇집 할머니가 돌아간 뒤, 송영감은 지금 자기가 거랑질을 해서라도 애를 굶기지는 않겠다고 했지만, 그리고 사실 아내가 무엇보다도 자기와 같이 살다가는 거랑질을 할 게 무서워 도망갔음에 틀림없지만, 자기가 병만 나아 일어나는 날이면 아직 일등 호주라는 칭호 아래 얼마든지 독을 지을 수 있다는 생각과 함께, 이제 한 가마 독만 채워 전처럼 잘만 구워내면 거기서 겨울 양식과 내년에 할 밑천까지도 나올 수 있다는 희망으로, 어서 한 가마를 채우자고 다시 마음이 조급해지는 것이었다.

하루는 송영감이 날씨를 가려 종시 한 가마가 차지 못하는 독들을 왱손이의 도움을 받아 밖으로 내고야 말았다. 지어진 독만으로라도 한 가마 구워내리라는 생각이었다.

독 말리기. 말리기라기보다도 바람쐬기다. 햇볕도 있어야 하지만 바람이 있어야 한다. 안개 같은 것이 낀 날은 좋지 못하다. 안개가 걷히며 바람 한 점 없이 해가 갑자기 쨍쨍 내리쬐면 그야말로 걷잡을 새 없이 독들이 세로 가로 터져나간다. 그런데 오늘은 바람이 좀 치는 게 독 말리기에 아주 알맞은 날씨였다.

독들은 마당에 내이자 독가마 속에서 거지들이, 무슨 독을 지금 굽느냐고 중얼거리며 제가끔의 넝마살림들을 안고 나왔다. 이 거지들은 가을철이 되면 이렇게 독가마를 찾아들어 초가을에는 가마 초입에서 살다, 겨울이 되면서 차차 가마가 식어감에 따라 온기를 찾아 가마 속 깊이로 들어가며 한겨울을 나는 것이다.

송영감은 거지들에게, 지금 뜸막이 비었으니 독 구워내는 동안 거기에들 가 있으라고 하려다가 그만두었다. 전에 없이 거지들을 자기 있는 집에 들인다는 것이 마치 자기가 거지나 되는 것처럼 느껴졌던 것이다.

 가마에서 나온 거지들은 혹 더러는 인가를 찾아 동냥을 가고, 혹 한패는 양지바른 데를 골라 드러누웠고, 몇이는 아무 데고 앉아서 이 사냥 같은 것을 하기 시작했다.

 송영감도 양지에 앉아서 독이 하얗게 마르는 정도를 지키고 있었다.

 독들을 가마에 넣을 때가 되었다. 송영감 자신이 가마 속까지 들어가, 전에는 되도록 독이 여러 개 들어가도록만 힘쓰던 것을 이번에는 도망간 조수와 자기의 크기 같은 독이 되도록 아궁이에서 같은 거리에 나란히 놓이게만 힘썼다. 마치 누구의 독이 잘 지어졌나 내기라도 해보려는 듯이.

 늦저녁때쯤 해서 불질이 시작됐다. 불질. 결국은 이 불질이 독을 쓰게도 못 쓰게도 만드는 것이다. 지은 독에 따라서 세게 때야 할 때 약하게 때도, 약하게 때야 할 때 지나치게 세게 때도, 또는 불을 더 때도 덜 때도 안 된다.

 처음에 슬슬 때다가 점점 세게 때기 시작하여 서너 시간 지나면 하얗던 독들이 흑색으로 변한다. 거기서 또 너더댓 시간 때면 독들이 다시 처음의 하얗던 대로 되고, 다음에 적색으로 됐다가 이번에는 아주 새말갛게 되는데, 그것은 마치 쇠가 녹는 듯, 하늘의 햇빛을 쳐다보는 듯이 된다. 정말 다음 날 하늘에는 맑은 햇빛이 빛나고 있었다.

 곁불놓기를 시작했다. 독가마 양 옆으로 뚫은 곁창 구멍으로 나무를 넣는 것이다.

 이제는 소나무를 단으로 넣기 시작했다. 아궁이와 곁창의 불길이 길을 잃고 확확 내쏟다. 이 불길이 그대로 어제 늦저녁부터 아궁이에서 좀 떨어진 한곳에 일어나 앉았다 누웠다 하며 한결같이 불질하는 것을 지키고 있는 송영감의 두 눈 속에서도 타고 있었다.

이렇게 이날 해도 다 저물었다. 그러는데 한편 곁창에서 불질하던 왱손이가 곁창 속을 들여다보는 듯하더니 분주히 이리로 달려오는 것이었다. 송영감은 벌써 왱손이가 불질하던 곁창의 위치로써 그것이 자기의 독이 들어 있는 자리라는 것을 알고 왱손이가 뭐라기 전에 먼저, 무너앉았느냐고 했다. 왱손이는 그렇다고 하면서, 이젠 독이 좀 덜 익더라도 곁불질을 그만두고 아궁이를 막아버리자고 했다. 그러나 송영감은 그저, 그만두라고 할 때까지 그냥 불질을 하라고 했다.

거지들이 날이 저물었다고 독가마 부근으로 모여들었다.

송영감이, 이제 조금만 더, 하고 속을 죄이고 있을 때였다. 가마 속에서 갑자기 뚜왕! 뚜왕! 하고 독 튀는 소리가 울려나왔다. 송영감은 처음에 벌떡 반쯤 일어나다가 도로 주저앉으며 이상스레 빛나는 눈을 한곳에 머물린 채 귀를 기울였다. 송영감은 가마에 넣은 독의 위치로, 지금 것은 자기가 지은 독, 지금 것도 자기가 지은 독, 하고 있었다. 이렇게 튀는 것은 거의 송영감의 것뿐이었다. 그리고 송영감은 또 그 튀는 소리로 해서 그것이 자기가 앓다가 일어나 처음에 지은 몇 개의 독만이 튀지 않고 남은 것을 알며, 왱손이의 거치적거린다고 거지들을 꾸짖는 소리를 멀리 들으면서 어둠 속에 그만 쓰러지고 말았다.

다음 날 송영감이 정신이 들었을 때에는 자기네 뜸막 안에 뉘

어 있었다. 옆에서 작은 몸을 오그리고 훌쩍거리던 애가 아버지
가 정신 든 것을 보고 더 크게 훌쩍거리기 시작했다. 송영감이 저
도 모르게 애보고, 안 죽는다, 안 죽는다, 했다. 그러나 송영감은
또 속으로는, 지금 자기는 죽어가고 있다고 부르짖고 있었다.

이튿날 송영감은 애를 시켜 앵두나뭇집 할머니를 오게 했다.
앵두나뭇집 할머니가 오자 송영감은 애더러 놀러 나가라고 하며
유심히 애의 얼굴을 쳐다보는 것이었다. 마치 애의 얼굴을 잊지
않으려는 듯이.
  앵두나뭇집 할머니와 단둘이 되자 송영감은 눈을 감으며, 요전
에 말하던 자리에 아직 애를 보낼 수 있겠느냐고 물었다. 앵두나
뭇집 할머니는 된다고 했다. 얼마나 먼 곳이냐고 했다. 여기서 한
이삼십 리 잘 된다는 대답이었다. 그러면 지금이라도 보낼 수 있
느냐고 했다. 당장이라도 데려가기만 하면 된다고 하면서 앵두나
뭇집 할머니는 치마 속에서 지전 몇 장을 꺼내어 그냥 눈을 감고
있는 송영감의 손에 쥐어주며, 아무때나 애를 데려오게 되면 주
라고 해서 맡아두었던 것이라고 했다.
  송영감이 갑자기 눈을 뜨면서 앵두나뭇집 할머니에게 돈을 도
로 내밀었다. 자기에게는 아무 소용없으니 애 업고 가는 사람에
게나 주어달라는 것이었다. 그러고는 다시 눈을 감았다. 앵두나
뭇집 할머니는 애 업고 가는 사람 줄 것은 따로 있다고 했다. 송
영감은 그래도 그 사람을 주어 애를 잘 업어다주게 해달라고 하
면서, 어서 애나 불러다 자기가 죽었다고 하라고 했다. 앵두나뭇
집 할머니가 무슨 말을 하려는 듯하다가 저고릿고름으로 눈을 닦

으며 밖으로 나갔다.

송영감은 눈을 감은 채 가쁜 숨을 죽이고 있었다. 그리고 무슨 일이 있더라도 눈물일랑 흘리지 않으리라 했다.

그러나 앵두나뭇집 할머니가 애를 데리고 와, 저렇게 너의 아버지가 죽었다고 했을 때, 송영감은 절로 눈물이 흘러내림을 어찌할 수 없었다. 앵두나뭇집 할머니는 억해오는 목소리를 겨우 참고, 저것 보라고 벌써 눈에서 썩은 물이 나온다고 하고는, 그러지 않아도 앵두나뭇집 할머니의 손을 잡은 채 더 아버지에게 가까이 갈 생각을 않는 애의 손을 끌고 그곳을 나왔다.

그냥 감은 송영감의 눈에서 다시 썩은 물 같은, 그러나 뜨거운 새 눈물줄기가 흘러내렸다. 그러는데 어디선가 애의 훌쩍훌쩍 우는 소리가 들리는 듯했다. 눈을 떴다. 아무도 있을 리 없었다. 지어놓은 독이라도 한 개 있었으면 싶었다. 순간 뜸막 속 전체만 한 공허가 송영감의 파리한 가슴을 억눌렀다. 온몸이 오므라들고 차옴을 송영감은 느꼈다.

그러는 송영감의 눈앞에 독가마가 떠올랐다. 그러자 송영감은 그리로 가리라는 생각이 불현듯 일었다. 거기에만 가면 몸이 녹여지리라. 송영감은 기는걸음으로 뜸막을 나섰다.

거지들이 초입에 누워 있다가 지금 기어들어오는 게 누구이라는 것도 알려 하지 않고, 구무럭거려 자리를 내주었다. 송영감은 한옆에 몸을 쓰러뜨렸다. 우선 몸이 녹는 듯해 좋았다.

그러나 송영감은 다시 일어나 가마 안쪽으로 기기 시작했다. 무언가 지금의 온기로써는 부족이라도 한 듯이. 곧 예삿사람으로는 더 견딜 수 없는 뜨거운 데까지 이르렀다. 그런데도 송영감은 기기를 멈추지 않았다. 그렇다고 그냥 덮어놓고 기는 것은 아니었다. 지금 마지막으로 남은 생명이 발산하는 듯 어둑한 속에서도 이상스레 빛나는 송영감의 눈은 무엇을 찾고 있는 것이었다. 그러다가 열어젖힌 곁창으로 새어 들어오는 늦가을 맑은 햇빛 속에서 송영감은 기던 걸음을 멈추었다. 자기가 찾던 길이 예 있다는 듯이. 거기에는 터져나간 송영감 자신의 독 조각들이 흩어져 있었다.

  송영감은 조용히 몸을 일으켜 단정히, 아주 단정히 무릎을 꿇고 앉았다. 이렇게 해서 그 자신이 터져나간 자신의 독 대신이라도 하려는 것처럼.

(1944년 가을)

아버지

3·1운동에 관한 이야기, 그중에 어느 것은 이미 내가 아버지에게서 여러 차례 들은 것이다. 그러나 막상 그것에 관한 것을 무엇하나 써볼까 하니 다시 한번 새로이 듣고 싶어졌다. 나는 아버지를 찾기로 했다. 삼청동까지 가는 길에서도 자연 나는 아버지한테서 들은 그때 이야기를 이것저것 생각해내 보는 것이었다…….

그것은 아버지가 스물일곱 살 때 일이었다. 어느 첫겨울날 아버지는 안세환씨와 함께 당시 평양기독병원에 입원해 있는 남강 이승훈 선생을 찾았다. 사실은 그때 남강선생은 동지들과 비밀연락을 취하기 위해서 거짓병으로 병원에 입원해 계셨다. 이런 남강선생이 안씨보고 이번 일에 몸을 바칠 수 있는 청년 몇 사람을 구하라는 부탁이 있었다. 아버지는 그런 청년으로 남강선생에게 소개된 것이었다. 아버지는 당시 숭덕학교 고등과 선생이었다. 남강선생으로부터 아버지에게 맡겨진 일은 그날(3·1날) 독립선언서와 태극기를 평양 부내와 인산식에 모인 사람에게(숭덕학교 운동장에서 식이 있기로 되어 있었다.) 도른 후 만세를 부르게 하는 일이었다.

아버지는 우선 고등과 학생 중에서 뜻있는 학생을 골라냈다. 이 학생들에게, 너는 시내 어디서 어디까지, 너는 또 어디서 어디까지, 이렇게 독립선언서와 태극기를 도르도록 계획을 세웠다. 경관에게 붙들리는 때에는 주저 말고 학교선생 황 아무개가 하라고 해서 했다고 말하라고 하고는 그날 식 시작을 알리는 장닷재 예배당 종소리를 신호로 도르기 시작하기로 했다. 이 아버지의 계획은 성공했다. 식에 모인 사람들에게 도르는 것도 학생을 모인 사람 매 줄에다 한 사람씩 서있게 했다가 일제히 도르게 하여 감쪽같이 끝냈다. 그 자리에서 독립선언서가 낭독되었다. 뒤이어 모두들 가슴이 터져라 만세를 부르기 시작했다. 사복한 경관도 와 있었지만 감히 당장 손을 대지 못했다. 모였던 사람들은 이번에는 몇 갈래로 나뉘어 시가로 들어갔다. 시가지도 이미 온통 만세바다였다. 그러나 아버지는 다음 날 잡힘의 몸이 되었다. 나는 중학시절 아버지의 이야기를 듣고는, 그때 내가 중학생이라서 더 그랬겠지만, 3·1 당시의 학생들이 종소리를 신호로 독립선언서와 태극기를 가슴에 안고 이 거리 저 거리를 용감히 달렸을 모습을 눈앞에 그리면서 꽤는 감동했었다.

여기의 두 분, 남강선생과 안세환씨를 나는 생전에 친히 뵈었다. 내 중학 사년 때인가 세상을 떠난 남강선생. 운명하시면서 당신의 유골로 표본을 만들어 당신의 설립교인 오산중학 표본실에 두어달라는 유언이었으나, 당신의 왜정은 그런 것조차 허락지를 않아, 우리 젊은 학도들의 가슴을 사뭇 끓게 한 남강선생. 이분을 나는 내가 중학 일학년 한 학기를 오산중학에서 공부한 일이 있어 친히 뵈었다. 그때 이미 선생은 현직 교장으로는 안 계셨는데도 하루 걸러끔은 꼭꼭 학교에 오셨다. 언제나 한복을 입으신 자그마한 키, 샛하얗게 센 머리와 수염. 수염은 구레나룻을 한 치 가량 남기고 짜른 수염이었다. 참 예쁘다고 할 정도의 신수시었다. 그때 나는 남자라는 것은 저렇게 늙을수록 아름다워질 수도 있는 것이로구나 하는 걸 한두 번 느낀 것이 아니었다.

이런 남강선생은 참 말씀도 재미나게 잘 하셨다. 가끔 조회시간을 이용해 장차 오산에다 전문대학까지 세우고 남녀공학을 하겠다는 말을 해, 우리들의 가슴을 뛰게 하곤 했다.

그러나 그렇게 상냥하시던 선생이 일단 노하시면 아주 대단하셨다. 한번은 학년 대항 대운동회 때 기록계 선생의 실수로 사실은 사학년이 우승할 것이 오학년의 우승으로 돼버린 일이 있었다. 그러지 않아도 스트라이크 잘 하기로 유명한 학교였지만, 이런 일을 가지고도 벌써 스트라이크를 한다고 떠들어댔다. 선생들은 누구 하나 입을 열 엄두도 못 내고 있는 판이었다. 남강선생이 나타나셨다. 선생은 학생을 모아놓고 대뜸, 이 자식들아, 스트라이크를 할 테건 큰 스트라이크를 해라, 이건 무슨 스트라이크냐, 이 변변치 못한 녀석들아! 선생의 꾸지람은 무엇 선생이 생도보고 하는 것이 아니고, 할아버지나 아버지가 그 손자가 아들들보고 하는 그런 것이었다. 그러기에 학생들도 이 할아버지나 아버지 같은 선생의 말씀은 또한 거역지 못하는 것이었다.

또 한 분 안세환씨는 내 중학 일이학년 시절에 우리집에 드문히 오시던 것이 기억에 있다. 하기는 그전부터 우리집에 오시던 것 같기도 하지만. 그때 벌써 안씨는 반 정신이상자시었다. 온갖 고문을 겪은 끝에 그렇게 된 것이었다. 겨울 여름 할 것 없이 붉은 밤색 외투를 입고 다니셨다. 지금 내게는 씨의 얼굴 모습보다도 이 붉은 밤색 외투가 더 기억에 선명하다. 하기는 정신이상이 된 분이라 해도 그 모습이 조금도 흉하거나 무섭지는 않았다는 것도 분명히 기억에 남아 있지만. 외투는 물론 낡아 있었다. 씨는 이것을 입고 우리집에 오시면 주인을 찾지도 않고 들어서곤 했다. 씨는 마늘장아찌를 좋아하셨다. 어머니는 이 안씨만 오시면 으레 상 위에 마늘장아찌 놓으시기를 잊지 않으셨다. 씨는 별로 말씀이 없으셨다. 아버지는 씨가 보일 적마다, 댁에서는 다 안녕하시냐고 물으셨는데 그러면 그저, 그렇다는 대답을 할 뿐, 씨 자신이 누구에게 먼저 말을 건네본 적은 없었던 성싶다. 씨의 집은 순안이었다. 정신이 좀 분명해진 때에는 집에 들어가셨다가 다시 정신이 이상해지면 집을 나오시는 것이었는데, 집을 나오시면 으레 또 우리집을 찾는 것이었다. 그리고 그렇게 해 집에 오셔서 아무 말 없이 앉았다 드리는 상을 받으시고는 들어오실 때처럼 간다는 말도 없이 가버리시는 것이었다. 이 안씨가 언제 세상을 떠나셨는지 내 기억에 없다. 이제 아버지를 뵈오면 이 안세환씨에 대해서도 좀 더 자세한 것을 여쭤보리라.

그런데 역시 내 소년시절에 그중 흥미를 갖고 들어온 이야기는 아버지의 감옥생활이다. 내가 몇 번이고 되풀이해 들은 것도 이 감옥생활의 토막 이야기들이다. 그리고 이 아버지의 감옥생활 이야기가 나오면 언제나 생각나는 게 하나 있다. 그것은 내 소학 삼사학년 때까지 그 컴컴하고 좁은 광 속 시렁 위에 얹혔던 한 절반 뜨다 만 맥고모자다.

아버지는 서울 서대문 형무소로 넘어가자 거기서 복역하는 일 년 반 동안 같은 사건으로 들어온 박인관 목사(이분은 아직 기양이라는 곳에 살고 계신지?)와 이 맥고모자 뜨는 일을 한 것이었다. 아버지는 이 맥고모자를 떠서 출옥시까지에 오 원 액수의 돈을 벌었는데, 이 돈에서 이 원은 같은 날 출옥하는 어떤 사람에게 노자로 주고, 그리고 평양까지의 노비를 쓰고 집에 남겨온 돈이 칠십 전이었다는 이야기. 담배곽 붙이는 패에선 풀을 아껴 쓰고 남겨서는 같이 나누어 먹던 이야기. 둘이서 배나 가리울까 말까한 요로 겨울을 나면서, 밤마다 추위에 잠이 깨어서는 당신보다도 동지의 배를 애써 가리워주던 이야기. 옴들이 올라 긁다 못해 진을 짜내면 그 진이 그냥 얼곤 하는 감방에서 손이 자라지 않는 곳은 서로 번갈아 짜주던 이야기.

그때 같은 감방에 사상 관계로 들어온 사람으로 아버지와 박목사, 그리고 다른 두 청년이 있었다. 한 사람은 같은 3·1 관계로 남도 어느 시골에서 붙들려 들어온 청년이요, 다른 한 사람은 만주에 가 있으면서 독립운동을 하다 잡혀 들어온 청년이었다. 남도에서 온 청년은 넷 가운데 그중 나이가 젊었는데 손바닥에 굳은 못이 박힌 농촌 청년이었다. 이 청년만은 피부가 건강한 탓인지 혼자 옴도 옮지 않았고, 무슨 매에도 그중 잘 견디어냈다는 이야기. 만주 청년은 곧잘 여순감옥에서 사형을 받아 돌아간 안중근 의사를 두고 지은 노래라면서 노래를 불렀는데, 그것을 다른 셋이 배워가지고 처음에는 입속으로 부르다 나중에는 그만 격하여 어느새 모두 소리를 내어 부르곤 해, 간수에게 하나하나 불리어 나가 호된 매를 맞던 이야기. 그 노래를 아버지는 지금까지 외고 계시다. ──공산명월 야심경에 슬피 우는 소쩍새, 목의 피가 마르도록 저 달빛이 지도록, 소쩍새야 말 물어보자, 네가 고국산천 못 잊는 그의 혼이냐.

　아버지는 신문을 들고 계시다가 들어오는 나를 보시고는, 요새 애들 잘 노느냐고 하시면서 신문을 놓고 안경을 벗으신다. 아랫목에 타월로 머리를 동이고 누워계시던 어머니가 고개를 드신다. 어디 몸이 편치 않으시냐고 하니 어머니는, 아니라고 하시면서 도리어, 애들 앓지 않고 잘 노느냐고, 우리 걱정이시다.
　아버지가 혼잣말씀처럼, 어머니는 또 며칠째 바람증으로 머리가 흔들려 그런다고 하신다. 그러지 않아도 거의 해마다 겨울철만 잡히면 바람증으로 머리를 앓으시는 어머니시다. 이런 육십이 다 되신 어머니가 요새 이 삼청동 뒷산에서 손수 긁어온 가랑잎과 삭정이로 지내시는 방안에서 바람증이 도졌다는 것은 조금도 기이한 일은 아니다. 그러나 어머니는 한 번도 당신을 서울에까지 끌어다놓고 이런 고생을 시킨다는 불평을 말씀한 적은 없으시다.
　이 잘난 아들이 서울이 그리워 이렇게 부모를 모셔다놓고 꼼짝 못하는 꼴이란! 그러나 어머니와 아버지는 불평 대신에 언제나 이 잘난 자식보고 하시는 말씀은 사람이란 어려운 때에 옳은 길을 가야만 한다는 말씀뿐이시다.
　이 잘난 자식은 또 무슨 잘난 글을 써보겠다는 것인지, 아버지에게 이런 말을 묻기 시작하는 것이다.

——안선생이 남강선생보다 더 지독한 고문을 당한 이유가 뭣인가요? 정신이상이 되두룩?

아버지는 곧,

——그건 주루 안세환씨가 일본정부네 의견 딘술을 하러 대표루 갔든 관계디,

하신다.

——정신이상은 출옥한 뒤에 생겼습니까, 감옥에 계실 때 생겼습니까?

——감옥에서 정신이상 때문에 가출옥을 했다.

나는 아버지가 언젠가도 말씀한 3·1 운동은 당시 윌슨의 민족자결론도 자결론이지만 일본의 무단정책 밑에 신음하던 조선사람의 원한이 더 컸었기 때문이라는 것을 생각하며, 그러니 그 무단정책의 일익을 담당한 경찰이 이런 사상범에게 가혹한 고문으로써 대했을 것만은 뻔한 노릇이 아닌가. 그 고문의 실례를 아버지가 직접 보시고 당하신 대로 세세히 다시 한번 들어보리라 하는데, 아버지는 갑자기 무엇을 생각하신 듯,

——참 메칠 전에…….

하시며 그 무엇을 보기라도 하실 것처럼 안경을 다시 끼시더니 허공 한곳에 눈을 주시며,

——메칠 전에 거리에 나갔다가 돌아오는 길에 안국동에서 어떤 사람을 하나 어겠어. 원래 나는 길을 가믄서 디나가는 사람을 자세히 보디 않는 습관이라 어떤 사람인디두 잘 보디 않았디. 그른데 이 사람이 날 어기구 나서 부르기에 돌아다보니 털모자를 푹

눌러쓰구 허름한 두루마기를 닙은 시굴사람이야, 웬 사람일까 하는데, 이 사람이 날더러 황성 쓰디 않느냐구 묻길래 그렇다구 했드니 자기는 김 아무갠데 모르겠느냐구 하드군. 봐두 모를 사람이야. 그래 생각나디 않는다구 했디. 그랬드니 기미년 만세 때 서대문형무소에 같이 있던 김 아무개 모르겠느냐구 하디 않갔어. 그제야 생각이 나드군. 그때 우리 네 청년 가운데 데일 나이가 젊든, 남도 어데서 들어왔다든 청년 그 사람이야. 그래 손을 붙들었드니 손바닥에 온통 못이 백힌 큰 손이 갈데없는 그 사람이디 뭐야. 그러구 보니까 털모자 속에 드러난 주름 잽힌 시커먼 얼굴에 넷모습이 완연하드군. ······마츰 길 옆에 조그마한 음식점이 하나 있어서 그리루 들어가 이런데런 회포 니애길 했디. 그르다가 무슨 말끝엔가 그이는 이번 서울 올라온 건 신탁통티 문데 때문이란 거야. 시굴서는 어뜨케 종잡을 수가 없다구 하드군. 신탁통틸 찬성해야 할디 반대해야 할디 말이야. 그걸 분명히 알아가지구 내레가서 자기 사는 고당에서 운동을 닐으키겠다는 거야. 결국 어느 모루든 왜놈식의 무단정티가 이 땅에 다시 활개를 테서는 안 된다는 거디. 그래 자꾸만 삼일운동 때 일이 생각나 못 겐디겠드라나. 그러니 또 자연 그때 감옥에서 같이 디내든 우리 넷의 일두 새삼스레 머리에 떠오르구. 그날만 해두 삼일 당시의 우리들의 일이 새로워디대놔서 거리에서 날 어기자 나라는 걸 곧 알 수 있었대. ······그이두 인젠 얼굴이 어뜨케나 환히 터다뵈든디, 그리구 말하는 거라든디 생각하는 게 어띠나 젊었든디, 나까지 막 다시 젊어디는 것 같드라.

이렇게 말씀하시는 아버지에게 나는 잠깐 내가 물을 말도 잊고, 반백이 다 되신 머리를 바라보며 아버지도 늙으실수록 아름다워지는 유의 남자임을 안 것 같았다.

(1947년 이월)

목넘이 마을의 개

 어디를 가려도 목을 넘어야 했다. 남쪽만은 꽤 길게 굽이돈 골짜기를 이루고 있지만, 결국 동서남북 모두 산으로 둘러싸여 어디를 가려도 산목을 넘어야만 했다. 그래 이름 지어 목넘이 마을이라 불렀다.
 이 목넘이 마을에 한시절 이른봄으로부터 늦가을까지 적잖은 서북간도 이사꾼이 들러 지나갔다. 남쪽 산목을 넘어오는 이들 이사꾼들은 이 마을에 들어서서는 으레 서쪽 산밑 오막살이 앞에 있는 우물가에서 피곤한 다리를 쉬어가는 것이었다.
 대개가 단출한 식구라고는 없는 듯했다. 간혹가다 아직 나이 젊은 내외인 듯한 남녀가 보이기도 했으나, 거의가 다 수다한 가족이 줄레줄레 남쪽 산목을 넘어 와닿는 것이었다. 젊은이들은 누더기가 그냥 내뵈는 보따리를 짊어지고, 늙은이들은 쩔룩거리는 다리를 질질 끌면서도 애들의 손목을 잡고 있었다. 여인들은 애를 업고도 머리에다 무어든 이고 있고.

이들은 우물가에 이르자 능수버들 그늘 아래서 먼첨 목을 축였다. 쭉 한차례 돌아가며 마시고는 다시 또 한차례 마시는 것이었는데, 보채는 애, 아직 젖도 떨어지지 않은 어린것에게도 물을 먹이는 것이었다. 나지도 않는 젖을 물리느니보다 이것이 나을 성싶은 모양이었다.

다음에는 부릍고 단 발바닥에 냉수를 끼얹었다. 이것도 몇 차례나 돌아가며 끼얹는 것이었다. 어른들이 다 끝난 다음에도 애들은 제 손으로 우물물을 길어 얼마든지 발에다 끼얹곤 했다. 그러나 떠날 때에는 여전히 다리를 절룩이며 북녘 산목을 넘어 사라지는 것이었다.

저녁녘에 와닿는 패는 마을서 하룻밤을 묵는 수도 있었다. 그럴 때에는 또 으레 서산 밑에 있는 낡은 방앗간을 찾아들었다. 방앗간에 자리 잡자 곧 여인들은 자기네가 차고 가는 바가지를 내들고 밥동냥을 나섰다. 먼저 찾아가는 곳이 게서 마주 쳐다보이는 동쪽 산기슭에 있는 두 채의 기와집이었다. 그리고 바가지 든 여인의 옆에는 대개 애들이 붙어 따랐다. 그러다가 동냥밥이 바가지에 떨어지기가 무섭게 집어삼키는 것이었다. 바가지 든 여인들은 이따 어른들도 입놀림을 해봐야지 않느냐고 타이르는 것이었으나, 두 기와집을 돌아나오고 나면 벌써 바가지 밑이 비는 수가 많았다. 이런 나그네들이 다음 날 새벽 동이 트기 퍽 전인 아직 어두운 밤 속을 북녘으로 북녘으로 흘러 사라지는 것이었다.

어느 해 봄철이었다. 이 목넘이 마을 서쪽 산밑 간난이네 집 옆 방앗간에 웬 개 한 마리가 언제 방아를 찧어보았는지 모르게 겨 아닌 뽀얀 먼지만이 앉은 풍구 밑을 혓바닥으로 핥고 있었다. 작지 않은 중암캐였다. 그리고 본시는 꽤 고운 흰 털이었을 것 같은, 지금은 황토물이 들어 누르칙칙하게 더러워진 이 개는 몹시 배가 고파 있는 듯했다. 뒷다리께로 바싹 달라붙은 배는 숨 쉴 때마다 할딱할딱 뛰었다. 무슨 먼 길을 걸어온 것도 같았다. 그러고 보면 목에 무슨 끈 같은 것을 맸던 자리가 나있었다. 이렇게 끈에 목을 매여가지고 머나먼 길을 왔다는 듯이.

전에도 간혹 서북간도 이사꾼이 이런 개의 목에다 끈을 매가지고 데리고 지나간 일이 있은 것처럼, 이 개의 주인도 이런 서북간도 나그네의 하나가 아닐까. 원래 변변치 않은 가구 중에서나마 먼 길에 갖고 가지 못할 것은 팔아서 노자로 보태고. 그래도 짐이라고 꾸려가지고 나설 때 식구의 하나인 양 따라나서는 개를 데리고 떠난 것이리라. 애가 있어 개를 기어이 자기네가 가는 곳까지 데리고 가자고 졸라대어 데리고 나섰대도 그만이다. 그래 이런 신둥이개를 데리고 나서기는 했지만, 전라도면 전라도, 경상도면 경상도 같은 데서 이 평안도까지 오는 새에, 해가지고 떠나온 기울떡 같은 것도 다 떨어져, 오는 길길에서 빌어먹으며 굶으며 하는 동안, 이 신둥이에게까지 먹일 것은 없어, 생각다 못해 길가 나무 같은 데 매놓았었는지도 모른다. 누가 먹일 수 있는 사람이 풀어다가 잘 기르도록 바라서. 그래 신둥이는 주인을 찾아 울 대로 울고, 있는 힘대로 버두룩거리고 하여 미처 누구에게 주워지기 전에 목에 맸던 끈이 끊어져나갔는지도 모른다. 이래서 주인을 찾아 헤매다가 이 목넘이 마을로 흘러들어왔는지도.

목넘이 마을의 개 73

혹은 서북간도 나그네가 예까지 오는 동안 자기네가 가는 목적지까지 데리고 갈 수 없음을 깨닫고 어느 동네를 지나다 팔아버렸는지도 모른다. 혹은 또 끼니를 얻어먹은 집의 신세 갚음으로 잘 기르라고 주고 갔는지도. 그것을 신둥이가 옛주인을 못 잊어 따라나섰다가 이 마을로 흘러들어왔는지도.

그러고 보면 또 신둥이 몸에 든 황토물도 어쩐지 평안도땅의 황토와는 다른 빛깔 같았다. 그리고 지금 방앗간 풍구 밑을 아무리 핥아도 먼지뿐인 것을 안 듯 연자맷돌께로 코를 끌며 걸어가는 뒷다리 하나가 사실 먼 길을 걸어온 듯 쩔룩거렸다.

신둥이는 연자맷돌도 짤짤 핥아보았으나 거기에도 덮여 있는 건 뽀얀 먼지뿐이었다. 그래도 신둥이는 그냥 한참이나 그것을 핥고 나서야 핥기를 그만두고, 다시 코를 끌고 다리를 쩔룩이며, 어쩌면 서북간도 나그네인 자기 주인이 어지러운 꿈과 함께 하룻밤을 머물고 갔을지도 모르는, 그러니까 어쩌면 이 방앗간에서들 자기네의 가련한 신세와 더불어 길가에 버려두고 온 이 신둥이의 일을 걱정했을지도 모르는, 이 방앗간 안을 이리저리 다 돌고 나서 그곳을 나오는 것이었다.

방앗간을 나온 신둥이는 바로 옆인 간난이네 집 수수깡바자문 틈으로 들어갔다. 토방 밑에 엎디어 있던 간난이네 누렁이가 고개를 들고 일어서더니 낯설다는 눈치로 마주 나왔다. 신둥이는 저를 물려고나 나오는 줄로 안 듯 꼬리를 찰싹 올라붙은 배 밑으로 꺼넣고는 쩔룩거리는 걸음으로 달아나오고 말았다.

게딱지 같은 오막살이들이 끝난 곳에는 채전이었다. 신둥이는 채전 옆을 지나면서 누렁이가 뒤따라오지 않는다는 것을 안 다음에도 그냥 쩔룩거리는 반 뜀걸음으로 달렸다. 채전의 끝난 곳은 판이 고르지 못한 조각뙈기 밭이었다. 조각뙈기 밭들이 끝난 곳은 가물에는 물 한방울 남지 않고 조약돌이 그냥 드러나는, 지금은 군데군데 끊긴 물이 괴어 있는 도랑이었다. 신둥이는 여기서 괴어 있는 물을 찰딱찰딱 핥아먹었다.

도랑 건너편이 바로 비스듬한 언덕이었다. 이 언덕 위 안쪽에 목넘이 마을 주인인 동장네 형제의 기와집이 좀 새를 두고 앉아 있었다. 이 두 기와집 한중간에 이 두 집에서만 전용하는 방앗간이 하나 있었다.

신둥이는 풍구 밑을 한창 핥고 있는데 저편에서 큰 동장네 검둥이가 보고 달려왔다. 이 검둥이가 방앗간 밖에서 잠깐 걸음을 멈추고 이쪽을 향해 그 윤택한 털을 거슬러 세우면서 이빨을 시리물고 으르렁댔을 때, 신둥이는 벌써 이미 한군데 물어뜯기우기나 한 듯이 깽 소리와 함께 꼬리를 뒷다리 새에 끼면서도 핥는 것만은 멈추지 않았다. 그러자 검둥이는 이내 신둥이가 자기와 적대할 상대가 안 된다는 것을 알아챈 듯이 슬금슬금 신둥이의 곁으로 와 코를 대보는 것이었다.

신둥이가 암캐인 것을 안 검둥이는 아주 안심된 듯이 곁에 서서 꼬리까지 저었다. 신둥이는 이런 검둥이 옆에서 또 자꾸만 온몸을 후들후들 떨었다. 그러나 핥는 것만은 여전히 멈추지 않았다.

신둥이는 풍구 밑이며 연자맷돌이며를 핥고 나서 두 집 뒷간에도 들렀다 와서는 풍구 밑에 와 엎디어 버렸다. 그러고는 절로 눈이 감기는 듯 눈을 끔벅이기 시작했다. 점점 끔벅이는 도수가 잦아져가다가 아주 감아버리는 것이었다. 검둥이가 저만큼 떨어져 앉아서 이편을 지키고 있었다.
 그날 저녁때였다. 큰동장네 집에서 여인의 목소리로, 워어리 워어리 하고 개 부르는 소리가 들려나왔다. 검둥이가 집을 향해 달려갔다. 신둥이도 일어났다. 그리고 아까번에 핥아먹은 자리를 되핥기 시작했다. 그러다 신둥이는 무엇을 눈치 챈 듯 큰동장네 집으로 쩔뚝쩔뚝 걸어가는 것이었다.
 사실 대문에서 들여다뵈는 부엌문 밖 개 구유에는 검둥이가 붙어 서서 첩첩첩첩 밥을 먹고 있었다. 신둥이는 저도 모르게 꼬리를 뒷다리 새에 끼고 후들후들 떨면서 그리로 가까이 갔다. 그러나 신둥이가 채 구유 가까이까지 가기도 전에 검둥이는 그 윤택한 털을 거슬러 세우며 흰 이빨을 시리물고 으르렁대기 시작하는 것이었다. 신둥이는 걸음을 멈추고 구유 한쪽만 바라보다가 기다리려는 듯이 거기 앉아버렸다.
 좀 만에야 검둥이는 다 먹었다는 듯이 그 길쭉한 혀를 여러 가지 모양의 길이로 빼내가지고 주둥이를 핥으며 구유를 물러났다. 신둥이는 곧 일어나 그냥 떨리는 몸으로 구유로 가 주둥이부터 갖다댔다. 그래도 밑바닥에는 밥이 남아 있었고, 구유 언저리에도 꽤 많은 밥알이 붙어 있었다. 신둥이는 부리나케 핥았다. 그러는 신둥이의 몸은 점점 더 떨리었다. 몇 차례 되핥고 나서 더 핥을 나위가 없이 된 뒤에야 구유를 떠나, 자기편을 지키고 앉았는 검둥이 옆을 지나 그 집을 나왔다.
 신둥이가 다시 방앗간을 찾아가는데 개 한 마리가 앞을 막아섰다. 작은동장네 바둑이였다. 신둥이는 또 겁먹은 몸을 움츠릴 밖에 없었다. 바둑이는 신둥이 몸에 코를 갖다대었다. 그러자 이번에는 신둥이 편에서 무슨 냄새를 맡아낸 듯 코를 들었다. 그러고는 바둑이의 금방 밥을 먹고 나온 주둥이에 붙은 물기를 핥기 시작하는 것이었다.

바둑이가 귀찮다는 듯이 자기 집 쪽으로 걸어갔다. 신둥이는 그 뒤를 바싹 따랐다. 바둑이는 자기 집 안뜰로 들어가더니 한가운데 자리를 잡고 앉아버렸다. 신둥이는 곧장 부엌문 앞 구유로 갔다.

구유 바닥에는 큰동장네 구유 밑처럼 밥이 남아 있었고 언저리로 돌아가며 밥알이 꽤 많이 붙어 있었다. 신둥이는 급히 그것을 짤짤 핥아먹고 나서야 그곳을 나와 방앗간 풍구 밑으로 갔다.

밤중에 궂은비가 내리기 시작했다. 이튿날도 그냥 구질게 비가 내렸다. 신둥이는 날이 밝자부터 빗속을 떨며 어제보다는 좀 나았으나 그냥 저는 걸음걸이로 몇 번이고 큰동장과 작은동장네 개구멍을 드나들었는지 몰랐다. 처음에는 몇 번을 왔다 갔다 해도 구유 속은 궂은비에 젖어 있을 뿐, 좀처럼 아침먹이가 나오지 않는 것이었다. 그러는 동안에 밥이 나왔으나 이번에는 주인 개가 구유에서 물러나기를 기다려야 했다. 이렇게 해서 주인 개들이 먹고 남은 구유를 핥아먹고, 그리고 뒷간에 들러 방앗간 풍구 밑으로 가서는 다시 누워버렸다. 낮쯤 해서 신둥이는 그곳을 기어나와 빗물을 핥아먹고 되돌아가 누웠다.

저녁때가 돼서야 비가 멎었다. 신둥이는 또 미리부터 두 기와집 새를 여러 번 왔다 갔다 해서 구유에 남은 밥을 얻어먹을 수 있었다. 이날 저녁은 작은 동장네 바둑이가 입맛을 잃었는지 퍼그나 많은 밥을 남기고 있었다.

다음 날은 아주 깨끗이 개인 봄날이었다. 이날도 신둥이는 꼭 두새벽부터 두 집 새를 오고 가고 해서야 구유에 남은 밥을 얻어먹을 수 있었는데, 이날 신둥이의 걸음은 거의 절룩거리지 않았다. 방앗간으로 돌아가자 볕 잘 드는 곳에 엎디어 해바라기를 시작했다.

늦은 조반 때쯤 해서 이쪽으로 오는 인기척 소리가 나더니, 두 동장네 절가(머슴)가 볏섬을 지고 나타났다. 절가가 지고 온 볏섬을 방앗간에다 쿵 내려놓고 온 길을 되돌아서는데, 절가와 어기어 키를 든 간난이 할머니와 망판을 인 간난이 어머니가 방앗간으로 들어섰다. 간난이 할아버지가 전에 동장네 절가살이를 산 일이 있어 뒤에 절가살이를 나와가지고도 이렇게 두 동장네 크고 작은 일을 제 일 제쳐놓고 봐주는 터였다.

간난이 어머니가 비로 한참 연자맷돌을 쓸어내는데 절가가 다시 볏섬을 지고 돌아왔다. 한 손에는 소고삐를 쥐고.

풀어헤치는 볏섬 속에서는 먼저 구들널기한 냄새가 풍겨나왔다. 신둥이가 무슨 밥내나 맡은 듯이 섬께로 갔다. 그러자 절가가 개 편을 눈여겨보지도 않고 그저, 남 이제 한창 바쁠 판인데 개새끼 같은 게 와서 거추장스럽다고 발을 들어 신둥이의 허리를 밀어챘다. 그다지 힘줘 찬 것도 아니건만 꿋꿋하고 억센 다리라 신둥이는 그만 깽소리를 지르며 옆으로 나가쓰러졌다. 신둥이는 다시 해바라기하던 자리로 가 눕고 말았다.

첫 확을 거의 다 찧었을 즈음, 작은동장이 왔다. 작달막한 키에 머리를 빡빡 깎았다. 얼굴의 혈색이 좋아 마흔 가까운 나이가 도무지 그렇게 뵈지 않는 작은동장은 방앗간 안으로 들어서며 다부

진 몸집처럼 야무진 목소리로,

"잘 말랐디?"

했으나 그것은 무어 누구에게 물어보는 말은 아니었던 듯 누구의 대답도 기다리지 않고,

"깨디디 않두룩 찧게."

했다.

소 뒤를 따르던 간난이 할머니가 연자의 쌀을 한 옴큼 쥐어 눈 가까이 갖다대고 찧어지는 형편을 살피고 나서 말없이 도로 놓았다. 잘 찧어진다는 듯.

작은동장이 돌아서다가 신둥이를 발견했다.

"이제 누구네 가이야?"

절가와 간난이 할머니와 간난이 어머니가 이쪽으로 고개를 돌릴 새도 없이, 작은동장의 발길이 신둥이의 허리 중동을 와 찼다. 신둥이는 뜻않았던 발길에 깽 비명을 지르며 달아날 밖에 없었다. 얼마를 와서 그래도 이 방앗간을 떠나지 못하겠다는 듯이 뒤돌아보았을 때에는 벌써 절가와 간난이 할머니와 간난이 어머니는 그게 누구네 개건 내 아랑곳 아니라는 듯이 자기네 일에만 열중해 있었는데 다만 작은동장만이 이쪽을 지키고 섰다가 돌멩이라도 쥐려는 듯 허리를 굽히는 게 보여 신둥이는 다시 있는 힘을 다해 달아나야 했다. 비스듬한 언덕길을 내리기 시작하는데 과연 돌멩이 하나가 날아와 옆에 떨어졌다.

신둥이는 어제 비에 제법 물이 흐르는 도랑을 건너, 김선달이랑이 일하는 조각뙈기 밭 새를 지나기까지 그냥 뛰었다. 이런 신둥이는 요행 다리만은 절룩이지 않았다.

서쪽 산밑 간난이네 집 옆 방앗간으로 온 신둥이는 또 먼지만 내려앉은 풍구 밑으로 가 누웠다. 그러나 얼마 뒤에 신둥이는 그곳을 나와 다시 동장네 방앗간을 찾아가는 것이었다. 비스듬한 언덕을 올라 방앗간 쪽을 바라보는 신둥이는 그곳에 작은동장의 모양이 뵈지 않음에 적이 안심된 듯 그쪽으로 발을 옮기기 시작했으나 문득 지금 한창 풍구를 두르고 있는 보매 우악스러울 것만 같은 절가에게 눈이 가자 주춤 걸음을 멈추고 한참 지켜보다가 그만 돌아서 온 길을 되걷는 것이었다.

낮이 기울어서야 간난이 할머니와 간난이 어머니가 앞집 수수깡바자 울타리를 끼고 이리로 오는 것이 보였다. 간난이 할머니와 간난이 어머니는 자기네 집으로 들어가기 전에 이쪽을 바라보았다. 신둥이는 이들이 자기를 어쩌지나 않을까 싶어 일어나 피하려는 눈치를 보였으나 두 여인은 물론 신둥이는 어쩌는 일 없이 자기네 집으로 들어가버렸다.

신둥이는 그길로 동장네 방앗간으로 갔다. 방앗간은 비로 한 번 쓸었으나, 그래도 여기저기 꽤 많은 쌀겨가 앉아 있었고, 기둥 같은 데도 꽤 두툼하게 겨가 붙어 있었다. 신둥이는 풍구 밑부터 들어가 마구 핥았다.

그날 초저녁이었다. 신둥이가 큰동장네 대문 안에 서서 지금 거의 다 먹어가는 검둥이의 구유 쪽을 바라보고 섰는데, 방문이 열리며 큰동장이 나왔다. 역시 작은동장처럼 작달막한 키에 머리를 빡빡 깎았다. 또한 혈색이 좋아 아주 젊어 뵈었다. 얼른 보매 작은동장과 쌍둥이나 아닌가 싶게 그렇게 모습이 같았다. 그러지 않아도 처음 보는 사람은 이 두 사람을 서로 바꿔 보는 수가 많았다.

이 큰동장이 뜰로 내려서면서 지금 구유 쪽에만 정신이 팔려 있는 신둥이를 발견하자 보지 못하던 개임에, 이놈의 가이새끼, 하고 발을 굴렀다. 목소리마저 작은동장처럼 야무졌다. 신둥이는 깜짝 놀라 개구멍을 빠져 달아나고 말았다.

큰동장이 대문을 나서는데 마침 저녁을 먹고 이리로 나오던 작은 동장이 신둥이를 보고 이 개가 오늘 아침에 자기가 방앗간에서 쫓은 개라는 것과 또 이 개가 형한테 쫓겨 달아나는 사실에 미루어, 언뜻 보지 못하던 이놈의 개새끼가 혹시 미친개나 아닌가 하는 생각이 든 듯, 갑자기 야무진 목청으로, 미친가이 잡아라! 하고 고함을 지르는 것이었다. 그러자 큰동장편에서도 지금 꼬리를 뒷다리 새로 끼고 달아나는 뒷배가 찰딱 올라붙은 저놈의 낯선 개새끼가 정말 미친갠지도 모른다는 생각이 든 듯, 데놈의 미친가이 잡아랏 소리를 따라 질렀는가 하자 대문 안으로 몸을 날려 손에 알맞은 몽둥이 하나를 집어 들고 나오더니 신둥이의 뒤를 쫓으며 연방, 미친가이 잡아랏 소리를 질렀다.

동장네 형제가 비스듬한 언덕까지 이르렀을 때 신둥이는 벌써 조각때기 밭 새를 질러 달아나고 있었는데, 마침 늦도록 밭에 남아 있던 김선달이 동장네 형제의 미친개 잡으라는 고함 소리를 듣고 두리번거리던 참이라, 이놈의 개새끼가 미친개로구나 하고 삽을 들고 신둥이의 뒤를 쫓아가기 시작했다. 동장네 형제는 게서 더 신둥이의 뒤를 쫓을 염두는 않고, 두 형제가 서로 번갈아, 미친가이 잡아랏 소리만 질렀다. 그것은 마치 자기네의 목소리를 듣고 김선달이 한층 더 기운을 내어 쫓아가 그 삽날로 미친개의 허리 중동을 내리찍도록 하라는 듯한, 그리고 자기네의 목소리를 듣고 어서 저쪽 서산 밑 사람들도 뭐든 들고 나와 미친개를 때려잡으라는 듯한 그런 부르짖음이었다. 이 부르짖음은 신둥이가 서쪽 산밑 오막살이 새로 사라져 뵈지 않게 되고, 사이를 두어 김선달의 그 특징 있는 뜀질할 때의 윗몸을 뒤로 젖힌 뒷모양이 뵈지 않게 된 뒤에도 그냥 몇 번 계속되었다.

동장 형제의 목고대를 돋군 부르짖음이 그치자 아까보다도 별나게 고즈넉해진 것만 같은 이른 저녁 속에 산 쪽 산밑 사람들의 웅성거리는 소리가 바로 손에 잡히게 솟아오르더니, 좀 사이를 두어 엷은 안개가 어리기 시작하는 속을 몇몇 동네 사람들을 뒤로 하고 김선달이 나타났다. 첫눈에 미친개 못 잡은 것만은 분명했다. 그래도 김선달이 채전을 지나 조각뙈기 밭 새로 들어서기 전에 작은동장이 그쪽을 향해 소리를 질렀다.

"어떻게 됐노오?"

그것은 제가 질러놓고도 고즈넉한 저녁 속에서는 너무 지나치게 큰 소리를 질렀다고 생각되리만큼 큰 고함 소리가 되어 퍼져나갔다.

대답이 없다. 그것이 답답한 듯 이번에는 큰동장이 같이 크게 울리는 고함 소리로.

"어떻게 됐어 응?"

했다.

"파투웨다. 그놈의 가이새끼 날래기 한덩이 있어야디요. 뒷산으루 올라가구 말았이요."

이것이 무슨 조화일까. 김선달의 말소리가 바로 발밑에서 하는 말소리 같으면서 또 한껏 먼 데서 들려오는 말소리 같음은? 그만큼 고즈넉한 산골까기의 이른 저녁이었다.
"그래 아무리 빠르믄 따라가다 놔뿌리구 말아? 무서워서 채 따라가딜 못한 게로군. 그까짓 가이새낄 하나 무서워서······."
큰동장의 말이었다.
김선달은 노상 무섭지 않은 것도 아니라는 듯, 그렇게 곧잘 누구나 웃기는 익살꾼답지 않게 큰동장의 말에는 아무 대꾸도 없이, 안개 속을 좀 전에 일하던 밭으로 들어가 호미랑을 찾아드는 것이었다.
이날 어두운 뒤, 서쪽 산밑 사람들은 아직 마당에들 모여 앉기에는 좀 철 이른 때여서 몇 사람 안 되는 사람들이 차손이네 마당 귀에 쭈그리고 앉아 금년 농사 이야기며 햇보리 나기까지의 양식 걱정 같은 것을 하던 끝에, 오늘의 미친개 이야기가 나왔다. 그러자 김선달이, 바로 그젯밤에 소를 빌리러 남촌에를 갔다 늦어서야 산목을 넘어오는데 꽤 먼 뒤에서 이상한 개울음 소리가 들려와 혼났다는 이야기를 꺼냈다. 흡사 병든 개가 앓는 듯한 소린가 하면, 누구에게 목이 매여 끌리면서 지르는 듯한 소리기도 하더라는 것이었다. 그런데 이상한 것은 누가 목을 잡아매어 끄는 것치고는 한자리에서 그냥 지르는 소리더라는 것이었다. 그래 지금 와서 생각하니 그놈이 아까의 미친개였는시노 모르겠다는 것이었다.
쩍하면 남을 잘 웃기는 꾸밈말질을 잘해, 벌써부터 동네에서뿐 아니라 근동에서들까지 현세의 봉이김선달이라 하여 김선달이란 별호로 불리우는 사람의 말이라 어디까지가 정말이고 어디서부터가 꾸밈말인지를 분간하기 어렵다고 동네 사람들은 생각하는 것이었으나, 차손이 아버지가 김선달의 말 가운데 누가 목을 매 끌 때 지르는 것 같은, 그러면서도 한자리에서 그냥 지르는 개 울음이더라는 대목에 무언가 생각키우는 바가 있는 듯 담배침을 퉤 뱉더니, 혹시 그것이 며칠 전 이곳을 지나간 서북간도 이사꾼의 개인지도 모른다는 말을 했다. 그 서북간도 나그네가 어느 나무에다 매논 것이 그만 발광을 해가지고 목에 맨 줄을 끊고 이렇게 동네로 들어온 것인지도 모른다는 것이었다. 그리고 김선달이 들은 개울음 소리는 이렇게 발광한 개가 목에 맨 끈을 끊으려고 지른 소리였음에 틀림없다는 것이었다.

그러나 거기 한자리에 앉았던 간난이 할아버지는 차손이 아버지의 말도 그럴듯하다고는 생각했지만 좀 전에 마누라에게서 들은, 아침에 동장네 방앗간에서 보았을 때나, 방아를 찧고 돌아오는 길에 이쪽 방앗간에서 보았을 때나, 그 신둥이개가 미친개로는 뵈지 않더라는 말이 떠올라, 좌우간 그 개가 참말 미쳤는지 어쨌는지 자기가 직접 보지 않고는 알 수 없는 일이라고 했다. 그 개가 미쳤건 안 미쳤건 이제 다시 동네로 내려올 것이 분명하니. 차손이 아버지도 그놈의 미친개가 이제 틀림없이 또 내려올 테니 모두 주의해야겠다고 했다.

그런데 이때 벌써 신둥이는 어둠 속에 묻혀 산을 내려와 조각뙈기 밭 새를 지나 반 뜀걸음으로 동장네 집들을 찾아가고 있었다. 어둠 속에서도 주의성 있는 걸음이었다.

언덕길을 올라서서는 멈칫 걸음을 멈추고 방앗간 쪽이며, 두 동장네 집 쪽을 살펴보는 것이었다. 그리고 나서야 아주 조심성 있는 반 뜀걸음으로 큰동장네 집 가까이로 갔다.

개구멍을 들어서니 검둥이는 이제는 신둥이와는 낯이 익다는 듯이 아무 으르렁댐 없이 맞아주었다. 신둥이는 곧장 구유부터 가서 핥기 시작했다.

작은동장네 바둑이도 이제는 신둥이와는 낯이 익다는 듯이 맞아주었다. 여기서도 신둥이는 곧장 구유부터 핥았다.

작은동장네 집을 나온 신둥이는 동장네 방앗간으로 가 낮에 한 물 핥아먹은 자리며 남은 자리를 또 핥았다. 그러나 거기서 잘 생각은 없는 듯 그곳을 나와 다시 서쪽 산밑을 향하는 것이었다.

이튿날 아침, 일찍 일어나기로 유명한 간난이 할아버지가 수수깡바자문을 열고 나오다가 방앗간 풍구 밑에 엎디어 있는 신둥이를 발견하고 되들어가 지겟작대기를 뒤에 감추어가지고 나왔다. 미친개기만 하면 단매에 죽여버리리라. 신둥이 편에서도 인기척 소리에 놀라 일어났다. 그러면서 어느새 신둥이는 꼬리를 뒷다리 새로 끼고 있었다. 저렇게 꼬리를 뒷다리 새로 끼는 게 재미적다. 간난이 할아버지는 한자리에 선 채 신둥이 편을 노려보았다. 뒤로 감춘 작대기 잡은 손에 부드득 힘을 주며.

그래도 주둥이에 거품을 물었다든가 군침을 흘린다든가 하지 않는 걸 보면 이 개가 미쳤대도 아직 그닥 심한 고비엔 이르지 않은 것 같았다. 눈을 봤나. 신둥이 편에서도 이 사람이 자기를 해치려는 사람인가 어떤가를 알아보기나 하려는 것처럼. 마주 쳐다보았다. 미친개라면 눈알이 붉게 충혈되거나 동자에 무른 홰를 세우는 법인데 도무지 그렇지가 않았다. 그저 눈곱이 끼어 있는 겁먹은 눈이었다. 이런 신둥이의 눈은 또, 보매 키가 장대하고 검은 얼굴에 온통 희끗희끗 세어가는 수염이 덮여 험상궂게만 생긴 간난이 할아버지의 역시 눈곱이 낀, 그리고 눈꼬리에 부챗살 같은 굵은 주름살이 가득 잡힌, 노리는 눈이긴 했으나 그래도 이 눈이 아무렇게 보아도 자기를 해치려는 사람의 눈이 아님을 알아챈 듯이 뒷다리 새로 껴넣었던 꼬리를 약간 들기 시작하는 것이었다. 미친개가 아니다. 적어도 아직까지는 미치지 않은 개다. 간난이 할아버지는 뒤로 감추었던 작대기를 든 손을 늘어뜨리고 말았다.

그러자 간난이 할아버지의 손에 쥐인 작대기를 본 신둥이는 깜짝 놀라 허리를 까부라뜨렸는가 하자 쑥 간난이 할아버지의 옆을 빠져 달아나는 것이었다. 이런 신둥이의 뒤를 또 안뜰에 있던 누렁이가 어느새 보고 나왔는지 쫓기 시작했다. 간난이 할아버지는 언뜻 그래도 저 개가 미친개여서 누렁이를 물지나 않을까 하는 생각이 들어, 워어리 워어리 누렁이를 불렀다. 그러나 그때는 벌써 누렁이가 신둥이를 다 따라 막아섰을 때였다. 신둥이는 뒷다리 새에 꼈던 꼬리를 더 끼는 듯했으나 누렁이가 낯이 익다는 듯 저쪽의 코에다 이쪽 코를 갖다대었을 때에는 신둥이 편에서도 코를 마주 내밀며 꼬리를 쳐들기 시작했다. 간난이 할아버지는 다시 한번 미친개는 아니라고 생각했다.

이날 언덕을 올라선 신둥이는 그길로 동장네 뒷산으로 올라가는 것이었다. 거기서 신둥이는 큰동장과 작은동장이 집에서 나가기를 기다리려는 듯이.

조반 뒤에 큰동장과 작은동장은 그즈음 아랫골 천둥지기 논 작답하는 데로 나갔다. 차손이네가 부치는 큰동장네 높디높은 다락배미 논을 낮추어 간난이네가 부치는 작은동장네 깊은 우물배미 논에다 메워, 두 논 다 논다운 논을 만들려는 것이었다. 차손이네와 간난이네는 벌써 해토 무렵부터 온 가족이 나서다시피 해서 이 작답 부역을 해오고 있었다.

큰동장, 작은동장이 작답 감독을 나간 뒤에도 한참 만에야 신둥이는 조심스레 산을 내려와 두 집의 구유를 핥았다. 방앗간으로 가 새로 앉은 먼지와 함께 겨도 핥았다. 뒷간에도 들렀다. 그러고는 그길로 다시 동장네 뒷산으로 올라가 어느 나무 밑에 엎디어버리는 것이었다. 그래 낮이 기울고, 저녁때가 지나, 밤이 되어 아주 어두워진 뒤에야 또 산을 내려와 두 집에를 들렀다가 서쪽 산밑 방앗간으로 돌아오는 것이었다. 돌아오는 길에 도랑에 고인 물을 핥아 먹고서.

아침마다 간난이 할아버지가 수수깡바자문을 나서면 신둥이가 마치 간난이 할아버지보다 먼저 일어나기로 마음이라도 먹은 듯이 이미 방앗간을 나와 저쪽 조각뙈기 밭 샛길을 걸어가는 뒷모양이 보이곤 했다.

이러한 어떤 날 밤, 신둥이가 큰동장네 구유를 한창 핥고 있는데 방문이 열리며 동장이 나왔다. 큰동장은 발소리를 죽여 광문 앞에서 몽둥이 하나를 집어 들고 살금살금 신둥이 뒤로 다가왔다. 그제야 신둥이는 진작부터 큰동상의 행농을 모르는 바 아니었으나 차마 구유에서 혓바닥을 뗄 수가 없어 그냥 있었다는 듯이 홱 돌아서 대문 쪽으로 달아나는 순간, 큰동장은 신둥이의 눈이 있을 위치에 이상히 빛나는 푸른빛을 보았다. 정말 미친개다, 하는 생각이 퍼뜩 큰동장의 머릿속을 스쳤으나 웬일인지 고함을 지를 수가 없었다.

신둥이가 대문 옆 개구멍을 빠져나갈 때에야 큰동장은, 데놈의 미친가이 잡아랏 소리를 연방 지르며 신둥이의 뒤를 그냥 쫓아갔다. 그러나 바싹 따라가 몽둥이질할 엄은 못 냈다. 자꾸 신둥이와 가까워지기가 무서워지는 것이었다. 그 대신 이번에는 큰동장의 입에서 미친가이 잡아랏 소리가 점점 더 그악스럽게 커가는 것이었다. 신둥이가 뒷산으로 올라가 뵈지 않게 되고, 거기서 몇 번 더, 데놈의 미친가이 잡아랏 소리를 지른 다음, 지금 이 큰동장의 고함 소리를 듣고 이리로 달려오는 작은동장이며 집안사람들 쪽으로 내려오면서 큰동장은, 일전에 김선달보고 그까짓 미친개 한 마리쯤 따라가다 무서워서 채 못 따라갔느냐고 나무라던 일이 생각나, 정만 지금 안뜰에서 단번에 그놈의 허리 중동을 부러뜨리지 못한 것도 분하지만 밖에 나와서도 기운껏 따라가면 따를 수도 있을 듯한 걸 무서워서 따라가지 못한 자신에게 부쩍 골이 치밀던 차라, 이리로 몰려오는 집안사람들을 향해, 너희들은 뭣들 하고 있느냐고, 버럭 소리를 지르는 것이었다.

그런데 신둥이 편에서는 신둥이대로 더욱 조심이나 하는 듯, 큰동장 작은동장에게는 물론, 크고 작은 동장네 식구 어느 한 사람에게도, 그리고 서쪽 산밑 누구한테도, 눈에 띄지 않는 것이었다.

그러한 어떤 날 밤, 뒷간에 나갔던 간난이 할머니가 뛰어들어오더니, 지금 막 뒷간에 미친개가 푸른 홰를 세워가지고 와있다는 말을 했다. 언젠가 신둥이가 처음 이 마을에서 미친개로 몰리었을 때 자기 보기에는 그렇지 않더라던 간난이 할머니도 눈에 홰를 세운 신둥이를 보고는 정말 아주 미친개로 말하는 것이었는데, 이 간난이 할머니의 말을 듣고도 그냥 간난이 할아버지는 사람이나 개나 할 것 없이 굶거나 독이 오르면 눈에 홰가 켜지는 법이라는 말로, 그 개도 뭐 반드시 미쳐서 그런 건 아닐 거라는 말을 했다. 그러니 뭐 와서 다닌다고 그렇게 무서워할 건 없다고 했다. 그러다가 간난이 할아버지는 문득 신둥이가 자기네 뒷간에 와 있다는 것은 다름 아닌 자기네 귀중한 거름을 먹기 위함일 거라는 데 생각이 미치자 다짜고짜 밖으로 나가 지겟작대기를 들고 뒷간으로 갔다. 과연 뒷간 인분이 떨어지는 바로 그 자리에 번뜩 푸른 홰가 보였다. 이놈의 가이새끼! 소리와 함께 간난이 할아버지의 작대기가 뒷간 기둥을 딱 후려갈겼다. 푸른 홰가 획 돌더니 저편 바자 틈으로 희끄무레한 것이 빠져나가는 게 보였다.

　이런 일이 있은 후부터 신둥이의 그림자는 통 누구의 눈에도 띄지 않았다. 그러다가 그해 첫여름 두 동장네 새로 작답한 논에 때마침 온 비로 모를 내고 난 어느 날, 마을에는 소문이 하나 났다.

　김선달이 조각뙈기 밭에서 김을 메다가 쉴 참에 담배를 한 대 피우고 있느라니까 저쪽 큰동장네 뒷산 나무 새로 무언가 어른거리는 것이 있어 눈여겨보았더니 그게 다름 아닌 미친개더라는 것이다. 그런데 이 미친개는 혼자가 아니고 뒤에 다른 개들을 데리고 있더라는 것이다. 그것은 큰동장네 검둥이요, 작은동장네 바둑이요, 또 누구네 개인지는 분명치 않으나 한 마리 더 끼어 있더라는 것이다.

　사실 이 김선달의 입에서 나온 말대로 큰동장네 검둥이며 작은동장네 바둑이다 이틀씩이나 집에 들어오지 않았다. 크고 작은 두 동장은 그놈의 미친개가 종시 자기네 개들을 미치게 해가지고 데려갔다고 분해하고 한편 겁나했다. 그런데 이때 동네에서는 간난이 할아버지가 집안사람들보고 아예 그런 말은 내지 못하게 해서 모르고 있었지만 간난이네 개도 나가서 이틀씩이나 들어오지 않는 것이었다.

그러는 동안 동네에서는 어제오늘 동장네 뒷산에서 으르렁대는 개소리를 들었다는 사람이 적지 않았다. 낮뿐 아니라 밤중에도 그런 소리를 들었다는 사람들이 있었다. 크고 작은 동장은 그놈의 미친개를 몰이해서 쳐죽이지 않은 게 잘못이라고 분해했다.

사흘 만에 크고 작은 동장네 개들은 전후해서 들어왔다. 간난이네 개도 들어왔다. 개들은 집에 들어오자마자 그늘을 찾아 엎드리더니 침이 질질 흐르는 혀를 빼가지고 헐떡이다가 눈을 감고 잠이 들어버리는 것이었다. 이틀 새에 한결 파리해진 것 같았다.

크고 작은 동장은 그날도 새로 작답한 논의 모낸 구경을 나갔다가 일부러 알리러 나온 절가의 말을 듣고, 그럼 됐다고, 들어온 김에 잡아치우자고, 절가와 간난이 할아버지를 앞세우고 들어왔다.

간난이 할아버지가 맨손으로 검둥이께로 갔다. 큰동장이랑 보고 있던 사람들은, 저 늙은이가 저러다 큰일 날려고! 하는 마음으로 멀찌감치 떨어져 서서 바라보고만 있었다. 간난이 할아버지는 검둥이의 머리를 쓰다듬어주었다. 검둥이가 졸린 듯 눈을 다시 감으며 반갑다는 표시로 꼬리를 움직여 비 모양 땅을 몇 번 쓸었다.

간난이 할아버지가, 무엇이 이 개가 미쳤다고 그러느냐고 큰동장 편으로 돌아섰다. 그러나 큰동장은 아직 미쳐나가게 되지 않은 것만은 다행이라고 하면서 눈을 못 뜨고 침을 흘리는 것만 봐도 미쳐가는 게 분명하니 아주 미쳐나가기 전에 잡아치우자고 했다.

절가가 미친개는 밥을 안 먹는다는데 어디 한번 주어보자고 부엌으로 들어가 밥을 물에다 말아가지고 나왔다. 그러나 검둥이는 자기 앞에 놔주는 밥을 무슨 냄새나 맡듯이 주둥이를 갖다댔는가 하자 곧 도로 눈을 감아버리는 것이었다. 큰동장은, 자 보라고 했다.

간난이 할아버지는 지금 검둥이가 저러는 것은 며칠 동안 수캐 구실을 하고 돌아온 탓이라고 했다. 그랬더니 큰동장은 펄쩍 뛰며, 그 미친가이 하구? 그럼 더구나 안 된다고 어서 올가미를 씌우라는 것이었다. 그러면서 큰동장은 혼잣말처럼, 마침 초복날이 며칠 남지 않았으니 복놀이 겸 잘됐다고 했다.

간난이 할아버지는 하는 수 없었다. 이미 개 목에 끼울 올가미까지 만들어가지고 섰는 절가의 손에서 밧줄을 받아가지고 그것을 검둥이의 목에 씌우고 말았다. 밧줄 한끝은 절가가 잡고 있었다. 절가는 재빠르게 목을 맨 검둥이를 대문께로 끌고 가더니 밧줄을 대문턱 밑으로 뽑아가지고 잡아죄었다. 뜻않았던 일을 당한 검둥이는 아무리 깨갱 소리를 지르며 버누북거려도 쓸데없었다.

검둥이의 깨갱 소리를 듣고 작은동장네 바둑이는 바라다뵈는 곳까지 와서, 서쪽 산밑 개들은 한길까지 나와서 짖어댔다. 그러는 동안 검둥이의 눈에 파아란 불이 일고 발톱은 소용없이 땅바닥이며 대문턱을 마지막으로 할퀴고 있었다. 큰동장은 개 잡을 적마다 늘 보는 일이건만 오늘 검둥이의 눈에 켜진 불은 별나게 파랗다고 하며 아무래도 미쳐가는 개가 분명하다고 다시 한번 생각하는 것이었다. 검둥이는 똥을 갈기고 그러고는 온몸에 마지막 경련을 일으키며 축 늘어지고 말았다.

작은동장네 집으로 갔다. 바둑이는 벌써 자기가 당할 일을 알아차린 듯 안뜰로 피해 들어가 슬슬 뒷걸음질만 치고 있었다. 그래 목에 올가미를 씌우는 데도 손이 걸렸다. 그리고 절가는 더 날쌔게 밧줄을 잡아당겨야 했다. 이렇게 해서 바둑이도 죽고 말았다.

뒷결 밤나무 밑에다 큰동장네 가마솥을 내다걸었다. 개 튀길 물을 끓여야 했다. 그러는데 큰동장과 작은동장이 무슨 의논을 하는 듯하더니 절가더러, 북쪽 목너머에 있는 괸돌 마을의 동장과 박초시를 모셔오라는 것이었다.

두 마리의 개가 토장굴 속에서 끓어날 즈음, 오른골을 포마드로 진득이 재워붙인 괸돌동장과 잠자리 날개같이 모시 고의적삼에 감투를 쓴 뚱뚱이 박초시가 이곳 동장네 절가 어깨에다 소주 두 되를 지워가지고 왔다.

곧 술좌석이 벌어졌다. 먼저 익었을 내장부터 꺼내 술안주를 했다. 술이 두어 순배 돌자 큰동장이 먼저 저고리를 벗어젖히며,

"자 윗통들 벗읍세, 그리구 우리 놀민놀민 한번 해보세."

했다.

큰동장이나 작은동장은 지금 자기네가 먹는 개고기가 미쳐가는 개의 고기란 걸 말 않기로 했다. 그런 말을 해서 상대편의 식욕을 덜든지 하면 재미없는 일이니.

"초복놀이 미리 잘 하눈."

하고 괸돌동장이 윗통을 벗었다. 작은동장도 따라 벗었다.
　박초시만은 모시적삼을 입은 채였다. 여태까지 아무런 술좌석에서도 윗통을 벗지 않을 뿐 아니라 오늘처럼 아무리 가까운 곳이라 해도 출입할 때 두루마기를 입지 않고 온 것만 해도 예의에 어그러졌다고 생각하는 박초시인지라, 그보고는 누가 더 윗통을 벗으라는 말을 하지 않았다.
　"복날엔 우리 동리서 한번 해보디?"
하며 괸돌동장이 그냥 박초시를 쳐다보며,
　"왜 길손이네 가이 있디 않아? 걸 팔갔다네, 요새 길손이 채독땜에 한창 돈이 몰리는 판이라 눅게 살 수 있을 거야, 개가 먹을 걸 먹디 못해 되기 말랐디만 그 대신 틀이 커서 괜티 않아."
했다.
　박초시는 괸돌동장의 말이 다 옳다는 듯이 다시 한번 감투를 쓴 고개를 끄덕여 보였다.
　개 앞다리의 살이 상에 올랐다. 뒷다리의 살이 상에 올랐다. 간난이 할아버지는 술안주를 당해내느라 분주히 고기를 뜯어야 했다. 그러는 새 저녁이 바른 이곳에 어느덧 기나긴 첫여름밤날의 저녁그늘이 깃들기 시작하였고, 술좌석에서는 한 되의 술이 아가리를 벌리고 자빠지자 이어 새 병이 들어와 앉았다. 모두 웬만큼씩 취했다.
　큰동장도 이제는 취한 기분에 오늘 잡은 개는 사실은 미친개였다는 말과 미친개 고기는 보약이 되는 것이니 마음놓고들 먹으라는 말씀 하게 됐다. 그러면 괸돌동장은 또 맞받아, 보약이 되다뿐인가, 이 가이고기가 별나게 맛이 있다 했드니 그래서 그랬군, 우

목넘이 마을의 개　93

리 배꼽이 한번 새빨개디두룩 먹어 보세, 하고 이런 때의 한 버릇인 허리띠를 풀어 배꼽을 드러내놓기까지 하는 것이었다.

작은동장이 또 버릇인 자기 까까머리를 자꾸 뒤로 쓸어넘기며 괸돌동장과 박초시에게, 개새끼 하나 얻어달라는 말을 했다. 괸돌동장이 먼저 받아, 마침 절골에 사는 자기 사돈집에 이즘 새끼 낳게 된 개가 있으니 염려 말라는 말로, 개종자도 참 좋다는 말을 했다. 여기서 작은동장은, 그거 꼭 한 마리 얻어달라고, 그래 길러서 또 잡아먹자고 했다.

박초시는 그저 좋은 말들이라고 가만한 웃음을 띠운 채 고개만 끄덕였다. 그러는 박초시의 등에는 땀이 배어 점점 흰 모시적삼을 먹어들어가고 있었다. 다른 세 사람의 벗은 등과 가슴에서는 개기름땀이 번질거렸으나 모두 차차 저녁그늘 속에 묻히어 들어가고 있었다.

절가가 남포등을 내다 밤나뭇가지에 걸었다. 남폿불빛 아래서 개기름땀과 괸돌동장의 포마드 바른 머리가 살아나 번질거렸다. 그리고 젤젤이 풀어진 눈들을 하고 둘러앉아 잔을 돌리고 고기를 뜯고 그러다가 모기라도 와 물면 각각 제 목덜미며 가슴패기를 철썩철썩 때리는 것이란 흡사 무슨 짐승들이 모여 앉았는 것 같기도 했다.

괸돌동장이 소리를 한번 하자고 하며, 제가 먼저 혀 굳은 소리로 노랫가락을 꺼냈다. 작은동장이 그래도 꽤 온전한 목소리로 받았다. 박초시는 그저 혼자 조용히 무릎장단만 쳤다. 첫여름밤 희미한 남폿불 밑에서 이러는 것이 또 흡사 무슨 짐승들이 한데 모여앉아 울부짖는 것과도 같았다.

그러지 않아도 서쪽 산밑 차손이네 마당귀에 모여 앉았던 사람들 가운데, 김선달은 전부터 개고기를 먹고 하는 소리란 에누리 없이 그때 잡아먹는 개가 살아서 짖던 청으로 나온다는 말을 해 모두 웃겨오던 터인데, 이날 밤도 괸돌동장과 작은동장의 주고받는 소리를 두고, 저것은 검둥이의 목소리 저것은 바둑이의 목소리 하여 사람들을 웃기는 것이었다. 그러고는 웃긴 김선달이나 웃는 동네 사람들이나 모두 한결같이 그까짓 건 어찌 됐던 언제 대보았는지 모르는 비린 것을 한번 입에 대보았으면 하는 생각뿐이었다. 이날 밤 큰동장네 뒷곁 밤나뭇가지에는 밤 깊도록 남포등이 또한 무슨 짐승의 눈알이나처럼 매달려 있었다.

다음 날 크고 작은 동장은 서쪽 산밑으로 와서 자기네 개 외에 다른 개도 한 마리 미친개를 따라다니는 걸 보았다니 대체 누구네 개인지 하루바삐 처치해버리자고 했다. 그리고 만일 자기네 개가 미친개를 따라갔던 걸 알면서도 감추어두었다가 이후에 드러나는 날이면 그 사람은 이 동네에서 다 사는 날인 줄 알라는 말까지 하는 것이었다.

물론 간난이 할아버지는 누렁이를 그냥 두었다. 닷새가 지나고 열흘이 지나도 미쳐나가지 않았다. 그새 서산 밑 사람들은 오래간만에 방앗간 먼지를 쓸고 보리방아를 찧었다. 신둥이는 밤에 틈을 타가지고 와서는 방앗간 주인이 다 쓸어가지고 간 나머지 겨를 핥곤 했다. 이런 데 비기면 이제 와서는 바구미 생기는 철이라고 동장네 두 집이 조금씩 자주자주 찧어가는 방앗간의 쌀겨란 말할 수 없이 훌륭한 것이었다.

두 달이 지나도 누렁이는 미쳐나가지 않았다. 서쪽 산밑 사람들은 오조 갈을 해들였다. 방아를 찧었다. 가난한 사람들은 일 년 중에 이 오조밥 해먹는 일이 큰 즐거움의 하나였다. 어떻게 그렇게 밥맛이 고소하고 단 것일까. 그리고 가난한 사람들은 이런 오조밥을 먹으면서 옛말에, 오조밥에 열무김치를 먹으면 처녀가 젖이 난다는 말이 있는 것도 딴은 그럴 만하다고들 생각하는 것이었다.

이즈음 신둥이는 밤 틈을 타서 먹을 것을 찾아먹고는 이 서산 밑 방앗간에 와 자곤 했다. 그동안 누구한테도 눈에 띄지 않아 얼마큼 마음이 놓이는 모양이었다. 그러나 다음 날은 사뭇 일찍이 그곳을 나와 산으로 올라가는 것을 잊지 않았다. 간난이 할아버지의 눈에도 띄지 않게스레.

이러한 어떤 날, 동네에는 이전의 그 미친개가 서산 밑 방앗간에 와 잔다는 소문이 났다. 차손이 아버지가 보았다는 것이다. 아직 어두운 새벽에 달구지 걸댓감을 하나 꺾으러 서산에를 가는 길에 방앗간에서 무엇이 나와 달아나기에 유심히 보니 그게 이전의 미친개더라는 것이다. 그리고 이 미친개는 어두운 속에서도 홀몸이 아니더라는 것이다. 밤눈이 밝은 차손이 아버지의 말이라 모두 곧이들었다.

언덕 위 크고 작은 동장이 이 말을 듣고 서산 밑 동네로 내려왔다. 오늘 밤에 그 산개(지금에 와서는 크고 작은 동장도 그 개를 미친개라고는 하지 않았다. 그것은 그 개가 정말 미친개였더라면 벌써 아무것도 먹지 못하고 나중에 제가 제 다리를 물어뜯고 죽었을 것이라는 걸 알기 때문에.)를 지켰다가 때려잡자는 것이었다. 홀몸이 아니고 새끼를 뱄다면 그게 승냥이와 붙어된 것일 테니 그렇다면 그 이상 없는 보양제라고 하며, 때려잡아가지고는 새끼만 자기네가 차지하고 다른 고기랑 전부 동네에서 나눠 먹으라는 것이었다.

밤이 되기를 기다려 크고 작은 동장은 서쪽 산밑 동네로 와 차손이네 마당에 사람들을 모아 가지고 제각기 몽둥이 하나씩을 장만해 들게 했다. 그 속에 간난이 할아버지도 끼어 있었다. 간난이 할아버지는 물론 그 신둥이개가 전과 달라졌다고는 생각지 않았으나 이 개가 그동안도 자기네 집 옆 방앗간에 와 자곤 했으면 으레 자기네 귀한 뒷간의 거름을 축냈을 것만은 틀림없는 일이니 그대로 내버려 둘 수는 없다는 생각으로 이 기회에 때려잡아버리리라는 마음을 먹은 것이었다. 한편 동네 사람 누구나가 그렇듯이 이런 때 비린 것이라도 좀 입에 대어보리라는 생각도 없지 않아서.

밤이 퍼그나 깊어 맘을 보러 갔던 차손이 아버지가 지금 막 산개가 방앗간으로 들어갔다는 것 알렸다. 동네 사람들은 벌써 제각기 입안에 비린내 맛까지 느끼며 발소리를 죽여 방앗간으로 갔다. 크고 작은 동장은 이 동네 사람들과는 꽤 먼 사이를 두고 떨어져 서서 방앗간 쪽을 지켜보고 있었다.

동네 사람들이 방앗간의 터진 두 면을 둘러쌌다. 그리고 방앗간 속을 들여다보았다. 과연 어둠 속에 움직이는 게 있었다. 그리고 그게 어둠 속에서도 흰 짐승이라는 걸 알 수 있었다. 분명히 그놈의 신둥이개다. 동네 사람들은 한 걸음 한 걸음 죄어들었다. 점점 뒤로 움직여 쫓기는 짐승의 어느 한 부분에 불이 켜졌다. 저게 산개의 눈이다. 동네 사람들은 몽둥이 잡은 손에 힘을 주었다. 이 속에서 간난이 할아버지도 몽둥이 잡은 손에 힘을 주었다. 한 걸음 더 죄어들었다. 눈앞의 새파란 불이 빠져나갈 틈을 엿보듯이 획 한 바퀴 돌았다. 별나게 새파란 불이었다. 문득 간난이 할아버지는 이런 새파란 불이란 눈앞에 있는 신둥이개 한 마리의 몸에서 나오는 것이 아니고 여럿의 몸에서 나오는 것이 합쳐진 것이라는 생각이 들었다. 말하자면 지금 신둥이개의 뱃속에 든 새끼의 몫까지 합쳐진 것이라는. 그러자 간난이 할아버지의 가슴속을 흘러 지나가는 게 있었다. 짐승이라도 새끼 밴 것을 차마?

이때에 누구의 입에선가, 때레라! 하는 고함 소리가 나왔다. 다음 순간 간난이 할아버지의 양옆 사람들이 욱 개를 향해 달려들며 몸뚱이를 내리쳤다. 그와 동시에 간난이 할아버지는 푸른 불꽃이 자기 다리 곁을 빠져나가는 것을 느꼈다.

뒤이어 누구의 입에선가, 누가 빈틈을 냈어? 하는 흥분에 찬 목소리가 들렸다. 그리고 저마다, 거 누구야? 거 누구야? 하고 못마땅해하는 말소리 속에 간난이 할아버지 턱 밑으로 디미는 얼굴이 있어,

"아즈반이웨다레."

하는 것은 동장네 절가였다.

그러자 저편 어둠 속에서 궁금한 듯 큰동장의,

"어떻게들 됐노?"

하는 소리가 들려왔다.

"파투웨다."

절가의 말에 크고 작은 동장이 한꺼번에 지르는 목소리로,

"파투라니?"

하는 소리에 이어 큰동장의 이리로 걸어오는 목소리로,

"틈새를 낸 놈이 누구야?"
하는 결난 소리가 들려왔다.
 간난이 할아버지는 옆의 자기 집으로 들어갔다.
 좀 뒤에 역시 큰동장의 결난 목소리로,
"늙은 것은 뒈데야 해, 뒈데야 해."
하는 소리가 집안까지 들려왔다.
 이런 일이 있은 지 한 달쯤 뒤, 가을도 다 끝나고 이제 곧 겨울 나무 준비로 바쁜 어느 날, 간난이 할아버지는 서산 너머의 옛날부터 험한 곳이라고 해서 좀처럼 나무꾼들이 드나들지 않는, 따라서 거기만 가면 쉽게 나무 한 짐을 해올 수 있는 여웃골로 나무를 하러 갔다. 손쉽게 나무 한 짐을 해가지고 돌아오는 길에, 무심코 길 한옆에 눈을 준 간난이 할아버지는 거기 웬 짐승의 새끼가 뭉켜 있는 걸 보았다. 이게 범의 새끼나 아닌가 하고 놀라 자세히 보니, 그것은 다른 것 아닌 잠든 강아지들이었다. 그리고 저만큼에 바로 신둥이개가 이쪽을 지키고 서 있는 것이었다. 앙상하니 뼈만 남아가지고.
 간난이 할아버지가 강아지께로 가까이 갔다. 다섯 마린가 되는 강아지는 벌써 한 스무 날은 넉넉히 됐을 성싶었다. 그러자 간난이 할아버지는 다시 한번 속으로 놀라고 말았다. 짐이 들어 있는 다섯 마리 강아지 속에는 틀림없는 누렁이가, 검둥이가, 바둑이가, 섞여 있는 게 아닌가, 그러나 다음 순간, 이건 놀랄 일이 아니라 응당 그럴 일이라고, 그 일견 험상궂어 뵈는 반백의 텁석부리 속에 저절로 미소가 지어지는 것이었다. 좀 만에 그곳을 떠나는 간난이 할아버지는 오늘 예서 본 일은 아무한테나, 집안사람한테도 이야기 말리라 마음먹었다.

이것은 내 중학 이삼년 시절 여름방학 때 내 외가가 있는 목넘이 마을에 가서 들은 이야기로, 그때 간난이 할아버지와 김선달과 차손이 아버지가 서산 앞 우물가 능수버들 아래에 일손을 쉬며 와 앉아 이런 이야기 저런 이야기 끝에 한 이야기다. 간난이 할아버지가 주가 되어 이야기를 해나가는 도중 벌써 수삼 년 전 일이라 이야기의 앞뒤가 바뀐다든가 착오가 있으면 서로 바로잡고, 빠지는 대목은 서로 보태가며 하는 것이었다.

간난이 할아버지는 여웃골에서 강아지를 본 뒤부터는 한층 조심해서 누가 눈치채지 못하게 나무하러 가서는 이 강아지들을 보는 게 한 재미였다. 사람이 먹기에도 부족한 보리범벅이었으나, 그 부스러기를 집안사람 몰래 가져다주기도 했다. 아주 강아지가 밥을 먹게쯤 됐을 때 간난이 할아버지는 집안사람들보고 아무 곳 아무개한테서 얻어오는 것이라 하며 강아지 한 마리를 안고 내려왔다. 한동네 곱단이네도 어디서 얻어준다고 하고 한 마리 안아다 주었다. 그리고 여웃골에서 그냥 갈 수 있는 절골 사는 아무개네도 한 마리, 서젯골 사는 아무개네도 한 마리, 이렇게 한 마리씩 다섯 마리를 다 안아다 주었다.

이런 이야기 끝에, 간난이 할아버지는 지금 자기네 집에 기르는 개가 그 신둥이의 증손녀라는 말과 원체 종자가 좋아서 지금 목넘이 마을에서 기르는 개란 개는 거의 다 이 신둥이의 증손이 아니면 고손이라고 했다. 크고 작은 동장네 두 집에서까지도 요새 자기네 개가 낳은 신둥이개의 고손자를 얻어갔다는 말도 했다. 이런 말을 하는 간난이 할아버지는 이제는 아주 흰서릿발이 된 텁석부리 속에서 미소를 띠우는 것이었다.

  내가, 그 신둥이개는 그 뒤에 어떻게 됐느냐고 물었더니 간난이 할아버지는 금세 미소를 거두며, 그해 첫겨울 어느 사냥꾼의 총에 맞아 죽었다는 소문이 있었는데 사실 그 후로는 통 보지를 못했다는 것이었다. 나는 공연한 것을 물어보았구나 했다.

(1947년 삼월)

곡예사

대구에서도 그랬는데 부산 와서도 변호사댁 신세를 지게 됐다. 서울서 먼저 가족들을 내려보내고 뒤떨어져 부산에 와 보니, 내 직속 가족들은 대구서 떨어졌다는 것이다. 대구가 부산보다 물가가 싸다는 것으로 해서. 크리스마스날 나는 대구로 올라갔다. 그때 아내와 애들이 들어 있는 곳이 화재로 인해 뼈와 거죽만 남은 재판소 옆, 모 변호사댁이었다. 굉장히 큰 저택이었다. 이 저택을 둘러싸고 있는 또 상당히 넓은 뜰 한구석에 끼어 있는 헛간이 내 사랑하는 아내와 귀여운 자식들의 방이었다.
대구는 부산에 비해 무던히 차가웠다. 원래가 헛간인 데다 북향하여 출입구 하나밖에 없는 방이라, 볕이라곤 진종일 얼씬도 하지 않았다. 더 춥고 음산스러웠다. 애놈들은 날만 새면 손발이 얼면서도 밖으로만 나갔다. 그러나 우리는 다행으로 알았다. 피난민의 신세에 그래도 어느 분의 안면으로 이런 방이나마 얻어

들게 된 게 여간 고맙지가 않은 것이었다.
　우리는 이 집에서 몇 가지 주의하지 않으면 안 될 일이 있었다. 그것은 이 댁 변호사 장모 되는 노파의 지시에 따라, 저녁에 어슬해지면 절대로 안뜰에 들어와 물을 길어가서는 안 되고, 아침에도 자기네가 한 바가지라도 먼저 길은 뒤에야 물에 손을 대야 한다는 것, 그리고 여하한 빨래건 빨래 종류는 일절 금지라는 것이다. 안뜰에는 수도도 있고, 우물도 있었다. 아침만은 일없었다. 우리는 점심을 뺀 두 끼의 식생활인지라, 느지막하게 안댁에서 조반이 끝난 뒤에 점심 겸 조반을 해 먹으면 그만이었으니까. 빨래도 그랬다. 한목 모았다가 물을 길어내다 하면 그만인 것이었다. 그저 미처 물을 떠다 두지 못한 날 같은 때, 밤중에 어른도 어른이지만 애들 가운데 누가 목이 마르다던가 할 것 같으면 그거 달래기에 가슴이 타야 하는 게 안됐을 뿐이다. 그러나 사람이 하룻밤 물 몇 모금 못 먹었다고 어떻게 되는 게 아니었다.
　변소만 해도 이 노파가 안뜰 변소에는 들어와 더럽혀서는 안 된다고 따로 지시가 있어, 이미 아내의 손으로 이쪽 뜰 한구석 다복솔 뒤에 거적닢 변소가 만들어져 있었다. 대낮에 어른들이 들어가 쭈그리고 앉기에는 좀 뭣했으나 그 맛쯤은 하는 수 없었다.
　두고 보니 이 댁 살림은 이 장모 노파의 손에서 우러나는 것 같았다. 아내가 이 댁 식모한테 들은 말에 의하면 이 노파는 소생이라고 현재 변호사 부인인 딸 하나뿐으로, 이 딸이 이 댁 변호사 부인이 되자 따라 들어와 온갖 살림살이를 주무른다는 것이다. 애들 방도 따로 있지만, 큰 온돌방 하나는 이 노파가 독차지하고 있어, 아침에 이 방부터 조반상을 본 뒤에야 비로소 다른 식구들이 아침을 먹는다는 것이다.

이 노파의 취미는 같은 노파들끼리 오늘은 이 집 내일은 저 집 모여서 골패를 노는 것과, 날을 받아가지고 절에 불공을 드리러 가는 일이라고 했다. 이 노파가 끈을 곱게 장식한 감장 조바위를 쓰고, 비단옷 차림으로 외출하는 것을 한두 번 아니게 목격할 수 있었는데, 육순 가까운 나이라고는 볼 수 없을 정도로 맑은 맵시에 자세도 똑발랐다. 이 댁에 드나드는 노파들도 다 비슷비슷한 차림차림에 인생의 어두운 그늘이라곤 별로 깃들어보지 않은 얼굴빛이요 몸매들이었다. 인생이란 하다못해 요 맛 정도라도 안일하게 늙어가야 할 종류의 것인지도 몰랐다.

한 열흘 남짓 지나서였다.

하루아침 일어나 보니, 우리 아홉 살잡이 선아의 신발 한 짝이 온데간데없었다. 아무리 찾아봐도 없었다. 온 식구가 넓은 뜰을 편답했다. 없었다. 누가 집어 갔다면 많은 신발 가운데 하필 그애의 것만, 그것도 한 짝만 집어 갈 리 만무했다. 결국 이 댁 셰퍼드란 놈이 어디 멀리 물어다 팽개쳤으리라는 결론을 내리는 수밖에 없었다.

없는 돈이나 겨울철에 맨발로 두는 수 없어, 아내가 거리에 나가 신발을 사들고 돌아오더니 이런 말을 한다. 신발 한 짝 없어지는 건 흔히 자기 집에 앓는 식구가 있는 사람의 짓이라는 것이다. 앓는 사람의 나이와 같은 사람의 신발 한 짝을 가져다 어찌어찌하면, 그 앓는 사람의 병이 신발 주인에게로 옮아간다는 것이다. 그러면서 아내는 이 댁에 우리의 선아만한 애가 하나 며칠 전부터 무얼로 앓아누웠다는 말이 있었는데, 그래서 신발 한 짝이 없어진 거나 아닌지 모르겠다는 것이다. 불안스럽고 노엽고 슬프기까지 한 아내의 표정이었다.

　나는 그럴 리가 없다고 했다. 그러면서도 나 역시 아내에게 못지않게 불안스럽고도 무엇에 노여운 감정이 가슴속에 움직임을 어찌할 수 없었다. 그게 아무 근거 없는 미신의 짓이라 하자, 그리고 아무리 보잘것없는 사람의 자식이라 하자, 자기네 애가 귀하면 남의 자식도 귀한 법이다. 더욱이 우리의 선아는 네 애 중에 그중 약한 애다. 이렇게 피난까지 나와 병이라도 들리면 구완할 길이 그야말로 막연한 것이다.

　남몰래 불안스런 며칠이 지났다. 이 댁 애가 나아서 일어났다는 말이 들렸다. 그러고도 우리 선아는 앓아눕지 않았다. 역시 그때 그 신발 한 짝은 이 댁 셰퍼드란 놈이 물어다 팽개친 것임에 틀림없다. 그처럼 날을 받아 절에 가서 불공을 드리는 노파가 사는 이 댁에서, 그 같은 몰인정한 짓이야 꿈엔들 할까 보냐.

　그리고 이삼일 뒤의 일이었다.

　밖에서 들어오니, 아내가 어둡고 추운 방에 혼자 앉았다가 대뜸 근심스런 어조로, 좀 전에 이 댁 노파가 나와 이 방을 비워달라더라고 한다. 이유는 이세 구공탄을 들이는데 이 방(실은 헛간)을 사용하여야겠단다는 것이다. 그러나 그날로 아내가 이 댁 식모한테서 들은 말은 이와는 아주 다른 것이었다.

　아까 낮에 예의 노파 한패가 몰려왔었는데, 그중 한 노파가 이쪽 뜰구석 다복솔 뒤에 감추인 거적닢을 발견했다는 것이다. 이런 때는 늙어서 눈 안 어둡는 것도 탈이었다. 그게 무엇인가 싶어

가까이 가 들여다보고는 홱 고개를 돌리며, 애 퉤 퉤! 대체 이런 데다 뒷간을 만들다니 될 말인가. 그달음으로 이 댁 노파에게, 정원에다 그런 변소를 내다니 아우님도 환장을 했는기요? 여기서 주인 노파도 한바탕, 거지 떼란 할 수 없다느니, 사람이 사람 모양만 했다고 사람이냐고 사람의 행실을 해야 사람이 아니냐느니, 자기네 집이 피난민 수용소가 아닌 바에 당장 내보내고 말아야겠다느니, 야단법석을 했다는 것이다. 그러고는 아내한테 나와 방을 비워줘야겠다는 영을 내린 것이었는데, 그래도 이 노파가 우리한테 나와서는 거기다 뒷간을 만들었으니 나가달라는 말은 못 하고, 이제 구공탄을 들이게 됐으니 방을 비워줘야겠다고 한 것이었다. 실은 이 점이 이 노파로 하여금 자신이 말한 인간은 인간다운 행실을 해야 한다는 것을 몸소 실천해 뵈는 대목이 아닌가 한다. 왜냐하면, 노파 자신이 우리들에게 안뜰 변소를 사용치 못하게 하고, 거기다 거적닢을 치게끔 분부를 해놓았으니, 진드기 아닌 우리가 오줌똥 안 눌 수는 없고, 실로 면목이 없는 행실이나 거기 대소변을 보지 않을 수 없었다는 걸 잊지 않은 점에서. 그리고 한걸음 더 나아가 지금 우리가 들어 있는 곳이 실은 사람이 살 방이 아니라, 구공탄이나 들일 헛간이라는 걸 밝혀준 점에서.

    이쯤 되어, 변호사댁 헛간에서 쫓겨난 우리 초라하기 짝이 없는 황순원 가족 부대는 대구 시내를 전전하기 수삼 차, 드디어 삼월 하순께는 부산으로 흘러내려오게 되었다.

    우리의 생각으로는 부산 와서 방을 장만하기까지는 처제가 있는 집에 당분간 신세를 질 예정이었다. 저번에 내가 부산까지 내려왔을 때 이 처제가 있는 방이 그중 여유가 있다는 걸 알고 있기 때문이었다.

이 집에 또 모 변호사댁이었다. 경남중학 뒤에 있었다. 역시 상당히 큰 화양식 저택으로 이 댁 다다미 여섯 장 방에 처제네가 들어 있었다. 이 방은 반침이 없는 데다, 한옆에 낡은 반닫이 하나와 낡은 테이블 하나가 들여놓여 있어, 다다미 넉 장 반 푼수밖에 안 되는 방이었으나, 애 셋인 처제네 식구가 살고도 그닥 무리할 것 없이 우리 여섯 식구가 들어박힐 수 있을 것이었다.

그러나 부산에 와 보니, 이 방에는 이미 다른 가구가 하나 들어 있었다. 애 둘을 가진 부인네였다. 본시 이 가구에게는 따로이 방 하나를 제공하기로 되었던 것이, 그 방은 손님방으로 써야겠다고 해서 처제네 방으로 모인 것이었다. 같이 애들과 여인들뿐인 가구인데다(내 동서되는 사람은 이공과계의 기술자 양성 교육을 받으러 도미했다가 6·25 사변으로 해서 못 나오고 지금은 동경에 와 있는 것이다.) 처제가 그 안면을 빌어 이 댁 방을 얻게 된 분과, 바로 이 한방 부인네가 같은 법무계통의 분이라 도리어 서로 어렵지 않고 외롭지 않아 괜찮을 정도였다.

그런데 여기에 바람이 불어왔다. 주인댁에서 별안간 이 방을 비워달라는 것이었다. 이유는 이 방에 식모를 두어야겠다는 것. 그런데 묘한 것은 이 댁에서 비워달란 그 날짜가 뒤에 알고 보니, 처제가 이 방을 얻을 때 그 안면을 빈 분이 다른 데로 인사이동이 있은 날짜 그날인 것이었다. 처제랑이 며칠 뒤에야 안, 이 인사이동을 법조계의 이름 있는 이 댁 변호사가 아직 공표도 있기 전에 알았다고 해서, 무어 그리 괴이한 일도 아무것도 아니다. 그저 문제는 바로 그날로 방을 비워달랬다는 사실인데, 이것은 그 날짜들이 우연히 합치된 것으로 보는 게 온당할 것 같다. 그만한 분이 처제가 안면을 빈 분의 인사이동으로 말미암은 앞으로의 자기 직업적인 이해타산만을 생각하여 조급하고도 노골적인 그런 행동으로 나왔다고는 볼 수 없는 까닭에. 우리가 부산 와 닿기 전에 처제가 있는 방에는 이런 말썽이 생겨있었다.

그러니 어쩌면 좋단 말인가. 그렇다고 우리가 여관을 찾아갈 수도 없는 형편인 것은 뻔한 노릇이었다. 생각다 못해 우리는 분산해서 숙박하기로 결정을 했다. 나는 다다미 열 장 방에 세 가구(그 도합 식구가 무려 열아홉 명)가 들어 있는 부모가 계신 남포동으로 가 어떻게든지 끼어 자기로 하고, 큰애 둘은 한 간 방에 여섯 식구가 들어 있는 외갓집으로 보내고, 끝의 두 애와 아내는 하는 수 없이 그냥 처제네 방으로 갔다.

매일같이 아내한테서 직접 또는 이모네 집에 들렀다 오는 큰애들을 통해, 주인댁에서 방을 비워내라는 독촉이 심하다는 걸 들었다. 대구에서 듣기에는 부산에 왔던 피난민이 무척 빠졌다는 말이어서, 부산 오면 어떻게든지 방 하나쯤은 얻을 수 있으려니 했다. 와 보니 사실 사람은 내가 처음 이곳 들렀을 적보다 현저히 빠졌다. 그러나 방은 없었다. 아내와 나는 여기저기 꽤 여러 군데 다리를 놓아보았으나 모두 허사였다.

졸리다 못해 한방 부인네가 먼저 범일동엔가 있다는 자기 시삼촌한테로 옮겨갔다. 그리고 이튿날 새벽, 이 변호사댁에서는 변이 일어난 것이다.

아직 자리에서 일어나기도 전인데 벌컥 문이 열리더니, 거기 이 댁 변호사 영감이 나타난 것이다. 무섭게 부릅뜬 눈이었다. 그리고 성난 음성으로 고함을 지르는 것이었다. 당신네들도 인간인 기요? 오늘 아침으로 당장 나가소. 여관으로라도 나가소. 사람이란 염치가 있어야지 않소. 만일 오늘도 아니 나가면 법으로 해결 짓겠소.

처제와 아내 편에서도 가만있을 수만 없었다. 무슨 일이 있어도 노상에로나 여관으로는 못 가겠다고 했다. 이 댁 큰딸 둘이 응원을 오고, 부인과 큰아들까지 출동했다. 서울 모 법과대학에 적을 두고 있다는 이 댁 큰아들은 폭력 행위로까지 나오려는 것을 그래도 나이 먹은 법률가가 법적으로 따져서는 이래서는 안 되겠다고 생각한 듯, 젊은 법률가를 떼어가지고 가더라는 것이다.

나는 남포동 예의 열아홉 식구가 들어 있는 방 한구석에서 아내의 말을 잠자코 듣고 있었다. 변호사 영감이 우리들더러 인간이 아니라는 건 벌써 대구서 그 노파한테 낙인을 찍힌 바니 별반 놀라운 사실이 아니다. 그가 또 법적으로 해결을 짓겠다는 것도, 그가 법률가라 응당 그럴 수 있는 일이다. 단지 여관으로라도 나가라는 데는 곤란하다. 여관에 들 수 있는 형편이라면 우리가 왜 이러고 있을 것인가. 다음에 염치가 없다는 대목도 그렇다. 피난민의 신세니 가다오다 염치없는 일도 있긴 하겠지만, 이 댁에 대해서 그렇게 몰염치한 짓만 한 것 같지는 않다. 그동안 처제가 있는 방에는 다다미 석 장 새로 간 것까지 합하면 매달 이만 원 가까울 정도의 금액을 내고 있은 셈이오, 어제만 해도 한방 부인네가 시삼촌한테로 옮겨간 뒤, 우리는 이 댁 부인에게 우리가 가진 옷가지를 마저 돈으로 바꿔가지고라도 보증금을 들여놓겠다는 말을 했던 것이다. 그때 부인의 대답은 자기네는 돈이 아쉬워서 그러는 게 아니고 그 방이 필요해서 그런다는 것이었다. 그 방을 식모를 줘야겠다는 것이다. 아내가 다시 그러면 그 식모가 들어와 잘 자리를 내어줄 터이니 같이 들어와 자게 해달라고 했다. 그렇게는 안 된다는 것이다. 하는 수 없다. 방을 구하기까지 좀 참아달라는 수밖에 없었다. 식모 말이 났으니 말이지, 이 주인댁에서 식모 식모 하는 여인은 그네 자신이 처제와 아내에게 한 말에 의하면, 주인댁과 과히 멀지도 않은 친척으로 이번에 딸네 집에 왔다가 들러서 밀린 빨래도 해주고 바느질도 해주느라고 머물러 있다는 것이며, 본래 이 집에는 식모라고 붙어 있지를 못한다는 것과, 결국 식모 노릇 하는 게 늙은 할머닌데 지금 잠깐 시골 작은아들네 집에 다니러 갔다는 것, 그리고 이 방만 해도 언젠가 왔을 때도 헛간 비슷이 늘 비어 있더라는 것이다. 이 댁 늙은 할머니가 식모 노릇을 한다는 건 이미 몇 달 같이 살아온 처제가 아는 일이었다. 하여튼 우리가 염치없다는 건 우리가 방을 속히 얻는 재주가 없다는 데서 오는 것뿐이었다.

 아내는 눈물이 글썽한 슬픈 얼굴에, 그러나 무슨 비장한 결심이라도 한 듯이, 오늘 저녁부터는 우리 식구가 다 그리로 모이자고 한다. 이왕 일이 그렇게 된 바에는 방을 얻을 때까지 모여 있자는 것이다. 문득 나는 그래서는 안 되리라는 생각이 들었다.

 그 법과대학생의 일이 떠올랐다. 여자한테 폭력을 가하려던 그가 나를 보고 가만있을 리 만무하다. 그 이십 대의 청년을 사십 가까운 약골의 내가 어떻게 대항할 수 있으리요. 그러나 한편 아무리 못난 사내기로서니 그래도 한 집안의 가장으로서, 처자는 처자대로 그런 자리에 남겨둔 채 혼자 지레 겁을 집어먹고 앉았다는 것도 생각할 문제였다. 물론 아내가 한데 모이자는 것은 나더러 무어 그 청년의 폭력으로부터 보호를 구하는 것은 절대로 아닐 것이다. 그런 것을 생각했다면 도리어 나더러 모이자는 말도 내지 않았을 아내다. 그저 아내는 생각한 것이었다. 지금 내가 자고 있는 이곳이 나로 해서 늙은 부모가 거의 앉아 새우다시피 하시니 이왕 타협이 안 된 건 안 된 대로 벌어질 일이 벌어지고만 뒤라 방을 얻기까지 모여 있자는 것이다. 나는 저녁에 가기로 했다.

그러고는 학교로 나갔다. 서울서 봉직하고 있던 학교가 며칠 전부터 보수공원에서 격일 수업을 시작한 것이다. 이날이 그 수업날의 하루였다. 먼저 부산에 내려온 동료들한테 집 이야길 부탁해 보았다. 점잖지 못한 일인 줄 알면서도 상급생 몇한테도 말해보았다. 오후에는 차도 안 팔아주는 다방에 앉아 아는 친구를 붙들고 구차한 말을 해보았다.

저녁때가 가까워서 부둣가로 나갔다. 거기 장사진을 이루고 있는 노천 목로주점에서 대폿술을 한잔 마시기 위해서였다. 술사발부터 비웠다. 보니, 방파제 너머 저쪽에 범선 두세 척이 가는지 오는지 떠 있다. 야, 바다란 아무 때 봐도 좋다. 가까운 눈앞에 갈매기란 놈들이 껑충인다. 야, 멋들어졌다.

그러나 실은 이 바다와 갈매기에게 마음이 젖어드는 심사는 아니었다. 무슨 생선가시와도 같은 것이 내 가슴속 한구석에 걸려 있는 것만 같았다. 그건 이제 내가 그 변호사댁엘 가야 한다는 것이었다. 따라서 그 법과대학생과 만나야 한다는 것이었다. 이 청년은 내가 한 번도 본 일이 없으나, 변호사 영감은 이번 와서 낮에 한두 번 그 댁엘 드나들며, 정원에서 나무를 매만져주고 있는 걸 본 일이 있다. 오십이 잘 지나 보이는데 아직 젊은이다운 윤기 나는 검은 머리를 갈라 붙인, 체구가 굵은 사내였다. 그 아들이 이 아버지를 닮았으면 상당한 체구와 체력을 소유한 청년임에 틀림없다. 어쩐지 켕기는 마음이었다.

단숨에 또 술사발을 내었다. 나도 스물 안팎까지는 숱해 싸움을 해온 사람인 것이다. 내 얼굴에는 그 기념물이 수두룩하게 남아 있다. 코피도 수없이 흘려보았고 남의 코피도 적잖이 내주었다. 남의 이빨을 두 개나 꺾어놓고 내 머리 꼭대기에 뜯뜬 자리 같은 흉터도 받아보았다. 사실 말이지 한창때에는 하나 대 하나에는 누구한테 지지 않아왔다. 그게 서른이 지나면서부터 싸움이라면 극력 피해만 왔다. 그게 또 사십 가까운 오늘에는 싸움이라면 겁부터 앞서는 것이다.

술사발을 또 들이켰다. 그러나 상대편이 먼저 도전해 오면 가만 움츠리고 앉았을 수만도 없지 않은가. 정당방위란 게 있다. 법학을 하는 자니 이 정당방위로 나가리라. 그래 도전해 오면 받아주자. 한번 오래간만에 옛날 실력을 발휘해 주리라. 싸움이란 체력만으로 되는 게 아니다. 여기서 나는 거나하니 취해 오는 술기운을 빌어, 그자가 이렇게 나오면 나는 이렇게, 그자가 저렇게 나오면 나는 또 저렇게 하고 이미 다 잊어버린 지난날의 싸움 솜씨를 들추어가지고 얼마든지 상대편을 거꾸러뜨리는 장면을 떠올리며 혼자 흥분하는 것이었다. 그러면서 나는 주머니를 털기까지

황혼에 덮이는 부둣가를 떠날 줄을 몰랐다.
 이날 밤은 아무 일 없었다. 이튿날도 그 다음 날도 아무 일 없었다. 그동안 식모라던 여인이 고향으로 돌아가고 이 댁 할머니가 시골서 돌아왔다. 파뿌리 머리에 허리까지 굽은 아주 파파노인이었다. 이 할머니가 부엌동자며, 집 안 치우기며, 심지어는 변소까지 맡아 소제를 하는 것이다.
 한번은 처제와 아내가 소곤거리기에 무엇이냐고 했더니 이 댁 할머니가 저번 시골 내려가기 전에 몸이 편찮아 약을 지어다 쓴 일이 있는데 그 약값을 이번에 와 보니 아직 갚지 않고 있어, 할 수 없이 집안사람 몰래 간장 두 병을 퍼가지고 들어와 사라더라는 것이다. 나는 문득 이런 것도 법에 비추어 도둑질이 되는지, 그리고 그것을 샀으니 장물죄에 걸리는지 어떤지를 모르겠다는 생각이 들었다.

 내가 이리로 옮겨온 지 사흘째 되는 날 저녁 아내와 나는 의논한 결과, 어쩌면 주인댁에서 타협을 받아줄는지도 모른다는 생각에서, 아내가 한 달 방세를 가지고 가서 다시 사정을 해보기로 했다. 그래, 가지고 갈 방세의 금액이 문제였는데, 이만 원, 삼만 원으로는 말이 통하지 않을 것 같고, 사만 원으로 할까 하다가, 에라 모르겠다 하고 오만 원으로 결정을 했다. 방세 오만 원씩을 물고 우리가 어떻게 살아가나 하는 생각도 들었으나, 들리는 말에 다다미 한 장에 만 원씩이란 말도 있고, 정하고 있던 방세를 올릴 참으로 방을 비워달라는 수가 비일비재란 말이 있는 데다, 더욱이 우리는 변호사 영감의 말대로 법적으로 해결을 지어서 노상에

나 여관으로 쫓겨나가는 날이면 큰일이라, 이런 방세나마 내고 타협을 얻은 후 마음 놓고 나가 열심히 장사를 해 살아나갈 변통을 하는 게 나을 성싶었던 것이다. 그리고 사실 우리는 벌써 장사를 시작하고 있었다. 아내는 남은 옷가지를 갖고 국제시장으로 나가고, 큰애 둘은 서면에 가서 미군부대 장사를 시작한 것이다. 지금의 오만 원도 아내의 장삿돈에서 떼낸 돈이었다.

안방에 들어갔다 좀 만에 아내가 돌아왔다. 손에 돈이 들려 있지 않다. 그러면 됐나 보다 했다. 그러나 아내의 말은 그렇지가 않았다. 아무래도 이 방을 비워달란다는 것이다. 영감과 큰아들은 다다미 여덟 장 방에서 자고, 큰 온돌방에는 작은 아들과 부인이 각각 자고 있는데, 그러고는 좁아서 못 견디겠다는 말은 못 하겠던지, 장발한 딸들의 말이 할머니 코 고는 소리에 도시 잠을 잘 수 없으니 기어코 그 방을 할머니 방으로 쓰게 내달라더라는 것이다. 여기서 아내는 또 우리가 어떻게든 할머니 주무실 자리를 넉넉히 내어올릴 테니 그렇게 하자고 해도, 그렇게는 못 하겠다더라는 것이다. 그리고 부인이 한다는 말이, 자기네 딸 친구가 있어 방 하나만 구해 주면 금 손목시계를 프레젠트하겠다는 것도 못 하고 있단다는 것이다. 나는 간이 서늘해 옴을 느꼈다. 금 손목시계라니 문제가 좀 큰 것이다. 그래, 가지고 갔던 돈은 어쨌느냐니까, 좌우간 딸들 책이라도 한 권 사보라고 놓고 오긴 했다고 한다. 이 돈만 돌아오지 않으면, 하는 것이 희망이었다. 그러나 이튿날 이 돈은 도로 돌아오고 말았다.

그리고 그날 저녁이었다. 나는 학교 나가는 날은 학교로 해서, 그렇지 않은 날은 아침에 직접 남포동 부모가 계신 곳에 가 하루를 보낸다. 이곳 피난민들은 대개 담배장사를 하느라고 애들만 남기고 모두 나간다. 부모도 그 축의 하나였다. 나는 여기서 서면 간 내 큰애들이 돌아오길 기다려 국제시장엘 들러 애들 엄마를 만나가지고 집으로 돌아가는 게 한 일과였다. 그날도 그랬다.

우리가 저녁에 모여 들어가니, 방안에 말 같은 처녀 둘이 와서 버티고 섰다. 이 댁 딸들인 것이다. 누가 형이고 동생인 것도 구별 안 되는, 좌우간 큰딸은 시내 모 여학교 졸업반이라는 것이고, 작은딸은 사학년이라는 처녀들이었다. 이들이 오늘 저녁엔 이 방에 와 자야겠다는 것이다. 나는 이 두 말 같은 처녀 중의 누가 친구한테 방 하나만 구해 주면 금 손목시계를 프레젠트 받을 수 있는 아가씨일까 생각해 보았다. 그러면서 나는 이 자리를 피해야 할 걸 느꼈다.

그러는데 이 말 같은 두 처녀가 누구에게라없이, 이삼일 내로 반드시 방을 내놓으라는 말과 함께, 나에게 시선을 한 번씩 던지고 나가버렸다. 그 시선들이 멸시에 찬 눈초리였든 어쨌든 그것은 벌써 아무래도 좋았다. 그저 이들의 전법이 그 효과에 있어서 내게는 이들의 오빠 되는 청년이 내 따귀를 몇 번 갈기는 것보다 더 컸다는 것만은 자인하지 않을 수 없었다.

그러지 않아도 아침이면 나가는 나는 이날은 어서 이곳을 나가고만 싶었다. 이날은 학교 가는 날이기도 했다.

풍경 달린 현관문을 열고 나서니, 응접실 앞 거기 꽃이 진 동백나무 이편에 변호사영감이 허리를 구부리고 서서 회양목인가를 매만져주고 있다. 첫눈에도 여간 그것들을 아끼고 사랑하는 태가 아니었다. 좋은 취미다. 인생이란 이렇듯 한 포기의 초목까지도 아끼고 사랑하면서 유유자적할 수 있는 생활을 해야 할 종류의 것인지도 모른다. 나는 무엇에 쫓기듯이 그곳을 빠져나왔다.

학교에서는 동료들에게 또 방 얘길 해보았다. 상급생에게도 점잖지 못한 소릴 해보았다. 학교가 파한 후에는 차도 안 팔아주는 다방에 앉아, 아는 친구를 붙들고 구차한 얘길 또 했다.

그러고는 남포동에 와서 장사 간 애들을 기다렸다. 어둑어둑해서야 애들은 왔다. 시장의 애엄마는 우리를 기다리다 못해 먼저 들어갔을 것 같다. 곧장 가기로 했다. 남포동서 경남중학 뒤에까지 오는 동안, 아주 깜깜하게 어두웠다.

철판으로 된 대문을 밀어보니 안으로 잠겼다. 문틈으로 들여다보니 대문에서 마주 뵈는 우리방이 새까맣다. 아마 애들 엄마는 아직 시장에서 우리를 기다리고 있는 것이고 애들 이모가 일찌감치 어린것들을 재우느라고 불을 끄고 있는 것이리라. 아내를 기다렸다 같이 들어가기로 하고, 나는 애들을 데리고 애 엄마가 돌아오려면 으레 그곳을 거쳐야 하는 개천가로 나와 쭈그리고 앉았다.

둘쨋놈이 곁에 와 붙어 앉는다. 큰놈도 와 앉는다. 좀처럼 아내가 돌아오지 않는다. 둘쨋놈 남아가 앉은 채 꼬박꼬박 존다. 이렇게 초저녁인데 꼬박꼬박 존다. 열두 살짜리 어린 육체로써 자기 하는 일이 고된가 보다. 나는 그만 검은 하수구 개천으로 고개를 돌리고 만다. 담배를 꺼내 문다. 성냥이 일어서지 않는다. 공중에서 검은 빗방울이 듣기 시작한다.

큰놈 동아가 혼자 일어나 집 쪽으로 간다. 좀 만에 뛰어오면서, 어머니도 돌아오고 대문도 열었다고 한다. 큰놈이 문 앞에 가 봤더니, 방안에서 어머니 말소리가 들려 불렀다는 것이다.

방에 들어가 알아보니, 전등은 고장인지 고의인지 저녁부터 안 들어온다는 것이다. 이 댁 전등은 밤낮을 가리지 않고 들어오는 특수선으로, 물론 지금도 다른 방엔 모두 환하게 들어와 있었다. 잠시 우리들은 어둠 속에서 말이 없었다.

애들 이모가 혼잣말처럼 내일은 어느 다리 밑으로라도 나가고 말아야겠다고 한다. 이모의 말이, 여태껏도 그래 왔지만 오늘은 이 집에서 더 어린것들을 못살게 굴더라는 것이다. 이모네 일곱 살짜리 큰놈과 우리의 여섯 살짜리 끝놈이 어쩌다 노래를 부른다던가, 변소에라도 가려 복도로 나가면 시끄럽다고 꽥 소리를 지르는 건 말할 것도 없고, 자기네 일곱 살짜리가 여봐란 듯이 보무 당당히 복도를 행진하며, 전우의 시체를 넘고넘어를 할 때, 이쪽 애들이 따라만 해도 다시 고함 소리가 연발되더라는 것이다. 그보다도 더 보기에 안된 것은 우리 선아가 역시 계집애는 달라, 동생애들이 주인한테 꾸지람을 듣는 게 보기에 안된 듯, 조금만 애들이 소리를 내도 안타까워하는 모양이 차마 옆에서 볼 수 없더라는 것이다.

애들 이모가 어둠 속에서 소리를 죽여가며 운다. 내 가슴속에도 화끈 불이 붙는 걸 느낀다. 그건 대구서 선아의 고무신 한 짝을 잃었을 때에 느꼈던 분노와는 또 달랐다. 그러나 그들이 여하한 전술을 바꿔가지고 나오더라도 우리가 여기 있는 동안 참는 수밖에 없다. 그저 그 전술을 최대한 피할 도리를 강구하면서.

그래 우리가 생각해 낸 것이 내일부터는 낮에 이 방을 진공상태로 해두자는 것이었다. 우리의 어린것들은 남포동에 가 있기로 하고, 이모네는 외갓집에를 가 있다가 이모만이 먼저 와서 저녁 준비를 하기로 했다. 이러고 나서야 우리는 무슨 안심이나 얻은 듯이, 어둠 속에서 싸늘히 식은 밥덩이를 찾아 목구멍에 넘길 수가 있었다.

선아와 끝의 놈 진아를 데리고 나는 남포동 부모가 계신 곳에 가 하루를 보냈다. 어제저녁에는 빗방울이 들더니, 오늘은 그래도 날이 개어서 됐다.
 어둡기 전에 아내가 왔다. 그런데 어두워도 큰애와 둘째애가 오지 않는다. 진아가 졸린다고 하더니 엄마 품에 잠이 들었다.
 아주 깜깜하게 어두운 뒤에야 두 애는 돌아왔다. 어제오늘은 전차 얻어타기가 힘들었다는 것이다. 두 애는 어미 아비와 조부모 앞에 홍겹게 품속에 넣어가지고 온 담배보루며 껌곽을 솜씨 빠르게 꺼내어 놓는다. 나는 도리어 그 익숙한 손놀림이 슬퍼서 눈길을 돌리고 말았다.
 잠든 진아는 내가 업고, 아내는 보퉁이를 이고 우리는 나섰다. 동아극장 앞 큰거리를 걸어 올라갔다. 큰놈 동아가 내 곁으로 다가서며, 물건 살 때 이렇게 말하면 잘 팔아준다고 하면서, 풀리즈 쎌 투미, 하고 영어 회화를 해 보인다. 쎌 투미가 아니고 쎌 투미라고 내가 고쳐준다. 동아는 국민학교 졸업반이다. 이제 학교에 보내서 졸업을 시켜야 중학교엘 들어갈 수 있는 애다. 이 애가 껑충 뛰어서 영어 회화부터 배워오는 것이다. 이것을 이 애비는 또 정정까지 해줘야 하는 것이다.
 둘쨋놈 남아가 또 한옆으로 다가오더니, 오늘 참 약은 자식 하나 봤다고 하며, 이런 이야길 지껄여댄다. 어떤 꼬마 하나가 붙잡히게 되니까 거기 논바닥에 번듯이 나가자빠지더라는 것이다. 물을 잡은 논이었다. 귀까지 잠기는 물속에 사지를 쭉 뻗고 나가넘어져서는 눈을 까뒤집고 입을 막 히물거리더라는 것이다. 이 꼬마의 품 안에는 몇 센트의 군표가 들어 있는 것이다. 꼬마의 이러는 모양을 저편에서 한참이나 내려다보는 것이었는데, 그래도 꼬마는 알은 채 않고 그냥 눈을 까뒤집은 채 입을 자꾸 히물거리더라는 것이다. 지랄병이라도 있는 앤 줄 안 것이리라. 저편에서 훌훌 가버리고 말더라는 것이다. 나는 내 옆에서 지껄여대는 우리의 남아도 몇 센트의 군표를 위해서는 지금의 꼬마처럼 그 지랄을 해야 할 걸 생각했다.

부성교에 이르러 우리는 오른편으로 꺾인다. 개천둑 길은 어둡다. 하늘에는 별이 총총한데 어둡다.

남아가 무슨 생각을 했는지, 우리 노래 불러요, 한다. 내가, 노래는 무슨 노래, 하려는데 엄마 곁에 붙어서 가던 선아가, 노래라는 말에 기다리고나 있었던 듯 부르기 시작한다. 전우의 시체를 넘어넘어……. 나는 이 선아가 변호사댁에서는 꾸지람이 무서워 어린 동생에게 노래는커녕 소리 한 번 못 내게 주의시키던 일을 생각하고, 노래를 그만두라는 말을 못한다. 남이, 동이도 따러 부른다.

이 노래가 끝나기가 바쁘게 남아가, 찌리링 찌리링 비켜나세요, 자전거가 나갑니다, 찌리리리링, 하며 자전거를 탄 시늉을 하고 어둠 속을 달린다. 어제저녁에는 그렇게 졸던 애가 오늘은 웬일일까. 오늘 장사에 수지가 맞았다는 것인가. 저기 가는 저 영감

꼬부랑 영감, 우물쭈물하다가는 큰일 납니다. 이번에는 자전거가 이리로 달려와 아빠 새를 돌아 나간다. 아빠 되는 이 영감은 자전거에 치지 않기 위해 비켜나야만 했다.

등에서 진아가 잠을 깼다. 깨어나서는 누나가 다시 부르기 시작한, 나비야 나비야 이리 날아 오너라를 같이 불러본다. 선아는 율동까지 섞어가며 한다. 흡사 어둠 속을 날아가는 나비와도 같이.

누나의 노래가 끝나자, 그제는 온전히 정신이 든 듯 진아가, 산토끼 토끼야를 꺼낸다. 이놈은 또 토끼 뛰는 시늉을 하는 것이었는데, 내 등에서는 맛이 안 나는지 어깨로 기어올라가 무등을 타고서 야단이다. 깡충깡충 뛰면서 어디로 가느냐, 산고개를 나 혼자 넘어서 토실토실 밤토실을 주워서 올 테야. 진아는 노래가 끝난 뒤에도 그냥 토끼 뛰는 시늉을 한다.

나는 여섯 살잡이 진아의 엉덩이 밑에서 중심을 잃지 않으려고 애쓰면서 생각한다. 토끼라고 하면 이 아빠도 엄마도 토끼띠다. 그러나 이 아빠토끼는 깡충깡충 산고개를 넘어가 토실밤을 주워 오기는커녕 이렇게 어두운 개천둑에서 요맛 무게 요맛 움직임 밑에서도 비틀거리며 재주를 부리고 있는 것이다.

그러다가 문득 나는 곡예사라는 말을 떠올렸다. 오라, 지금 나는 진아를 어깨에 올려놓고 곡예를 하고 있는 것이다. 그러고 보면 진아도 내 어깨 위에서 곡예를 하고 있고, 선아는 나비의 곡예를 했다. 남아는 자전거 곡예를 했다. 이 남아가 이제 몇 센트의 군표를 위해 그 꼬마와 같은 지랄을 해야 하는 것도 일종의 슬픈 곡예인 것이다. 그리고 동아의 풀리즈 쎌 투미도 그런 곡예요, 이들이 가슴이나 잔등에서 또는 허리춤에서 담배보루며 껌곽을 재

빨리 꺼내고 넣는 것도 훌륭한 곡예의 하나인 것이다. 이렇게 해서 이들은 황순원곡예단의 어린 피에로요, 나는 이들의 단장인 것이다. 지금 우리의 무대는 이 부민동 개천둑이고.

피에로 동아가 쏘렌토를 부른다. 그래 마음대로들 너희의 재주를 피워보아라. 나는 너희가 이후에 오늘의 이 곡예를 돌이켜 보고, 슬퍼해할는지 웃음으로 돌려버릴는지 어쩔는지 그건 모른다. 따라서 너희도 이날의 너희 엄마 아빠가 너희들의 곡예를 보고 웃었는지 울었는지 어쨌는지를 몰라도 좋은 것이다. 그저 원컨대 나의 어린 피에로들이여, 너희가 이후에 각각 자기의 곡예단을 가지게 될 적에는 모쪼록 너희들의 어린 피에로들과 더불어 이런 무대와 곡예를 되풀이하지 말기를 바란다. 이거 대단히 실례했습니다. 쓸데없는 어릿광대의 넋두리였습니다. 자, 그러면 피에로 동아 군의 독창을 경청해 주십시오.

한 걸음 떨어져 오던 아내가 가까이 와 한 팔을 내 허리에 돌린다. 이 단장 부인은 남편 되는 단장의 곡예가 위태로워 보였던 모양이다. 나는 염려 말라고 아내의 손을 꽉 잡아주었다. 그러는데 피에로 동아의 노래가 마지막 대목 다 가서 뚝 그친다. 이미 우리는 그 변호사댁이 있는 골목에 다다른 것이었다.

그러면 여러분, 오늘 밤 프로는 이것으로 끝막기로 하겠습니다. 준비가 없었던 탓으로 이렇게 초라한 곡예가 되어 부끄럽기 짝이 없습니다. 내일을 기대해 주십시오. 우리 곡예단을 이처럼 사랑해 주시는 데 대해서는 단을 대표해 감사의 뜻을 표해 마지않는 바입니다. 그러면 안녕히들 주무세요. 굿바이!

(1951년 오월)

학

 삼팔 접경의 이 북쪽 마을은 드높이 개인 가을하늘 아래 한껏 고즈넉했다.
 주인 없는 집 봉당에 흰 박통만이 흰 박통을 의지하고 굴러 있었다.
 어쩌다 만나는 늙은이는 담뱃대부터 뒤로 돌렸다. 아이들은 또 아이들대로 멀찌감치서 미리 길을 비켰다. 모두 겁에 질린 얼굴들이었다.
 동네 전체로는 이번 동란에 깨어진 자국이라곤 별로 없었다. 그러나 어쩐지 자기가 어려서 자란 옛마을은 아닌 성싶었다.
 뒷산 밤나무 기슭에서 성삼이는 발걸음을 멈추었다. 거기 한 나무에 기어올랐다. 귓속 멀리서, 요놈의 자식들이 또 남의 밤나무에 올라가는구나, 하는 혹부리 할아버지의 고함 소리가 들려왔다.

그 혹부리 할아버지도 그새 세상을 떠났는가. 몇 사람 만난 동네 늙은이 가운데 뵈지 않았다.

성삼이는 밤나무를 안은 채 잠시 푸른 가을하늘을 치어다보았다. 흔들지도 않은 밤나뭇가지에서 남은 밤송이가 저 혼자 아람이 벌어져 떨어져내렸다.

임시 치안대 사무소로 쓰고 있는 집 앞에 이르니, 웬 청년 하나가 포승에 꽁꽁 묶이어 있다.

이 마을에서 처음 보다시피 하는 젊은이라, 가까이 가 얼굴을 들여다보았다. 깜짝 놀랐다. 바로 어려서 단짝동무였던 덕재가 아니냐.

천태에서 같이 온 치안대원에게 어찌된 일이냐고 물었다. 농민동맹 부위원장을 지낸 놈인데 지금 자기 집에 잠복해 있는 걸 붙들어왔다는 것이다.

성삼이는 거기 봉당 위에 앉아 담배를 피워 물었다.

덕재를 청단까지 호송하기로 되었다. 치안대원 청년 하나가 데리고 가기로 됐다.

성삼이가 다 탄 담배꼬투리에서 새로 담뱃불을 댕겨가지고 일어섰다.

"이 자식은 내가 데리구 가지요."

덕재는 한결같이 외면한 채 성삼이 쪽은 보려고도 하지 않았다.

동구 밖을 벗어났다.

성삼이는 연거푸 담배만 피웠다. 담배맛은 몰랐다. 그저 연기만 기껏 빨았다 내뿜곤 했다. 그러다가 문득 이 덕재녀석도 담배

생각이 나러니 하는 생각이 들었다. 어려서 어른들 몰래 담 모퉁이에서 호박잎 담배를 나눠 피우던 생각이 났다. 그러나 오늘 이깟놈에게 담배를 권하다니 될 말이냐.

한번은 어려서 덕재와 같이 혹부리 할아버지네 밤을 훔치러 간 일이 있었다. 성삼이가 나무에 올라갈 차례였다. 별안간 혹부리 할아버지의 고함 소리가 들려왔다. 나무에서 미끄러져 떨어졌다. 엉덩이에 밤송이가 찔렸다. 그러나 그냥 달렸다. 혹부리 할아버지가 못 따라올 만큼 멀리 가서야 덕재에게 엉덩이를 돌려댔다. 밤 가시 빼내는 게 더 따끔거리고 아팠다. 절로 눈물이 찔끔거려졌다. 덕재가 불쑥 자기 밤을 한 줌 꺼내어 성삼이 호주머니에 넣어주었다…….

성삼이는 새로 불을 댕겨 문 담배를 내던졌다. 그러고는 이 덕재자식을 데리고 가는 동안 다시 담배는 붙여 물지 않으리라 마음먹는다.

고갯길에 다다랐다. 이 고개는 해방 전전해 성삼이가 삼팔 이남 천태 부근으로 이사 가기까지 덕재와 더불어 늘 꼴 베러 넘나들던 고개다.

성삼이는 와락 저도 모를 화가 치밀어 고함을 질렀다.
"이 자식아, 그동안 사람을 몇이나 죽였냐?"
그제야 덕재가 힐끗 이쪽을 바라다보더니 다시 고개를 거둔다.
"이 자식아, 사람 몇이나 죽였어?"
덕재가 다시 고개를 이리로 돌린다. 그러고는 성삼이를 쏘아본다. 그 눈이 점점 빛을 더해 가며 제법 수염발 잡힌 입언저리가

실룩거리더니,

"그래 너는 사람은 그렇게 죽여봤니?"

이 자식이! 그러면서도 성삼이의 가슴 한복판이 환해짐을 느낀다. 막혔던 무엇이 풀려내리는 것만 같은. 그러나,

"농민동맹 부위원장쯤 지낸 놈이 왜 피하지 않구 있었어? 필시 무슨 사명을 띠구 잠복해 있는 거지?"

덕재는 말이 없다.

"바른대루 말해라. 무슨 사명을 띠구 숨어 있었냐?"

그냥 덕재는 잠잠히 걷기만 한다. 역시 이 자식 속이 꿀리는 모양이구나. 이런 때 한번 낯짝을 봤으면 좋겠는데 외면한 채 다시는 고개를 돌리지 않는다.

성삼이는 허리에 찬 권총을 잡으며,

"변명은 소용없다. 영락없이 넌 총살감이니까. 그저 여기서 바른대루 말이나 해봐라."

덕재는 그냥 외면한 채,

"변명은 할려구두 않는다. 내가 제일 빈농의 자식인 데다가 근농꾼이라구 해서 농민동맹 부위원장 됐든 게 죽을죄라면 하는 수 없는 거구, 나는 예나 이제나 땅 파먹는 재주밖에 없는 사람이다."

그리고 잠시 사이를 두어,

"지금 집에 아버지가 앓아누웠다. 벌써 한 반년 된다."

덕재 아버지는 홀아비로 덕재 하나만 데리고 늙어오는 빈농꾼이었다. 칠 년 전에 벌써 허리가 굽고 검버섯이 돋은 얼굴이었다.

"장가 안 들었냐?"

잠시 후에,

"들었다."

"누와?"

"꼬맹이와."

아니 꼬맹이와? 거 재미있다. 하늘 높은 줄 모르고 땅 넓은 줄만 알아, 키는 작고 똥똥하기만 한 꼬맹이. 무던히 새침떼기였다. 그것이 얄미워서 덕재와 자기는 번번이 놀려서 울려주곤 했다. 그 꼬맹이한테 덕재가 장가를 들었다는 것이다.

"그래 애가 몇이나 되나?"

"이 가을에 첫애를 낳는대나."

성삼이는 그만 저도 모르게 터져나오려는 웃음을 겨우 참았다. 제 입으로 애가 몇이나 되느냐 묻고서도 이 가을에 첫애를 낳게 됐다는 말을 듣고 우스워 못 견디겠는 것이다. 그러지 않아도 작은 몸에 큰 배를 한 아름 안고 있을 꼬맹이. 그러나 이런 때 그런 일로 웃거나 농담을 할 처지가 아니라는 걸 깨달으며,

"하여튼 네가 피하지 않구 남아 있는 건 수상하지 않어?"

"나두 피하려구 했었어. 이번에 이남서 쳐들어오믄 사내란 사낸 모주리 잡아 죽인다구 열일곱에서 마흔 살까지의 남자는 강제루 북으로 이동하게 됐었어. 할 수 없이 나두 아버질 업구라두 피난 갈까 했지. 그랬드니 아버지가 안 된다는 거야. 농사꾼이 다 지어놓은 농살 내버려두구 어딜 간단 말이냐구. 그래 나만 믿구 농사일루 늙으신 아버지의 마지막 눈이나마 내 손으루 감겨드려야겠구, 사실 우리같이 땅이나 파먹는 것이 피난 간댔자 별수 있는 것두 아니구……."

지난 유월달에는 성삼이 편에서 피난을 갔었다. 밤에 몰래 아

버지더러 피난 갈 이야기를 했다. 그때 성삼이 아버지도 같은 말을 했다. 농사꾼이 농사일을 늘어놓구 어디루 피난 간단 말이냐. 성삼이 혼자서 피난을 갔다. 남쪽 어느 낯선 거리와 촌락을 헤매 다니면서 언제나 머리에서 떠나지 않는 건 늙은 부모와 어린 처자에게 맡기고 나온 농사일이었다. 다행히 그때나 이제나 자기네 식구들은 몸 성히들 있다.

고갯마루를 넘었다. 어느새 이번에는 성삼이 편에서 외면을 하고 걷고 있었다. 가을 햇볕이 자꾸 이마에 따가웠다. 참 오늘 같은 날은 타작하기에 꼭 알맞은 날씨라고 생각했다.

고개를 다 내려온 곳에서 성삼이는 주춤 발걸음을 멈추었다.

저쪽 벌 한가운데 흰 옷을 입은 사람들이 허리를 굽히고 섰는 것 같은 것은 틀림없는 학 떼였다. 소위 삼팔선 완충지대가 되었던 이곳. 사람이 살고 있지 않은 그동안에도 이들 학들만은 전대로 살고 있은 것이었다.

지난날 성삼이와 덕재가 아직 열두어 살쯤 났을 때 일이었다. 어른들 몰래 둘이서 올가미를 놓아 여기 학 한 마리를 잡은 일이 있었다. 단정학이었다. 새끼로 날개까지 얽어매놓고는 매일같이 둘이서 나와 학의 목을 쓸어안는다, 등에 올라탄다, 야단을 했다. 그러한 어느 닐이있다. 동네 어른들의 수군기리는 소리를 들었다. 서울서 누가 학을 쏘러 왔다는 것이다. 무슨 표본인가를 만들기 위해서 총독부의 허가까지 맡아가지고 왔다는 것이다. 그길로 둘이는 벌로 내달렸다. 이제는 어른들한테 들켜 꾸지람 듣는 것 같은 건 문제가 아니었다. 그저 자기네의 학이 죽어서는 안 된다는 생각뿐이었다. 숨 돌릴 겨를도 없이 잡풀 새를 기어 학 발목의 올가미를 풀고 날개의 새끼를 끌렀다. 그런데 학은 잘 걷지도 못하는 것이다. 그동안 얽매여 시달린 탓이리라. 둘이서 학을 마주 안아 공중에 투쳤다. 별안간 총소리가 들렸다. 학이 두서너 번 날갯짓을 하다가 그대로 내려왔다. 맞았구나. 그러나 다음 순간, 바로 옆 풀숲에서 펄럭 단정한 한 마리가 날개를 펴자 땅에 내려앉았던 자기네 학도 긴 목을 뽑아 한번 울음을 울더니 그대로 공중에 날아올라, 두 소년의 머리 위에 둥그러미를 그리며 저쪽 멀리로 날아가버리는 것이었다. 두 소년은 언제까지나 자기네 학이 사라진 푸른 하늘에서 눈을 뗄 줄을 몰랐다. ……
"얘, 우리 학사냥이나 한번 하구 가자."
성삼이가 불쑥 이런 말을 했다.
덕재는 무슨 영문인지 몰라 어리둥절해 있는데,
"내 이걸루 올가밀 만들어놓께 너 학을 몰아오너라."
포승줄을 풀어 쥐더니, 어느새 성삼이는 잡풀 새로 기는 걸음을 쳤다.
대번 덕재의 얼굴에서 핏기가 걷혔다. 좀 전에, 너는 총살감이라던 말이 퍼뜩 머리를 스치고 지나갔다. 이제 성삼이가 기어가는 쪽 어디서 총알이 날아오리라.
저만치서 성삼이가 홱 고개를 돌렸다.
"어이, 왜 멍추같이 게 섰는 게야? 어서 학이나 몰아오너라!"
그제서야 덕재도 무엇을 깨달은 듯 잡풀 새를 기기 시작했다.
때마침 단정학 두세 마리가 높푸른 가을하늘에 큰 날개를 펴고 유유히 날고 있었다.

(1953년 정월)

산(山)

 오늘도 덫에는 아무것도 걸린 게 없었다. 이런 가을철에는 으레 토끼 한두 마리와 꿩 몇 마리는 갈데없었는데 웬일인지 올가을에는 그렇지가 못한 것이었다. 그동안 짐승 종자가 다 없어졌단 말인가. 바우는 올가미와 덮치기를 다른 목으로 옮겨놓았다.
 이 길로 바우는 도토리를 주우러 가는 참이었다. 가까운 곳에 떡갈나무가 없는 것은 아니나 도토릿골로 가야만 떡갈나무숲이 있어서 알 굵은 도토리를 힘 안 들이고 주워올 수가 있는 것이었다.
 산에는 단풍이 들어 있었다. 산 중턱까지는 검푸른 전나무와 잣나무 소나무로 둘리고, 그 위로는 하아얀 자작나무와 엄나무 피나무 느릅나무숲인데, 그 사이에 단풍나무가 타는 듯이 물들어 있는 것이었다. 그리고 이 검푸르고 하얗고 누렇고 붉은 빛깔은 가까운 산에서 먼 산으로 멀어짐에 따라 그 선명한 빛깔을 잃어가다가 나중에는 저쪽 하늘가에 뽀오야니 풀려버리고 마는 것이었다. 어디를 보나 마찬가지 산이요 또 산이었다.

길이란 게 있을 리 만무했다. 그러나 길 없는 길만 걸어 버릇한 바우에게는 조금도 불편스럽지가 않았다. 외로운 줄도 몰랐다. 본시 사람들과는 아무 교섭 없이 살아온 바우였다.

바우가 부모 아닌 딴 사람을 본 것은 일곱 살엔가 나서 처음이었다. 부모를 따라 부대앝에 나가 있느라니까, 어디서 사람의 목소리가 들려왔다. 보니 저 아래에 웬 사람이 하나 서서 이리 소리를 지르고 있는 것이었다. 흰 두루마기에 검정 갓을 쓴 사람이었다. 아마 그 앞을 지나가다가 길을 묻는 모양이었다. 아버지가 일손을 멈추고 돌아섰으나 미처 무어라고 대답을 못했다. 오랫동안 누구와 이야기를 주고받는 일 없이 살아왔기 때문에 갑자기 말문이 열리지 않는가 보았다. 지나가던 사람 편에서 더 소리를 지르지 않고 그냥 가버렸다. 그 걸음이 무척 빨랐다. 왜 그런지 이쪽을 무서워하는 눈치 같았다. 바우는 아버지 어머니와 같이 그 사람이 저쪽 산굽이로 희끗거리며 사라질 때까지 서서 바라보았다. 마침내 그림자가 아주 뵈지 않게 되자 별안간 아버지가 그쪽을 향해 목청껏 소리를 질렀다. 어어이. 어디선가 메아리가 되어 돌아왔다. 어어이이. 이 어어이이 소리를 다시 어디서 받고 그 다음에 또 어디서 받고 하면서 멀리 꼬리를 감추어버렸다.

훗날 바우는 아버지의 시체를 묻고 나서 어린 마음에도 가슴이 답답해 목청껏 소리를 질러보았다. 어어이. 어어이이.

바우의 아버지가 죽은 것은 산돼지한테 받힌 것이 덧나서였다. 바우가 열세 살인가 났을 때의 일이었다. 아침에 나간 아버지가 돌아올 때가 지났는데도 안 돌아왔다. 덫을 들고 나간 것으로 보아 어디 무엇 하러 갔는지는 알 수 있었다. 그날 바우도 따라나 갔을 것인데 전날 밤부터 배탈이 나서 못 따라나간 것이었다. 어머니와 함께 찾아나섰다. 아버지는 앞산 벼랑 한중턱에 떨어져 있었다. 산돼지한테 빗받혀 굴러떨어지다가 거기 벋어나온 소나무에 걸린 것이었다. 피나무 밧줄을 가져다 간신히 끌어올렸다. 상처는 오른쪽 옆구리가 약간 찢어졌을 뿐 대단치 않았다. 그 상처가 날이 갈수록 아물지 않고 썩기 시작한 것이다. 느릅나무 뿌리를 캐어다 짓이겨 붙여도 별 효험이 없었다. 아버지는 자리에 눕자 같은 말을 되뇌었다. 내가 실수를 하느라고 그날 산돼지 길목이 바뀐 줄 모르고 어름거리다가 새끼 샘하는 어미돼지한테 이 봉변을 당했다, 앞으로 산에 사는 동안은 큰짐승을 조심해라, 그리고 아예 이편에서 먼저 큰짐승을 건드릴 생각을 마라. 사실 아버지는 평상시에 큰짐승이 걸릴 허방다리 같은 덫은 놓지부터 않았다. 겨울 아침에 집 앞을 지나간 호랑이 발자국이 눈 위에 나 있을 적도 있었지만 호랑이가 집 앞에서 어정거렸거나 집 안을 엿본 흔적은 없는 것이었다. 아버지는 다시 말했다. 산에서 살려면 큰짐승을 한식구로 생각해라. 이러한 아버지가 죽기 며칠 전에는, 이제 자기가 죽거들랑 이곳을 떠나 큰짐승이 덜한 곳으로 가 살라고 했다. 끝내 산을 떠나라는 말은 하지 않았다. 이 아버지의 말을 좇아 바우네는 지금 사는 싸릿골로 옮겨 앉은 것이었다.

전나무숲 사이에서 노루가 일어 거불거불 달아났다. 그때 풀섶에서 푸드득 꿩이 날아났다. 그러면 그렇지, 꿩 종자가 없어질 리야 있나. 이제 덫에도 와 붙을 테지.

높고 낮은 등성이를 몇 넘어 귀룽나무가 서 있는 고개에 올라섰다. 그 밑이 돌자갈물이 흐르는 졸졸잇골이요, 그곳을 지나 오리나무숲을 돌아서면 바로 도토릿골인 것이다.

바우는 고개 밑으로 내려가 손으로 물을 움켜 마셨다. 그리고 손등으로 입술을 훔치다 말고 물속을 들여다보았다. 오늘 아침 어머니가 한 말이 생각난 것이다. 하루 종일 가도 별로 말이라곤 주고받는 법 없이 살아오는 어머니와 아들이었다. 그것은 아버지가 살아 있을 때도 마찬가지였다. 연장을 들면 부대앝으로 나가자는 말이 됐고, 어느 편에서고 일손을 멈추면 좀 쉬자는 말이 됐고, 해를 보아 연장을 둘러메면 그만 돌아가자는 말이 되곤 했다. 그러던 것이 아버지가 세상을 떠나자 어머니와 아들은 더 말이 없는 사람들이 됐다. 그 어머니가 오늘 아침 아들의 머리를 가위로 깎아주며 불쑥, 너 아버지 닮았다, 한 것이었다. 그때 바우는 아무 대꾸도 하지 않았다. 지금 물속에 비친 제 얼굴을 들여다보며 바우는 머리의 수건을 벗겼다. 아버지의 머리는 상투였는데 자기 머리는 이렇게 깎아버린 게 다르다. 그뿐 아니고 아버지는 검은 턱수염이 있었는데 자기는 없다. 바우는 도시 어머니의 말뜻을 알 수가 없었다.

바우가 도토리 한 광우리는 손쉽게 주워 담아가지고 벗어놓은 지게를 가지러 가는데, 퍼뜩 대여섯 간 저 앞에 이상한 것이 눈에 띄었다. 처음에는 무슨 짐승이나 아닌가 했으나 자세히 보니 사람인 것이다. 이쪽을 바라보며 서있다. 그리고 이 사람이 한 손을 등 뒤로 돌려 흔들자 불쑥불쑥 사람들이 몇 일어서는 것이다. 모두 다섯 명이었다.

바우는 산속에서 처음으로 이렇게 많은 사람을 대하는 것이었다. 싸릿골로 온 뒤에도 고작해야 일 년에 한두 사람의 그림자를 보나마나했다. 그것도 가까이서가 아니고 먼 산모퉁이를 돌아 사라지는 사람의 그림자인 경우가 대개였다. 그저 바우로서 사람을 제일 많이 대해 보는 건 봄철에 한 번씩 벌마을에 갔을 때뿐이었다. 사십 리가 넘는 길을 복령, 고사리, 도라지, 송이버섯, 느타리 같은 것을 갖고 가서 소금 등속과 바꿔오는 것이었다. 마을이래야 네 집밖에 되지 않았다. 그러나 바우로서는 사람을 가장 많이 만나보는 즐거운 한때였다. 혼자서도 외로운 줄 모르고 자란 바우였으나 역시 여러 사람을 대한다는 건 즐거운 일이 아닐 수 없다.

다섯 사람이 바우를 와 둘러쌌다. 똑같이 흙투성이가 된 푸르딕딕한 옷을 입고 양쪽 어깨와 등허리에다가는 마른 풀과 나뭇가지를 꽂고 있었다.

처음에 이쪽을 향해 섰던 사내가 바우 앞으로 다가서며 구멍 뚫린 쇠뭉치 같은 것을 들이대면서 딱딱하게 말했다.

──뭣하는 사람야?

바우는 사내가 들이댄 것이 언젠가 아버지와 함께 만난 사냥꾼이 갖고 있었던, 한 방이면 곰이고 호랑이고 단빅에 눕혀놓는다는 그 총이라는 걸 알자 몸이 후들거렸다.

바우가 미처 대답을 못하고 있으려니까,

──어디 살지?

이번에도 바우는 얼른 대답이 안 나왔다.

──이게 벙어리 아냐?

산(山) 133

이때 누가,
──저 도토리 봐라,
하고 광우리 쪽으로 달려가며 소리 질렀다.
──어 밤도토리다.
다른 사람들도 모두 그리 몰려갔다.
바우는 총대가 치워져 비로소 숨을 돌려쉴 수 있었다.
다섯 사람이 광우리 둘레에 펄썩 주저앉더니 제각기 도토리를 집어 까먹기 시작했다.
바우는 바삐들 입놀림을 하고 있는 그들의 행색을 새로이 살펴보았다. 그 무서운 총대를 든 사람은 하나뿐이었다. 그리고 그중의 한 사람이 자루주머니 같은 것을 짊어졌을 뿐 모두 빈손이었다. 얼굴의 수염들이 거칠 대로 거칠었다. 그런데 한 사람이 머리는 긴데 전혀 수염이 없었다. 몸집이 제일 작았다. 나이도 그중 어려 보였다.
한참 도토리를 먹고 나더니, 송곳니에 덧니 난 사내가 바우더러,
──이봐, 샘물이 어디 있지?
했다.
바우는 이번에는 왜 그런 것까지 묻는지 몰라 잠자코 있으려니까,
──저게 아무래도 벙어리야,
하면서 총잡이 사내가 손으로 물을 떠 마시는 시늉을 해 보이며,
──이거 몰라?
그제야 바우는 그들이 무엇을 바라고 있다는 것을 알아채고,
──졸졸잇골루 가야…….

―벙어린 아니군. 그래 거기가 어디야?
―바루 요기 돌아가믄…….
 바우가 집으로 돌아가는 길에 그들을 거기까지 데려다주려고 광우리를 지게에 올려놓는데,
―지게는 여기 놔두구 가.
 덧니박이 사내가 말했다.
 졸졸잇골 돌물 소리가 들리자 제각기 달려가 엎드리더니 꿀꺽꿀꺽 소리를 내며 물들을 마셨다. 수염 없는 젊은 사람만이 손으로 움켜 마셨다. 한차례 물을 먹고는 얼굴과 발을 씻었다.
 덧니박이 사내가 오리나무 뒤로 돌아가 오줌을 누고 돌아왔다. 그때 바우는 이 사람 허리에 손바닥만 한 가죽 주머니가 달려 있는 것을 보았다.
 덧니박이 사내가 돌아오더니 주머니에서 종이 한 장을 꺼내어 무릎 위에 폈다.
 총잡이 사내가 마주 와 앉으며,
―소대장님, 여기가 어디쯤 될까요?
 하고 물었다.
 그 말에는 대답 없이 종이만 들여다보던 덧니박이 사내가 바우에게로 고개를 들며,
―이봐, 여기가 무슨 군 무슨 면이지?
 했다.
 바우는 또 그 말을 알아듣지 못했다.
 총잡이 사내가 갑갑한 듯이,
―허 참, 어디 말이 통해야지. 자네 사는 동네 이름이 뭐냐 말야?

―싸릿골이란 데유.
―게가 어디야?
―예서 한 십 리 되는데유.
―허, 그래 몇 집이나 사나?
―우리집 하난데유.
―자네네 집 하나뿐야? 그래 이 근방에 사람 사는 동네가 없단 말야?
 바우가 고개를 끄덕였다.
 이러한 말을 듣고 있던 일행은 일시에 맥이 풀렸다. 처음 바우를 만났을 때는 그래도 여기 어디에 부락이 있는 줄만 알았다. 지금 자기네에게는 소총 한 자루와 권총 한 자루가 있다. 그것이면 자기네가 원하는 것을 얻을 수 있으리라고 들피진 몸에 그래도 희망이란 걸 붙일 수 있었다. 그랬는데 그 희망마저 끊어지고 만 것이다. 이 산골내기가 산다는 곳이 여기사 십 리나 떨어져 있는 단 한 집뿐인 데다가 이렇게 도토리를 주우러 여기까지 오지 않으면 안 된다는 살림 형편이 그들로 하여금 절망감을 느끼게 한 것이다.
―소대장님, 이만큼에서 좀 쉬어가는 게 어떨까요? 모두 녹초가 된 모양이니.
 총잡이 사내의 말에 덧니박이 사내가 폈던 종이를 접으면서,
―그러면 산으루 올라가보지. 그놈의 쌕쌕이한테 잘못 걸렸단 큰일이니까.
―여기두 전투기가 오나?
 총잡이 사내가 바우에게 물었다. 바우는 또 그 말이 무슨 말인

지 못 알아듣는다.
——쌔액, 쌔액…….
하고 총잡이 사내가 오른쪽 손바닥을 펴가지고 자기 이마 앞 허공을 두어 번 찌르고 나서,
——이런 거 오지 않나?
그제야 바우도 알아채고,
——봤어유.
벌써 작년 여름철 부대앝에서 풀을 뜯어주다였다. 난데없는 세찬 바람 소리에 놀라 고개를 드니 크나큰 날개를 가진 물건이 걸핏 머리 위를 지나가 저도 모르게 밭고랑에 머리를 틀어박고 말았다. 그 뒤에도 이 세찬 바람 소리를 들을 적마다 어디다 고개를 묻곤 했는데, 그 놀라운 것을 자기도 보았다는 생각에 바우는 한 번 벌씬 웃었다.
——허, 이게 웃어, 멋두 모르구. 아직 맛을 못봤구나.
누웠던 사람들이 부시시 일어났다.
수염 없는 젊은 사람은 아까부터 혼자 떨어져 앉아 앞 고개허리만 바라보고 있다가 맨 나중에 일어섰다.
다시 물을 한 차례씩 마셨다.
——물을 좀 떠가지구 가지.
자루 주머니 같은 것을 메고 있던 사내가 그 속에서 뚜껑 달린 쇠통을 꺼내어 물을 담았다. 그것을 수염 없는 젊은 사람이 들었다.
도토릿골로 돌아와서도 그들은 바우를 돌려보내지 않았다. 그들은 광우리를 지게에 지운 바우를 앞세우고 산으로 오르기 시작

했다. 소대장은 앞으로 바우를 길잡이로 삼을 참인 것이었다.
 전나무숲과 자작나무숲이 잇닿은 어름에서 걸음을 멈추었다. 자루 주머니 같은 것에서 자그마한 삽을 하나 꺼내었다.
 바우는 그 주머니 속에 별게 다 들어 있다고 생각했다.
 바우더러 굴을 파라고 했다. 그리고 자기네들은 다시 도토리를 까먹기 시작했다. 그러다가 한 사람 두 사람 드러누웠다. 수염 없는 젊은 사람만이 나무에다 등을 기대고 앉아 깍지 낀 무릎 위에 이마를 얹고 있었다.
 소대장은 다시 지도를 꺼내어 무릎 위에 펴놓고 손가락 끝으로 태백산맥 줄기를 더듬으며,
―여기가 아마 오대산일꺼야.
 혼잣말을 중얼거리고는 주머니에서 꽁초를 꺼내었다.
 꽁초에 불을 붙여 한 모금 빨아 내뿜기가 무섭게 누웠던 사람이 번쩍 정신이 드는 듯 일시에 윗몸을 일으켰다. 소대장은 아차 실수를 했다고 생각했다.
―소대장님은 예비심두 많으셔.
 총잡이가 목줄띠뼈를 움직이며 말했다.
―이게 마지막이야.
―그렇다면 더더구나 한 모금 빨아봅시다.
 소대장은 마지못해 담배를 건네었다.
 먼저 총잡이가 빨고, 다음에 노랑수염이, 끝으로 배낭메기에게로 건네어갔다. 수염 없는 젊은 사람만이 빠졌다.
 배낭메기가 빨자 이제는 빨간 불꽃만 남은 담배꽁다리를 노랑수염이 냉큼 빼앗아다 입술이 탈 만큼 한 모금 더 빨아 삼켰다.

그러고는 머리가 핑 도는 듯 눈을 감고 드러누워버렸다. 몸을 모로 뒤치면서 눈을 떠보았다. 바우가 굴 파던 손을 쉬며 머리의 수건을 벗겨 얼굴을 닦는 게 보였다. 그게 우스웠다. 저놈의 머리 깎은 꼴 좀 보라고 곁의 사람에게 알려주고 싶었다. 까마귀가 뜯어먹다 남긴 꼴이 아닌가. 아무 말을 하지 않아도 그저 째릿하니 행복스러워 다시 눈을 감아버리고 말았다.

바우는 날이 저물기 전에 마른 풀 한 점과 삭정이 한 짐을 해왔다. 삭정이에 불을 피운 후 마른 풀잎 속에 다시금 몸들을 눕혔다.

소대장이 몇 번 고개를 들고 화광이 너무 멀리 비치지 않게끔 조심하라고 일렀다. 수염 없는 젊은 사람만이 불가에 옹크리고 앉아 깍지 낀 무릎에 이마를 얹고 있다가 어느새 이 사람마저 허리를 구부리고 누워버렸다. 자꾸들 불 곁으로 다가들었다. 이제는 누구 한 사람, 화광이 너무 멀리 비치지 않게 조심하라는 말을 하는 사람은 없었다.

이튿날 아침은 바우가 구워주는 도토리로 요기들을 했다. 날것보다 더 떫었으나 연한 맛에 많이 먹혔다.

바우는 이렇게 산속에서 많은 사람들을 만난 게 그저 반가웠다. 그리고 이 사람들을 위해 자기가 무엇이고 도와줄 수 있다는 게 즐거웠다. 집에서 기다릴 어머니 생각도 잊을 정도였다. 바우는 어제 다 못 판 굴을 어서 파야겠다고 잽싸게 삽을 놀렸다.

노랑수염이 허리춤을 여미며 돌아와,

─이거야 밑구멍꺼지 메서 살 수 있나,

하니 총잡이가

──그런 말 말어. 먹는 것 없이 자꾸 싸내기만 하며 어떡허게. 난 허연 쌀밥에 고깃국을 한번 잔뜩 먹구서 아예 밑구멍에다 콩쿠리를 해버렸으면 좋겠어. 다시는 영 배가 고프지 않게 말이야. 정말이지 난 요새 아무것도 뵈는 게 없어. 예펜네와 애새끼의 상판대기두 잊어버렸어. 그저 눈앞에 뵈는 건 김이 물물 오르는 밥그릇뿐이야. 쌀밥이 아니래두 좋아. 보리밥이래두 고봉으루 담은 거면 돼.

그러다가 소대장이 지도를 꺼내어 펴자 그리로 목을 뽑으며,
──어디쯤 인가가 있음 직한 곳이 없습니까?
했다.
──에에, 이 서남쪽으루 가야 마을이 있을 것 같은데.
──그럼 좌우지간 어서 가서 찾아봐야지요. 정말 이러다간 허리춤의 이 굶겨 죽이기 꼭 알맞겠어요.

소대장이 지도에서 눈을 들며,
──저어 이봐,
하고 노랑수염에게,
──자네가 오늘 이쪽으루 가서 마을이 있는가 보구 오게. 두서너 집만 봬두 곧 돌아와 알리게.

길잡이로 바우가 같이 가기로 되었다.

이따끔 짐승의 똥까지 섞여 있는 습기 찬 썩은 낙엽에 푹푹 발목이 빠지는 나무숲 속은 대낮에도 오히려 어두컴컴했다. 밑은 잔잔하고 고즈넉한데도 나무숲 꼭대기는 오옥오옥 바람 소리가 설레었다. 혹 나무숲이 그쳤는가 하면 벼랑이어서, 곧장 가면 얼마 안 될 곳을 한참씩 돌아가야만 했다. 이런 산속에서 노랑수염

은 바우한테 뒤처지기가 일쑤였다.
 한 이십 리 남짓 걸었다.
 어느 산굽이를 돌며 노랑수염은,
—여보게 좀 천천히 가세,
하고 이런 때 서로 말이라도 주고받아야 심심파적도 되고 다리 아픈 것도 좀 잊을 것 같아,
—자네 이름이 뭐지?
하고 말을 붙였다.
—바우에유.
—바우? 응, 바우, 그래 식구는 몇이나 되나?
—어머니와 단 둘뿐이에유.
 그러나 되도록이면 말수를 늘이고자,
—그럼 아버진 세상을 떠났나?
—그래유.
—동생두 없구?
—네.
 그러다가 노랑수염은,
—그런데 참, 자네 나이가 몇인가?
 바우는 얼른 대답지 못했다.
—올해 몇 살이냐 말야?
 바우는 그것이 알쏭달쏭해서 잘 모르겠는 것이다. 싸리순이 돋을 무렵 어머니가, 너도 이젠 스물두 살이 됐다는 말을 한 일이 있는데, 그것이 작년 일인지 올봄의 일인지 분명치가 않은 것이었다. 그러나 잠자코 있을 수만도 없어서 그저 스물둘이라고 해

두려는데,

—이게!

하고 노랑수염이 픽 웃고 나서, 새삼스럽게 바우를 한번 훑어보는 것이다. 그 눈이 아랫도리에 가 머물렀다. 정강이 위까지 걷어올린 잠방이 밑으로 드러난 구릿빛 다리가 걸음을 옮길 때마다 장딴지의 핏대가 꿈틀거렸다. 다 클 대로 큰 장정인 것이다.

—그래 세 군데 털 난 녀석이 제 나이두 몰라?

노랑수염은 어이가 없어 이번에는 소리까지 내어 웃었다. 그 웃음소리가 외진 두메에 별나게 크게, 그리고 공허스럽게 울렸다. 그것을 느끼자 그는 퍼뜩 웃음을 끊고 말았다.

다시 말없이 길을 걷는 동안, 그는 전쟁마당에서도 죽지 않고 살아난 자기가 이 제 나이도 모르는 바보가 살고 있는 산속을 벗어나지 못하고 죽고 말 것만 같은 생각에 가슴이 답답해지는 것이었다.

그럭저럭 한 삼십 리는 족히 걸었을 즈음이었다. 이대로 돌아가는 수밖에 없다고 마음속으로 뇌까리기 여러 번, 어느 고갯마루에 올라서니 저쪽 맞은편 언덕 기슭에 인가가 보였다. 모두 세 집이었다. 노랑수염은 한숨을 후우 내쉬고 나서,

—자, 여기를 다시 찾아올 수 있지?

바우는 말없이 사면을 한번 둘러보았다.

굴 있는 데로 돌아오니 그새 굴을 다 파놓았다.

도토리를 구워 나눠들 먹고 곧 길을 떠났다. 수염 없는 젊은 사람만이 남아 굴을 지키게 되었다. 노랑수염이 자기도 몸이 고달파 못 견디겠다고 했으나, 소대장이 지금이 어느 때라고 그런 호

사스런 소리를 하느냐고 앞세우고 나섰다. 바우더러는 빈 지게를 가지고 가도록 했다.

십 리 가량 가니 날이 저물었다. 그러지 않아도 침침한 산속에서 걸핏하면 나뭇가지에 면상을 찢기우고 벼랑에 발부리를 미끄러지곤 했다. 노랑수염이 이쪽으로 가야 한다고 해서 한참씩 헤매다가 결국은 바우의 말을 좇아 바로 들어서곤 했다. 그래도 스무날께 달이 떠주어서 길 찾기에 적이 도움이 되었다.

가까스로 낮에 왔던 고개턱이라고 생각되는 데까지 이르렀다. 맞은편 언덕 기슭에 반딧불 같은 불빛이 보였다. 그런데 불빛이 하나뿐이었다. 혹시 딴 곳으로 잘못 오지나 않았나 하면서 가까이 가 보니 역시 낮에 보아두었던 그곳이었다. 관솔불이 한 집에만 켜져 있었던 것이다.

바우는 같이 온 사람들이 어둠 속에서 벌려 서는 것을 알아보았다. 그리고 덧니박이 사내가 허리에 찬 가죽주머니에서 무엇인가 빼어들었다고 생각됐다. 그러자 거기서 불꽃과 함께 탕 하고 밤하늘을 울리는 소리가 터져나왔다. 뒤이어 총잡이 사내의 손에서도 불꽃과 함께 요란한 소리가 터져나왔다. 그것은 덧니박이 사내의 것보다 더 요란한 소리였다.

커졌던 관솔불이 놀란 듯이 꺼졌다. 그러나 누구보다도 놀란 것은 바우였다. 사지가 떨리고 눈앞이 어지러워 어둠 속에 벌어진 난장판을 도시 뭐가 뭔지 알아차릴 수가 없었다.

왈칵왈칵 문을 잡아젖히는 소리. 꼼짝 말어, 쏜다! 쌀은 어디에 있니? 강냉이와 감자뿐이라구? 그거라두 내라, 쏜다, 쏜다! 아이구 사람 살리슈! 어둠 속에 뒤범벅이 된 사람들의 그림자. 지게는 어디 있느냐 지게는? 누가 달려오더니 바우의 볼때기를 쥐어박는다. 이 바보야! 어서 지게에다 싣지 못해? 솥두 하나 빼내라! 식칼두 잊어버리지 말구 가지구 가자! 소금은 어디 있냐? 힘센 놈을 한 놈 끌어다가 이걸 지워라! 어느 집에선가 입을 틀어막히운 애 울음소리.

성기게 타갠 강냉이에 감자를 썰어 넣고 한 밥이었으나 맛이 대단했다. 솥째 내려놓고 나뭇가지로 만든 젓가락으로 아구아구 먹어댔다. 반찬은 소금이었다.
—야, 소금 맛이 이렇게 달았었나?
좀 전까지만 해도 제일 맥을 못 추고 쓰러져 있던 노랑수염이 이제는 기운을 좀 차린 듯이 한마디 했다.
—소금이 달구 쓰건 간에 자네는 그만 먹어두지.
총잡이가 농말을 건네자,
—내 걱정은 말구 너나 작작 처먹어. 공연히 빈속에 지나치게 처먹구서 배탈이 나면 어쩔려구?
—허, 배탈이 나? 어디 실컷 먹구 배탈이 나 죽어봤으면 한이 없겠다. 그러면 내 무덤 푯말에다 이렇게 쓸 수 있거든. 일천구백오십일 년 시월…… 참, 오늘이 메칠날이야?
누구 날짜를 제대로 아는 사람이 없었다.
—허 이거 참, 세월 가는 것두 모르구 사는군. 하여튼 구월달은 아닐 거구, 일천구백오십일 년 시월 아무 날 아무 곳에서 윤 아무개는 밥을 너무 많이 먹구 배탈이 나 죽었느니라. 어때?
—그 머저리 같은 소리 작작해.

소대장이 힐끗 총잡이를 노려보았다. 강냉이밥이나마 오랜만에 배불리 먹고 나니까 기운이 좀 나는 것이다. 아무리 낙오병이라 규율이 해이해졌다고 하더라도 명색이 소대장인 자기 앞에서 너무 말을 함부로 하는 게 못마땅했다. 그는 자기의 위신을 갖추기 위해서라도 다시 한번,
―이런 땔수록 정신무장을 단단히 해야 해,
하고는 먼저 젓가락을 놓고 자리를 떴다.
 소대장이 저쪽으로 사라지는 것을 기다려 노랑수염이,
―정말 이런 산골에서 살다간 세월 가는 줄두 모르구 있다가 죽구 말겠어. 글쎄 저 친구는 자기 나이꺼정두 모르지 않어?
 어제 일이 생각나 바우를 가리키며 우스갯소리로 한 말이었다. 그만큼 배가 부른 것만으로도 살아났다는 기분들인 것이다.
 바우와 어젯밤 짐을 지고 온 장정 먹으라고 솥 밑에 붙은 밥을 남겨두고 모두 물러앉은 뒤, 바우는 누룽지를 씹으면서도 자꾸 한곳에만 눈이 갔다. 총이었다. 대체 저 쇠뭉치 어디에서 그처럼 요란한 소리가 터져나올 수 있단 말인가. 그리고 큰짐승도 퍽퍽 넘어간다니. 생각할수록 신기하고 무서운 물건으로만 보였다.
 장정은 통 아무것두 먹을 생각을 않고 웅크리고 앉아 먼 산만 바라보고 있었다.
 솥에서 물러나 앉았던 총잡이가 갑자기 무슨 생각이 들었는지 훌 일어나 좀 전에 소대장이 사라진 쪽으로 빠른 걸음을 놓더니 좀 만에 돌아와,
―허, 사람의 욕망이란 건 더럽구 치사한 거야. 글쎄 오래간만

에 음식이라구 뱃속에 집어넣었드니 담배생각이 나드라구. 그러구보니까 소대장이 지금 우릴 피해 어디루 간 것도 혼자 몰래 담밸 먹으려구 그랬구나 하는 생각이 나지 않겠어? 그래 쫓아가 봤드니 아니나 다를까 담밸 피구 있는 거야. 그런데 내 치사해서. 내 발소릴 듣구선 어느 틈에 담배꽁다릴 감춰버렸는지 깜쪽같이 없는 거야. 그리구는 어제루 담배는 아주 떨어졌다나. 글쎄 내가 이 눈으루 금방 피우는 걸 봤는데두. 에이 참, 이런 때 그놈을 한 모금 빨아봤으면 죽어두 한이 없겠다.

모두 그렇다는 듯이 목줄띠뼈가 한번 오르내렸다.

그러나 그들은 곧 양지바른 곳에 몸을 눕혔는가 하자 대번 코를 골기 시작했다.

뒷설거지는 젊은 사람이 맡아서 했다.

바우도 나무 한 짐과 물 한 솥을 길어다 놓고는 아무 데고 쓰러져 잠이 들어버렸다. 얼마쯤 자다가 귀를 째는 소리에 놀라 벌떡 일어났다. 잠결에도 그 소리가 어젯밤에 들은 그 소리임에 틀림없었다. 다른 사람들도 그 소리에 깬 듯이 두리번거리다가 소리 난 곳으로 달려가는 것이었다. 바우도 뒤따라갔다.

덧니박이 사내가 이쪽을 등지고 서있었다. 그리고 그 앞에는 어젯밤 짐을 지고 온 장정이 거꾸러져 있었다.

─화근이 된 건 일찌거니 없애버리는 게 상책야. 달아나두 재미없구, 살려두면 괘니 양식만 축낼 거구.

거꾸러진 장정의 팔다리가 후들거리다가 잠잠해지고 말았다. 흙물이 오른 적삼 잔등에 피가 괴어 흘렀다.

바우는 덧니박이 사내의 손에 들려 있는 조그마한 쇳덩이를 바라보며 자꾸만 사지가 떨려 어쩔 수가 없었다. 기다란 총 못잖게 무서운 물건 같았다. 바우의 떨림은 덧니박이 사내의 분부를 받아 시체를 묻는 동안에도 그칠 줄을 몰랐다.

저녁에 굴속에다 마른 풀을 깔고, 한옆에 불씨도 들여다 묻어 놓았다. 성냥도 아낄 겸 굴 안의 냉기를 덜려는 것이었다.

이날 밤 굴 한구석에 박혀 잠이 들었던 바우는 무슨 소리에 또 잠이 깨었다. 어젯밤 일이 있고 오늘 낮의 일이 있는 뒤라 그런지 절로 잠귀가 밝아진 것이었다. 누가 부스럭거리며 일어나는 모양이었다. 조금 뒤로 굴아가리로 나가는 사람의 그림자가 보였다. 두 사람이었다. 굴 밖 어룽진 달빛으로도 한 사람은 덧니박이 사내요, 다른 한 사람은 언제나 말없이 있는 젊은 사람이란 걸 알아볼 수 있었다. 순간 바우는 가슴이 철렁해짐을 느꼈다. 덧니박이 사내가 한 손으로는 젊은 사람의 손목을 잡고 한 손에다는 그 작은 총을 꺼내들고 있지 않은가.

바우는 이제 그 무서운 소리가 들려오거니 했다. 그러나 밖은 나무숲 지나는 바람 소리와 그 사이로 벌레 우는 소리만이 끊일락 이일락 들려올 뿐이었다.

한참 만에야 나갔던 두 사람이 돌아왔다. 바우는 그들이 무사히 돌아온 게 여간 반갑지가 않았다.

이튿날 밤에도 바우가 부스럭거리는 소리에 눈을 뜨니 어젯밤처럼 덧니박이 사내가 한 손으로는 젊은 사람의 손목을 잡고 손에다는 작은 총을 빼들고 굴 밖으로 나가는 것이었다.

이날은 굴 안의 다른 사람들도 잠이 깬 듯 총잡이 사내의 목소리로,

―이런 땔수록 정신무장을 단단히 하라구? 흥, 누가 할 소린지 되지 못하게스리. 어차피 이 산속을 벗어나지 못할 바엔 마지막 으루 무슨 짓이라두 다 해보자는 거지?

어둠 속에서 두덜거리는 소리였다.

바우는 이 사람들이 무엇을 가지고 그러는지 알 수가 없었다.

나갔던 두 사람은 한참 만에 또 무사히 돌아왔다.

바우가 이 밤마다 끌려나갔다 돌아오는 젊은 사람이 실은 사내가 아니고 여자라는 것을 안 것은 그 다음 날이었다. 물을 길러 졸졸잇골로 내려가다가였다. 졸졸잇골에서 연기가 피어오르기에 보니 젊은 사람이 팔다리가 다 드러난, 몸에 착 달라붙은 옷만 입고 앉아 모닥불을 쬐고 있는 것이었다. 그 옆에는 옷을 빨아 널어 놓은 게 보였다.

바우는 사내의 몸이 저렇게야 휠 수 있을까 했다. 그러면서 젊은 사람의 가슴패기에 눈이 갔다. 불룩 솟아오른 젖퉁이가 아무래도 사내의 것은 아닌 것이었다. 머리를 어깨 위에서 싹둑 잘라 버리긴 했으나 사내가 아니고 여자임에 틀림없었다. 바우는 못 볼 것이나 본 것처럼 발걸음을 돌리고 말았다.

이곳에 그냥 있느냐 그렇지 않으면 달리 행동을 취해 보느냐 하는 것이 문제였다. 총잡이는 여기를 떠나자고 했다. 이제는 피로도 얼마쯤 회복되었으니 한 발자국이라도 더 본부대를 찾아 나서자는 것이었다. 더구나 식량이 좀 남았을 때 떠나야 한다는 것이다. 그렇지 않았다가는 이 산속이거나 어느 사람 모를 고장에서 굶어 죽지 않으면 얼어 죽고 말리라는 것이었다.

그러나 소대장의 의견은 그렇지가 않았다. 찾아나서보았댔자 소용없다는 것이다. 이미 자기네와 본부대 사이는 적에게 점령을 당하고 있는 터이니 섣불리 찾아나선다는 것은 도리어 화약을 지고 불로 들어가는 격이라는 것이다. 그보다는 이만큼 깊은 산속에서 형편을 좀 보고 있는 게 상책이라는 것이었다.

──그럼 앞으루 닥쳐올 추위와 굶주림은 어떡헙니까?

──자네구 참 딱하군 그래. 부대를 찾아나선다구 하루 이틀에 만난다는 보장이 있어? 양식만 해두 그렇지. 그동안은 뭘 먹구 사나? 그러지 말구 여기서 마을이나 뒤지는 게 실속 있는 일이야. 그러면서 아군이 반격해 오는 걸 기다리는 게.

소대장은 그 문제를 더 토론할 필요가 없다는 듯이 자리를 떠 저쪽으로 가버렸다.

자기네끼리만 되자 총잡이는,

──마음속 편한 소릴 하구 있군. 이러다가 적의 수색대라두 만나는 날이면 (둘째 손가락으로 방아쇠 잡아당기는 시늉을 해 보이며) 모두 이건 줄 모르구. 내 다 알지. 그저 그놈의 엉뎅이에 붙어서 사는 날까지 예서 살아보자 이 심뽀지.

그러고는 무엇에 울화가 치민 사람처럼 휙 총을 들고 일어나는 것이었다.

이날 총잡이는 노루 한 마리를 쏘았다. 그는 요 며칠째 걸핏하면 산을 싸돌아다니기가 일쑤였다. 어떤 육체의 욕망을 주체할 수 없어서 그것을 삭이기 위해서라도 무엇이고 딴 짓을 하지 않고는 못 배기는 모양이었다. 이날도 이렇게 산속을 싸돌아다니다 우연히 지나가는 노루 한 마리를 쏜 것이었다.

수노루였다. 바우가 지게로 져다가 가죽을 벗기고 각을 떴다.

허리 한가운데 살과 내장이 으깨어져 있었다. 바우는 며칠 전에 죽은 장정 생각이 났다.

저녁은 아주 성찬이었다.

노랑수염이 생각난 듯이,

——이런 때 술이라두 한잔 있었으면 제격이다,

하니 총잡이가

——허, 참 술 맛이 어땠지? 그게 쓰든가 달든가 맵든가? 난 술 맛뿐 아니구 맛이란 맛은 다 잊어버린 지 오랬어.

그러고는 슬쩍 추잡스런 눈초리로 젊은 여자 쪽을 훔쳐보았다.

그날 밤도 소대장은 젊은 여자와 같이 굴을 빠져나갔다. 이날 젊은 여자는 소대장에게 손목을 잡히지 않고 스스로 앞장을 섰다. 이제 와서 일일이 손목을 잡힐 필요가 뭐냐는 단념한 태도였다. 그런데 두 사람이 굴아가리를 나서자 마자 총소리가 들렸다. 어찌된 일인지 몰라 모두 기어나갔다.

소대장과 젊은 여자가 거기 서 있었다.

——뭡니까?

총잡이가 묻는 말에 소대장은

——저게,

하며 권총 든 손으로 앞 나무를 가리켰다.

거기에는 아까 낮에 걸어놓은 노루 대가리가 걸려 있었다.

소대장의 말이, 굴을 나서자 무엇이 눈앞에서 번쩍 하기에 봤더니 노루 눈알이 이쪽을 노려보고 있더라는 것이었다. 그리고 금방 뿔을 이리 향하고 달려들 것만 같더라는 것이다.

——저게, 사람을 놀라게 해!

소대장이 다시 투덜거렸다.

이튿날 그는 남은 다른 고기는 나중에 먹기로 하고 우선 대가리부터 삶게 했다.

오래간만에 기름것을 먹어서 그런지 설사들이 났다.

총잡이만이 예사로웠다. 조반이 끝나자 그는 총 분해소제를 시작했다.

바우가 그 구경을 했다. 볼수록 신기해서 견딜 수가 없었다. 조각이 난 이 쇠붙이 어디서 그런 요란한 소리가 나고 사람이나 노루를 단번에 죽일 만한 힘을 가졌단 말인가.

총구 소제를 하던 총잡이가 중얼거렸다.

──이젠 총알이 한 알밖에 안 남았는데…… 이걸 어디 요긴히 써야 할 텐데…….

뒤를 보러 갔던 노랑수염이 돌아왔다.

총잡이 사내가 바우 쪽을 힐끗 쳐다보면서,

──뭣을 그렇게 들여다보는 거야? 보면 알겠어? 저리 물러나.

바우는 좀 더 앉아서 조각난 쇠붙이를 도로 맞추는 걸 구경하고 싶었으나 하는 수 없었다.

바우가 자리를 뜨자 총잡이는 새삼스레 주위를 한번 살피고 나서,

──저 이봐, 자네는 어떻게 생각해? 죽은 노루 대가리가 눈깔을 부릅뜨고 사람한테 대들 수 있다구 봐? 그저 뭣이 달빛에 한번 번뜩한 걸 가지구 괘니.

노랑수염은 이 친구가 어젯밤 이야기를 하는 모양인데 무슨 뜻으로 그런 말을 하는지는 알 수가 없었다.

──글쎄 겉으루만 큰소리를 하면서 이만저만 겁쟁이가 아니거든. 그렇잖어?

노랑수염은 총잡이의 흰자위 많은 눈과 마주치자 저도 모르게 고개를 끄덕거렸다.

──그러니 그런 겁쟁일 믿구 어떻게 따라다닌단 말야?

문득 노랑수염은 이제 무슨 일이 일어나는구나 했다.

노랑수염이 생각한 대로 그날 저녁때 일은 일어나고야 말았다. 전나무숲 사이에서 총소리가 나 달려가 보았더니 소대장이 쓰러져 있는 것이었다.

총잡이가, 쓰러진 소대장이 찼던 권총을 풀어 자기 허리에 차고 주머니에서 지도를 꺼내어 제 주머니에 넣으면서 혼잣말처럼,

──노루새낀 줄 알구 쐈드니 그만.

그러다가 죽은 소대장 주머니 속에서 꽁초가 나오자,

──이것 보지, 예비심이 오죽 많은가.

그러고는 주머니 밑 담배가루까지 샅샅이 긁어모아 종이에 말아가지고 노랑수염과 배낭메기와 더불어 맛있게 나눠 피웠다.

이번에도 송장은 바우가 묻었다.

날이 어둡자 노랑수염은 굴 안에 묻어놓은 불씨에서 관솔불을 댕겨놓고서 나뭇가지 셋을 총잡이 앞에 내밀었다.

──이게 뭐냐?

──제비.

──제비? 제비는 무슨 제비?

노랑수염이 다 알면서 뭐 그러느냐는 듯이 젊은 여자 쪽을 눈짓해 보였다.

——허, 이거 왜 이래?

총잡이는 아까 소대장 시체 곁에서 담배를 나눠 피우던 때와는 달리 우악스럽게 노랑수염이 내민 나뭇가지를 후려쳐버렸다. 그러고는 젊은 여자의 손목을 끌고 굴 밖으로 나갔다.

그동안 두 차례나 인가를 찾아나섰다가 허탕을 치고 말았다. 한 번은 바우가 배낭메기와 갔었고, 한 번은 노랑수염과 갔었다. 그러나 두 번 다 삼사십릿길을 더듬어보았으나 인가라고는 하나 볼 수가 없어 그냥 돌아오고 말았다. 그렇지만 바우는 자기가 아는, 봄철이면 소금을 바꾸러 가는 벌마을은 가르쳐주지 않았다. 한번은 그쪽 방향으로 접어들려는 걸 그쪽은 낭떠러지투성이라고 말하여 피했다.

바우는 어머니 생각이 났다. 그동안은 산속에서 여러 사람을 만난 반가움과 신기하고도 무서운 이 사람들의 행동이 그의 마음을 붙들어놓고 있었던 것이었다.

어머니는 자기가 광우리를 지고 나왔으니 도토릿골로 온 줄은 알 것이다. 그러면 필시 자기를 기다리다 못해 도토릿골까지 찾아와 보았을 것이다.

바우는 거기 나무 위로 올라가 집 쪽을 향해 목청껏 소리를 질러보았다. 어어이. 어디선가 이 소리를 받았다. 어어이이. 이 어어이이 소리를 다시 어디서 받고 그 다음에 또 어디서 받고 하면서 멀리 꼬리를 감추어버렸다. 바우는 다시 어어이 소리를 질렀다. 그러나 이번에는 이 어어이 소리를 어디서 받으면서 꼬리를 감추기도 전에,

──이 새끼가 미쳤나, 누굴 부르는 거야? 썩 내려오지 못하겠어?

총잡이 사내가 작은 총을 빼들고 바로 나무 밑에 와있었다.

바우는 이 사내의 손에 들리운 물건이 얼마나 무서운 물건이란 걸 아는 터이므로 당장은 자기가 집으로 돌아갈 수 없다는 걸 느끼면서 나무에서 내려오고 말았다.

한참 뒤에 총잡이가 지도를 펴놓고 있는데 배낭메기가 겁에 질린 얼굴로 달려왔다. 지금 저기 낯모를 사람이 보인다는 것이다.

──한 놈이야?

──얼핏 보기엔 한 놈 같은데.

──군복을 입었어?

──응, 군복을 입은 것 같애.

──총은?

──못 봤어.

지도를 접어 호주머니에 넣는 총잡이의 손이 떨리었다.

하여튼 저쪽의 거동을 살피기로 했다.

좀 만에 낯모를 사람 편에서 먼저 이쪽을 향해 걸어왔다. 보니 같은 군대의 사람이었다.

마찬가지로 패잔한 낙오 중대의 한 사람으로서 오늘 이 방면으로 탐색을 나왔다가 누가 여기서 고함을 치기에 와봤다는 것이다. 그리고 자기 중대는 여기에서 동쪽으로 한 시오 리 떨어진 산속에 있다는 거며, 대원이 여덟 명이란 것을 알려주었다.

총잡이는 이 사람을 만나게 된 것이 조금도 달갑지 않았다. 이쪽 소대장에 관한 것을 물을까 보아 가슴이 막막했다. 누가 찌를지도 모른다는 겁도 났다. 그래서 아무도 이 중대에서 온 사람

과 이야기할 틈새를 주지 않도록 애썼다. 그러다가 중대에서 온 사람과 단둘이 되자,

——혹시 권총알 좀 없을까요?

해보았다.

실은 죽은 소대장의 허리에서 권총을 옮겨 찰 때 벌써 총알이 하나도 남아 있지 않은 것이었다. 좀 전에 낯선 군인이 보인다는 보고를 듣고 지도를 접어 넣는 손이 떨린 것도 상대편이 적인 경우에 대비할 총알이 하나도 없다는 생각 때문이었다.

——있을 리가 있소. 지금 거기두 중대장님의 권총 한 자루와 소총 두 자루가 있지만 총알이 부족해 큰일이오. 되레 여깃것이 있으면 좀 빌려가야 할 형편이오.

중대에서 나온 사람이 다행히 이곳 소대장에 관한 것은 묻지 않았다. 그리고 다음 지시가 있기까지는 여기를 지키고 있으란 말을 남기고 돌아갔다.

그런데 이 사내가 저만큼 가는데 무엇을 눈치 챈 듯 노랑수염이 뒤쫓아가는 것이었다.

총잡이는 등골이 싸늘했다. 소대장 이야기를 찌르러 가는구나 했다. 다음 순간 그는 노랑수염이 그런 말을 일러바치기만 하는 날이면 맨주먹으로라도 때려죽여 없애버리리라 마음먹었다.

노랑수염이 입가에 웃음을 띠우고 돌아왔다.

——권총알두 떨어졌다면서?

——그래. 총알이 좀 남아 있는 줄 알았드니 그게 아니야. 그때 노루 대가리 쏜 게 마지막 알이었어.

그리고 총잡이는 총알이 없어도 이걸 가지고 있는 게 좋을 거

라고 권총을 노랑수염에게 건네고 나서 자작나뭇가지 세 개를 꺾어 기분 좋게 들어 보이며,
——오늘 밤부터 제비뽑기다.

이튿날 어제 왔던 중대의 사내가 다시 왔다. 중대장님이 여기의 여군을 보내란다고 했다. 그러고는 다시 연락이 있을 때까지 여기를 지키고 있으란 말을 남기고 젊은 여자군인과 같이 돌아가 버렸다.

얼마 남지 않은 알강냉이를 삶아 조반을 치르고 났을 때였다. 난데없는 폭음 소리와 함께 제트기 한 대가 쌔액 하고 지나갔다. 모두 굴속으로 허둥지둥 몸을 피했다.

바우도 얼른 나무 밑으로 몸을 피했으나, 도무지 영문을 알 수가 없었다. 지금 지나간 그 물건이 이 사람들까지 겁내할 만큼 그렇게 무서운 물건인가.

이날 바우는 배낭메기와 함께 인가를 찾아나섰다.

서북쪽으로 한 이십여릿길은 실히 되게 가보았으나 인가라고는 찾아볼 수가 없었다. 그저 보이느니 언제와 같은 산뿐이었다. 산 중턱까지는 검푸른 전나무와 잣나무 소나무숲이 둘리고, 그 위로는 하아얀 자작나무에 엄나무 피나무 느릅나무숲, 그리고 그 사이사이로 물든 단풍, 그 단풍이 거의 막물이 되어 검붉은 빛깔로 변해 있었다. 그러한 검푸르고 하얗고 검붉은 빛깔은 멀어질수록 차차 제작기의 빛을 잃어가다가 나중에는 뽀오얀 잿빛으로 풀려들고야 마는 것이었다.

양쪽이 깎아세운 듯한 절벽에 싸인 계곡에 이르렀다. 아까부

터 푸른 하늘에는 솔개 한 마리가 떠서 맴을 돌고 있었다. 배낭메기는 그것이 솔개 그림자인 줄 뻔히 알면서도 머리 위를 지나칠 때마다 이상한 감정에 사로잡히곤 했다. 전쟁마당에서 귀를 먹먹하게 하는 포탄의 작렬음과 함께 바로 머리 위를 스칠 듯이 지나가며 아무런 구별 없이 마구 퍼붓던 제트기의 기총소사. 그러나 그때는 오히려 공포조차 잊어버린 순간순간에 무의식중에나마 어떤 알지 못할 의지에 의하여 움직일 수 있는 몸이었다. 그것이 지금에 와서는 온전히 의지가지없는 혼잣몸이 됐다는 느낌이었다. 어째서 자기는 그 지긋지긋한 전쟁터를 헤매다가 급기야는 이런 곳에까지 쫓겨와야만 했던가. 지금 자기가 의탁할 곳이라곤 아무 데도 없는 것이다. 같이 패잔해 온 축들이 그렇고, 지금 눈앞에 걸어가고 있는 이 바보녀석이 그렇고, 게다가 주위의 산은 자기가 의지하기에는 너무나 벅차게 서먹서먹한 존재인 것이다.

한 삼십릿길을 걸었다. 오늘도 종내 허탕을 치고 돌아가는 수밖에 없다고 단념하려는데 저쪽 후미진 산기슭에 인가가 보였다. 두 집이었다.

굴로 돌아왔을 때는 이미 늦저녁때였다. 서둘러 저녁들을 먹고 길을 떠났다.

그믐 가까운 달이 좀처럼 뜨지를 않아, 검은 나무숲 사이로 별빛만이 부스러져 드러나 보였다. 그 하늘이 바로 나무숲 위인 듯 낮은 별들이었다.

얼마큼이나 걸었을까. 검은 나무숲 사이로 부스러져 쳐다보이던 별빛도 무엇에 가려졌는지 보이지 않는다 싶자, 나무숲 꼭대기의 바람 소리와는 또 다른 바람 소리 같은 게 밑으로 향해 쏟아져 내려왔다. 비였다. 나뭇잎에 맞아 방울져 떨어지는 물방울이 목덜미에 차가웠다.

할 수 없이 나무그늘에들 웅크리고 앉아버렸다. 비에 젖은 나무줄기들이 어둠 속에 둔탁한 빛을 발했다.

거기서 밤을 새우게 되는가보다 했더니 그래도 비가 그치고 다시 검은 나무숲 사이로 별빛이 엿보이기 시작했다. 또들 걸었다. 아무래도 길을 잘못 든 것만 같았다. 낮에 지나친 일이 있는 절벽이 나타나지 않는 것이었다.

총잡이는 몇 번이고 바우더러 길잡이를 잘못했다고 욕지거리를 했다. 그러는데 바우가 문득 발걸음을 멈추었다. 모두 귀를 기울였다. 과연 바람 소리 사이로 아스란히 들려오는 소리가 있었다. 개 짖는 소리였다.

개 짖는 소리가 가까워지자 바우는, 총잡이 사내가 어깨에 메고 있던 총을 내려 옆구리에 끼고, 노랑수염 사내가 허리에서 작은 총을 빼드는 걸 보았다. 그리고 얼마 전 어느 곳에서 벌어졌던 것과 거의 같은 광경이 벌어진 걸 보았다.

저번과 다른 것은 총잡이 사내가 옆구리에 끼고 있는 총과 노랑수염 사내가 빼들고 있는 작은 총에서 아무런 소리도 터져나오지 않은 점이었다. 그리고 저번에는 장정을 하나 붙들어 짐을 지워가지고 돌아왔는데, 이번에는 처녀를 하나 끌고 돌아오게 된 것이 달랐다. 어둠 속에서 처녀의 악쓰는 소리가 귀를 찔렀다. 총잡이 사내가 잡아끌고 있었다. 그러다가, 이 옘병할 년이 사람을 문다, 하는 총잡이 사내의 부르짖음과 함께 철썩 하는 소리가 들렸다. 총잡이 사내가 처녀에게 손을 물려가지고 그네의 뺨을 후려갈긴 것이다. 뒤이어 총잡이 사내의 소리로, 이 우라질년 다시 한 번만 물었단 봐라, 당장 쒀죽이구 말겠다. 그러고는 처녀의 울부짖음만이 들렸다.

이런 속에서 무엇보다도 저번과 달라진 것은 바우 자신이었다. 저번에는 온몸이 떨리고 눈앞이 어찔해서 무어가 무언지 분간을 못했었는데 이날 밤만은 누가 와서 볼때기를 쥐어박기 전에 제 손으로 강냉이며 감자 광우리를 지게에 올려놓을 수가 있었다. 그리고 지게를 지고 돌아오는 길에도 이것저것 생각을 할 만한 여유까지 생긴 것이었다.

먼저 오늘 밤 총에서 그 요란하고 무서운 소리가 터져나오지 않은 것은 남았던 마지막 알을 그 덧니박이 사내 죽이는 데 써버렸으니 그럴 것이라고 생각했다. 그러면 지금 노랑수염 사내의 허리에 매달려 있는 작은 총도 오늘 밤 아무 소리를 내지 않은 것은 그것마저 마지막 알을 다 써버린 탓이 아닐까. 그렇다면 좀 전에 처녀더러 다시 물면 쏘겠다고 한 것은 말뿐의 엄포일 것이다. 그렇기만 하다면 무서울 것이 없다. 인제는 집에 돌아갈 수도 있을 것이었다.

바우는 지금 끌고 오는 처녀에 대해서도 생각해 봤다. 아직도 흐느낌을 멈추지 않고 있는 처녀의 나이가 몇 살이나 될까. 어둠 속에 눈어림으로 본 키로서는 꽤 나이가 찬 처녀 같았다.

그러자 바우는 지난날 어머니의 이야기가 생각났다. 아버지가 세상을 떠난 뒤 바우가 제법 철이 들자 하룻저녁 어머니가 해준 이야기였다. 아버지는 본시 백정의 아들이었다는 것이다. 그래서 아무리 아버지가 어머니를 좋아했어도 같이 살 수가 없었다는 것이다. 하는 수 없이 아버지가 어머니를 업고 이 산속으로 도망해 들어왔다는 이야기.

그믐께 가까운 달이 뜰 무렵에는 처녀의 흐느낌도 멎고, 그네의 허리께까지 늘어진 검은 머리가 분간되었다. 바우의 몸에서는 아까 맞은 찬비가 김이 되어 서리어올랐다.

탄 강냉이에 감자를 썰어 넣은 밥을 지어 먹고는 모두 여기저기 드러누워 잠이 들었다. 바우도 한옆에 아무렇게나 쓰러져 코를 골았다. 아침 해가 퍼져 있었다.

이 중에 헛잠을 자고 있는 사람이 하나 있었다. 총잡이였다. 그는 자는 체 눈을 감고서 이것저것 궁리에 골몰해 있는 것이다. 아직까지는 자기가 소대장을 죽인 사실이 중대장에게까지 알려지지 않고 있으나 언제고 드러나고야 말 것이다. 지금쯤은 그 여군의 입을 통해 이미 알려졌을지도 모를 일이다. 그러고 보면 자기가 이러고 있다는 게 어리석게만 생각되었다. 처음에 그는 마지막 판이라 자기도 할 짓을 다 해본 후 죽는 날엔 그저 죽고 말자는 생각이었었다. 그러나 그게 이제 와선 달라진 것이다. 살 길만 있다면 어떻게든 살아보자는 것이다. 그러기 위해선 우선 이 산을 벗어나야만 한다고 생각했다.

다른 축이 다 곯아떨어져 있는 걸 안 그는 슬그머니 자리에서 일어났다. 그리고 조심스러이 저쪽에 혼자 얼굴을 감싸고 앉아 있는 처녀에게로 갔다.

처녀는 인기척을 듣자 부은 눈을 들고 입술을 떨기 시작했다.

―무서워할 거 없어. 난 널 좋게 해줄 사람이니까. 너두 죽지 않구 살구 싶지?

총잡이는 나지막한 말소리나 다짐조로,

―살구 싶으면 말이다, 나 하라는 대루 해야 한다. 알겠지?

처녀는 파랗게 질린 입술만 떨고 있었다.

―그럼 너 지금 곧 저기 뵈는 바위 밑에 가서 숨어 있어. 그랬다가 나 하라는 대루만 해. 살려줄 테니.

총잡이는 처녀의 턱을 한 손으로 쳐들어 저쪽 나무 사이로 보이는 큰 바위를 가리키고 나서, 이어 처녀의 팔을 잡아 일으켜 그쪽으로 밀었다.

처녀가 마지못해하는 걸음으로 바위 쪽으로 가는 것을 본 총잡이는 그길로 바우가 누워있는 데로 가 조심스레 그를 흔들어 깨웠다. 그러고는 귓속말로, 할 얘기가 있으니 지게를 지고 잠깐 저리 좀 가자고 했다.

바우는 무슨 영문인지 몰랐으나 총잡이가 하자는 대로 지게를 지고 따라나섰다.

큰 바위가 있는 곳과 엇비스듬히 떨어진 곳까지 가서 총잡이는 걸음을 멈추며,

―자네 그동안 수고 많이 했네. 이제 집에 가구 싶지?

바우는 그렇다고 고개를 끄덕였다.

―그럼 내 집으루 돌아가게 해주지. 그리구 그동안 수고한 값으루 이 양복을 줄게 자네가 입은 그 해진 옷 벗구 이걸 갈아입구 가라구.

총잡이는 이제 바우의 옷을 바꿔 입고 지게까지 진 후 처녀를

데리고 도망을 갈 참인 것이었다.
물론 바우는 이 총잡이 사내의 속셈을 알아차릴 리가 없었다.
―뭐 생각해 볼 것두 없어. 자네야 평생 가야 이런 양복 구경을 해보겠나? 그동안 수고한 값으루 주는 거지 아무 생각 말구 입구 가라구. 그리구 이것두 내 선물루 주지. 이 소총까지.
바우가 저도 모르게 한 번 벌씬 웃었다. 옷을 바꿔 입고 어깨에 총까지 멘 자기의 모습을 눈앞에 그려본 것이었다. 어쩐지 그러한 자기 모습이 부끄러워 고개를 돌렸다.
그것이 총잡이에게는 마다는 뜻으로 보였다. 이 새끼가 이쪽의 속을 알고 있는 것이나 아닌가. 그는 여간 마음이 초조하지가 않았다. 잠든 동료들이 깨기 전에 어떻게든 해야 한다는 생각이었다. 마침내 그는 마음을 놓고 서 있는 바우의 손에서 지겟작대기를 나꿔채가지고 그의 어깻죽지를 향해 내리쳤다.
지게를 진 채 바우는 두어 발 굴러내려갔다.
총잡이가 쫓아내려가며 이번에는 골통을 겨누고 내리쳤다. 그러나 너무 다급히 쫓아내려가느라고 알맞은 거리에서 서지를 못하고 몸을 뒤틀었다.
바우가 지게를 벗고 일어났다. 그러고는 양손에 지겟다리를 잡고 마구 내둘렀다. 마른 나무와 나무가 부딪는 소리를 내며 총잡이의 잡고 있던 작대기가 저만큼 가 떨어졌다. 그리고 다음 순간 그의 몸뚱어리마저 퍽 하고 꼬꾸라지고 말았다.
―사람 죽인다아!
그 소리에 노랑수염과 배낭메기가 잠이 깨어 달려내려왔다. 그러나 바우의 살기 오른 기세에 눌려 범접을 못했다.

바우는 이마에서 흘러내린 피가 눈에 드는 것도 모르고 죽어넘어진 상대편을 내려다보다가 그 두 다리를 잡아끌고 산허리를 돌아갔다.
　바우가 시체를 산골짜기에 굴려 떨구어버리고 돌아오니 노랑수염이,
──참 힘이 장살세,
하고 치켜세우는 말을 했다.
　배낭메기는 오금이 지려서 아무 데나 대고 오줌을 깔겼다.
　그날 밤 노랑수염은 불씨에서 관솔불을 댕겨놓고 배낭메기에게 제비를 내밀었다. 오늘 밤 처녀를 차지할 차례를 정하자는 것이었다.
　누웠던 바우가 벌떡 일어나 앉았다. 낮부터 충혈된 눈이 관솔불빛에 확 타올랐다.
──참 자네두 있었지.
　노랑수염이 나뭇가지 하나를 더 꺾어쥐고 바우 앞에 내밀었다.
　그러자 바우는 제비를 내미는 노랑수염의 팔을 쳐팽개치고는 구석으로 가 처녀의 손목을 잡고 굴 밖으로 나섰다.
　그 뒤로 노랑수염이 식칼을 집어 들고 쫓아나가려는 것을 배낭메기가 말리며,
──안돼. 넓은 데서는 그 새끼를 못 당해. 바본 줄만 알았드니 여간내기가 아냐. 이따 돌아오거든 여기서 해치워야 해.
　바우는 처녀의 손을 마구 잡아끌었다. 무엇이 그렇게 하는지 자기도 몰랐다.
　한 곳에 이르러 바우는 주춤 걸음을 멈추었다. 처녀가 무엇을

느꼈는지 잡힌 손을 비틀어 빼려 했다. 그러자 바우는 주먹을 들어 처녀의 어깻죽지를 내리쳤다. 그리고는 쓰러진 처녀를 끌어당겨 등에다 업었다.

(1956년 유월)

소리 그림자

두 어린이가 종을 치고 있었다. 사실은 종지기로 있는 한쪽 어린이의 아버지가 잡은 종줄 끄트머리를 두 어린이가 쥐고 어른이 하는 대로 건성 팔과 몸을 움직이고 있을 뿐이었으나 마치 자기 자신들의 종을 치고 있는 양 신들을 내고 있었다. 거기에는 독특한 장단이 있었다. 줄을 잡아당겼을 때의 뗑 하는 소리와 늦췄을 때의 강 하는 소리 사이의 간격, 그리고 다음 뗑 소리와의 약간 긴 간격, 이러한 정해진 간격이 되풀이되면서 내는 가락에 어울려 일종 특이한 띄운을 자아내는 것이었다.

그것은 초라한 종각이었다. 곧고 긴 낙엽송 두 개를 마주 세우고 맨 끝에 가름대를 걸치고서 종을 매달아놓은 것이었다. 꼭대기에 깔때기를 엎어놓은 것 같은 녹슨 함석 고깔지붕이 얹혀 있었다. 종을 칠 때는 종각 전체가 흔들거렸다.

동네애들이 장난을 못하게끔 종줄을 어른의 발돋움한 키만큼

높이 기둥에 매어두곤 했다. 그래도 장난꾸러기들이 기어올라가
풀어내어가지고 종을 치는 수가 있었다. 그러나 교인들은 종소리
의 장단으로써 누가 장난질을 한다는 걸 알고 속지 않았다. 언젠
가는 종지기인 한쪽 어린이의 아버지가 집을 비워 목사가 종을
쳤는데도 또 애녀석들의 장난인 줄 알고 교인들이 좀처럼 제시간
에 모이지 않아 하는 수 없이 두 어린이가 종을 쳐서야 겨우 그
대신을 한 적도 있었다.

내 어릴 적 동무 성일이가 죽었다는 기별을 받고 그의 기억을
되살리자 사십여 년이란 세월의 흐름을 주름잡으면서 가슴에 홀
연 울려온 것이 바로 이 종소리의 여운이었다. 그러나 이 종소리
의 여운을 중도에 막는 게 있었다.

어느 수요일인가 일요일 저녁, 그날도 무슨 일로인지 성일이
아버지 대신 두 어린이가 종을 치게 되었다. 그런데 줄을 잡아당
겨도 종소리가 나지 않았다. 쳐다보니 종불알이 기름대에 붙잡아
매어져 있는 것이었다. 누구의 장난이 분명했다. 둘이는 가까스
로 사다리를 가져다 기대어놓고 성일이가 풀러 올라갔다. 다 올
라간 성일이가 웬일인지 크게 손짓을 하며 나더러도 올라오라고
했다.

종각에서 얼마간의 공지를 사이에 두고 장로네집 돌담이 둘러
져 있었다. 사다리를 올라가 성일이가 가리키는 장로네 담 너머
로 눈을 주었다. 저녁그늘이 내리고 있는 후원 활짝 꽃을 피운 살
구나무 밑에서 두 마리의 개가 뒤를 맞붙이고 있는 것이 보였다.
한 개는 장로네 발바리인데 다른 한 개는 처음 보는 개였다. 덩치
가 발바리보다 몇 배가 큰 이 개가 앞으로 걸어가니까 발바리는

뒷다리를 땅에 붙이지도 못하고 끌려가는 것이었다. 둘이는 킬킬 킬 웃음을 터뜨렸다. 발바리는 여간 영악스런 개가 아니었다. 늘 보아 서로 아는 터인데도 둘이가 집 앞을 지날 때마다 쫓아나오며 야무지게 짖어대곤 했다. 돌을 집어 때리는 시늉을 하면 저만치 바르르 달아났다가도 돌아서면 또 쫓아오며 짖어대는 것이었다. 이 발바리가 뒷다리를 땅에 붙이지도 못한 채 맥을 못 추고 질질 끌려가는 것이다. 둘이는 그냥 웃어댔다. 그 꼴이 우스워 견딜 수가 없었던 것이다.

별안간 밑에서 고함 소리가 들렸다. 어느새 왔는지 장로가 노기 찬 표정으로 위를 올려다보고 있었다. 엉겁결에 나는 기둥을 안고 미끄러져 내려왔으나 성일이만은 장로가 사다리를 치우는 바람에 그대로 공중걸이로 떨어지고 말았다. 그때 나는 낙엽송 가시가 손과 팔에 박혀 며칠 따끔거리고 아픈 것이 그만이었지만, 성일이는 떨어진 것이 빌미가 되어 종내 꼽추가 되고 말았다. 그 뒤 우리집은 광주로 이사를 했다. 아홉 살 때 일이었다.

내게는 이른바 고향이란 게 없어, 여섯 살까지는 아무 기억에도 없는 어느 곳에서, 아홉 살까지는 성일이가 있는 마을에서, 그리고 광주, 용인, 파주 등지를 거쳐 정착한 곳이 서울이었다. 국민학교 선생이었던 부친의 전근지를 따라 이리저리 옮겨다녀야만 했던 것이다.

성일이의 부고장도 이름 위에 종지기란 말이 씌어져 있지 않았던들 그가 누구라는 걸 전혀 몰랐을 것이다. 사십여 년 동안 서로 만나기는커녕 서신왕래 한 번 없었으니. 그런데 성일이는 어떻게 나를 알고 있었을까.

성일이가 살고 있었던 동네는 수원과 인천 중간쯤 국도에 면해 있는 마을이었다. 아홉 살짜리 어릴 적의 기억이란 종잡을 수 없는 것이지만 사십여 년 동안의 변화는 마냥 딴 고장이란 느낌밖에 주지 않았다. 전에는 없었던 전등도 가설돼 있었다. 마을 한길 가에는 잡화상, 옹기전, 약방, 이발관 따위가 들어서 있었다. 하나의 작은 읍이라는 편이 좋을 성싶었다. 이처럼 변해진 것은 변두리에 군대가 주둔해 있는 때문인지도 몰랐다.
오른쪽 한길 앞쪽에 있는 국민학교도 전에는 널빤지로 돼 있던 것이 시멘트집으로 바뀌어 있었다. 운동장 옆길로 들어섰다. 어제 온 눈이 녹아 질척거리는 흙빛도 뭇사람들의 발에 밟혀 본래의 붉은 빛깔과는 달라져 있었다.
국민학교 뒤쪽 좀 언덕진 곳에 서 있는 네모번듯한 돌집 교회당을 눈앞에 바라보면서 이미 별 기이한 느낌도 들지 않았다. 이것만이 변하지 않고 그대로 있으란 법은 없었다. 예전엔 ㄱ자로 지은 낡은 기와집이었다. 한편은 여자, 한편은 남자, 따로따로 교인들이 갈라 앉게 돼 있었다. 설교할 때 목사는 어느 한편도 정면으로 바라볼 수가 없었다. 설교대가, 꺾인 벽 모서리를 향해 놓여 있었으니까.
물론 종각도 옛날과는 달리 교회당 한옆에 달아 지어져 있었다. 뾰족한 종각 지붕 꼭대기에 피뢰침을 단 십자가가 맑은 겨울 하늘에 선명한 선을 드러내놓고 있었다. 그렇다고 별 감회가 이는 것도 아니었다. 향수나 추억을 더듬으러 온 길은 아니었으니까. 그냥 기억에 남은 것들이 떠오르는 대로 내맡겨두고 있을 따름이었다.

교회당 안쪽에 목사 사택이 있었다. 이것도 옛날엔 초가집이었던 것이 기와집으로 변해 있었다. 참 옛날 그 목사는 고기잡이를 잘했었지. 교인들 심방은 않고 틈만 있으면 그물을 들고 저 앞 개울로 가곤 했지. 그래서 어른들이 고기잡이 목사라고들 불렀었지.

현재의 목사는 그때의 목사보다 아주 젊어 서른 전후로 보였다. 그는 내가 누구라는 걸 알자 벌써 장례를 치른 지가 여러 날 된다고 했다. 고인이 운명하기 전에 내게만은 알려달라고 하면서 꼭 종지기 아무개라고 해야 할 거라고 하더라는 말도 했다.

내가 찾아온 것은 물론 장례식과는 관계가 없었다. 부고의 수신 주소가 학교로 돼 있고 그 학교가 방학 중이어서 이래저래 내 손에 부고가 들어오기를 이미 한 열흘 뒤였던 것이다.

고인의 가족이 어디 사느냐고 젊은 목사에게 물었다. 이날 찾아온 목적은 여기에 있었다. 사십여 년이란 세월 속에 까맣게 잊어버리고 있었던 어릴 적 동무, 그것도 불과 이삼 년밖에 같이 놀지 못한 동무가 내 현재 직장까지 알고 있을 정도로 평생 나를 지켜보고 있었다는 말할 수 없는 감동이 나로 하여금 고인의 유가족이나마 찾아보지 않고는 못 배기게 했던 것이다. 젊은 목사의 대답은 그러나 나의 바람을 무너뜨리고 말았다. 가족이라고는 아무도 없다는 것이다. 성인이 된 후의 꼽추의 형태가 어떠했는지는 눈앞에 그릴 수 없었으나 가족을 가질 수 없을 만큼 심한 불구자가 되었던 것만은 틀림없었던 것 같았다.

죽을 때까지 혼자 살았었다는 방을 젊은 목사가 가리켰다. 대문에 붙은 조그마한 방이었다. 한 사내가 지녔던 사십여 년 동안의 외로움이 한꺼번에 내 가슴을 와 메웠다. 아픔이 뒤따랐다. 그것은 한 사내의 불행이나 외로움에 대해 내가 도맡아 책임을 질 수는 없다 해도 너무나 무관심한 한낱 국외자에 지나지 않았었다는 한 가닥 회오였다. 그러나 지금 와서 이런 뉘우침이 무슨 소용 있으랴. 이제 고인의 무덤이나 찾아가보고 돌아가는 도리밖에 없었다.

젊은 목사가 무엇을 생각했는지 고인의 방으로 들어가더니 종이 뭉치 하나를 들고 나왔다. 부피가 꽤 두툼했다. 젊은 목사의 말이, 생전에 고인이 즐겨 그리던 그림이라는 것이었다. 고인이 어렸을 적에 그림 그리기를 좋아했었던 기억은 없었다. 하여튼 고인은 가족도 없이 혼자 이 그림과 벗하고 살았던 것인가.

그림은 목탄지에 연필로 그린 것들이었다. 한 장 한 장 넘겨가는 동안 나는 단순한 선들 속에 어떤 공통된 요소가 들어 있음을 느꼈다. 무엇인가가 그림 속에서 불타고 있는 것이었다. 얽힌 나무뿌리에서도 구부러진 곡선마다 불티가 튀고 있었다. 찬송가를 부르는 교인들의 수많은 입들도 불을 뿜고 있었다. 헐벗은 산에 박힌 울퉁불퉁한 바위에서도 불길은 일고 있었다.

그림을 넘기던 나는 한 그림에 이르러 지금까지보다 빨리 넘겨 버렸다. 그리고 마지막까지 다 본 뒤에 젊은 목사더러 기념으로 한 장 가져가겠노라고 하고는 좀 전에 빨리 넘긴 그림을 찾아 뚤뚤 말아 외투 주머니에 넣고서 그곳을 나왔다.

옛날 장로가 살던 집도 벽돌담이 둘린 아담한 문화주택으로 바뀌어 있었다. 담을 돌아 집 앞을 지나며 문패를 보았다. 김 성 쓰는 사람의 집이었다. 주인이 갈린 모양이었다. 옛날 장로의 성은 김가가 아니었다. 기억이란 믿을 수 없는 것이면서도 묘한 것이어서 그 장로의 성이 무엇이었는지는 떠오르지 않으나 김가는 아니었다고 단정되는 것이었다.

그러나 지금 와서 그 장로의 성이 무엇이었건 그리고 그의 자손이 이 집에 살건 말건 그게 어쨌단 말인가.

공동묘지는 한길을 건너 교회당과는 거의 맞은편 쪽 등성이에 있었다. 흰 눈에 덮인 무덤들이 작고 큰 고저를 이루며 작지 않은 등성이에 가득 널려 있었다. 어느 것이 새로 된 성분인지 분간할 수가 없었다. 좀 전의 젊은 목사에게 위치를 물어가지고 올 걸 잘못했다 싶었다. 그런데 숫눈을 밟으며 묘지로 들어서 둘러보는 눈에 마침 저쪽 한끝에 새로 나무로 만든 십자가 푯말이 하나 들어왔다.

고인의 무덤이었다. 정작 무덤 앞에 섰지만 그 속에 들어 있을 고인의 실체는 아무것도 잡혀지지가 않았다. 그저 되살릴 수 있는 것은 고통으로 뒤덮였던 한 어린이의 핼쑥한 모습이었다. 가슴에 어떤 분노가 서렸다. 그것은 외투 주머니에 꽂혀 있는 그림을 처음 보았을 때부터 머리를 들기 시작한 분노 같았다. 여기 수많은 무덤 가운데에는 그 성도 모르는 장로의 것도 있을지 모른다. 그 사람의 실체도 사십여 년이란 세월 저편에 가려져 잡을 길이 없었다.

단지 지금도 기억에 남는 것은 고함 소리와 함께 종각 위를 쳐다보던 노기에 찬 중년 사내의 얼굴이었다.

등성이를 내려와 알아보니, 삼십 분만큼씩 다니는 버스가 다음

소리 그림자 **171**

차가 오기까지는 시간이 있어 다방을 찾아 들어갔다. 한가운데 난롯가에 몇 사람이 둘러앉아 있을 뿐, 다방 안은 한산했다. 밝은 창가로 가 앉았다.

가져온 홍차를 한 모금 마시는 둥 마는 둥 찻잔을 밀어놓고 외투 주머니에서 그림을 꺼내어 폈다. 거기에는 두 마리의 개가 뒤를 맞붙이고 있는 그림이 그려져 있었다. 덩치가 큰 개에게 조그마한 발바리가 뒷발을 허공에 들린 채 끌려가는 형상이었다. 다른 그림에서처럼 여기에도 불꽃이 있었다. 이 동물들의 형태로 인해 폐인이 돼버린 울분을 참고 견디다 못해 밖으로 연소시킨 것만 같았다.

새로이 내 가슴속에는 아무 허물도 없는 어린아이의 일생을 망쳐버린 한 중년 사내의 어이없는 징계에 대해 분노가 치밀어올랐다.

그러나 이 같은 분노쯤은 고인의 그토록 외롭고 어두웠던 생애에 비기면 아무것도 아니었다. 고인은 그러고서도 부친의 대를 이어 종지기 노릇을 했던 것인가.

레지가 엽차를 가져왔다.

"저, 여기서두 교회당 종소리가 똑똑히 들리나?"

나는 레지에게 교회당 종소리가 예전과는 달라졌으리라는 것을 말하고 싶었던 것이다.

"오늘이 토요일 아녜요?"

오늘이 일요일로 착각하고 묻는 줄로 레지는 아는 모양이었다. 공연한 걸 물었다 싶었다.

사람들은 곧 새 종지기의 종소리에 익숙해질 것이다. 그래서 무방한 것이다. 그저 옛날 그 종소리는 나 혼자 간직하면 족한 것이다.

그러는 내 가슴속에 불현듯 종소리가 울리기 시작했다.

두 어린이가 종을 치고 있었다. 이제는 종지기인 성일 아버지는 거기 없고, 단지 두 어린이만이 같이 종줄을 잡고 있었다. 줄을 잡아당겼을 때의 뗑 소리와 줄을 늦출 때의 강 소리 사이의 간격, 그리고 다음 뗑 소리와의 약간 긴 간격, 이러한 뗑과 강 소리가 되풀이되면서 내는 가락에 어울려 일종 특이한 여운이 울려퍼지고 있었다. 그 여운의 파문이 자꾸만 내 가슴을 채워왔다.

이때 나는 보았던 것이다. 앞에 펴놓은 그림이 이상한 변화를 일으킨 것을. 아니 변화라기보다는 이 그림을 그린 고인의 본뜻을 비로소 알아볼 수 있었다는 게 옳았다. 그림의 붓놀림이 어쩌면 이렇게 즐거울 수 있을까. 불꽃처럼 보였던 선 하나하나가 실상은 어쩔 수 없는 즐거움에서 우러나온 율동이었던 것이다. 킬킬킬 티 없는 웃음이 연필 자국마다 스며 있다가 되살아오는 것이었다. 우리는 사십여 년 전 웃음을 나눠가질 수 있었다.

(1965년 일월)

마지막 잔
―― 元應瑞 형에게

원과 나 사이는 뭐니 뭐니 해도 술을 빼놓을 수 없을 만큼 둘이 술자리를 같이해 온 역사란 꽤 줄기차게 길다. 1940년 여름부터니까 만 삼십삼 년이 넘는다. 곧 우리 둘이 사귀어온 세월이기도 하다.

우리가 처음 만난 것은 내가 평양 경창리에서 칠성문 밖 기림리 모래터로 이사 가서다. 우리 둘이 다 아는 어떤 사람이 새에 끼어 인사를 했는데, 그때 둘이는 이미 애아버지가 돼 있었다.

서로의 집이 얼마 떨어져 있지 않아 단둘이 만나는 도수가 늘게 되고, 만나서는 대개 술을 마셨다. 둘이 다 소주를 좋아했다. 「술」이란 제목의 수필에서 원은, "내 경우로는 배갈은 도수도 지나치게 세고 냄새가 향기롭지 못한 데 반해서 막걸리는 너무 순하고 배가 부르고 (좀 건방진 소리 같지만) 좀처럼 취기가 돌지 않으나 그 술은 그 술대로 좋은 데가 있을 것이고 정종이나 위스키도 그것 나름대로 그렇겠지만, 나는 아무래도 수수로 만든 순수한 소주가 지닌 맛과 향기의 맵다랄까 달다랄까 미처 표현하지 못할 정도로 짜릿하고 유니크한 데가 좋다."라고 하고 나서 우리나라 경제적 상황과 기후, 전통으로 보아 우리들의 국주, 즉 나라 술은 소주로 정해야 마땅하다는 걸 제언하고 있다. 전적으로 동감이다. 원과 나는 처음 만나서부터 특별한 예외를 제하고는 이 소주로 일관해 왔던 것이다. 주량도 비슷했다. 둘이는 해방 전 암담한 시기에 술을 마셔가면서 세상 돼가는 형세며 문학 얘기로 한때나마 쌓여지는 울적을 삭이곤 했다.

때로는 우리집에서 술상을 가운데 놓고 내 작품을 낭독하는 일도 있었다. 원고가 난잡해서 내가 직접 읽지 않으면 안 된 것으로, 원은 그때마다 열심히 들어주곤 했다. 이를테면 원은 그 당시 발표할 길 없었던 내 작품의 유일한 독자(실은 청자)요 이해자가 돼줬던 것이다. 그리고, 언제 햇빛을 볼지 모르는 내 작품 제작에 자극을 주었던 사람이다.

시국이 점점 긴박해지면서 시중에서 술을 구하기 힘들게 된 가운데서도 우리는 가끔 술을 마실 수 있었는데, 그것은 원의 부친이 광산을 경영하고 있어서 집에 술을 늘 떨구지 않은 덕분이었다. 한번은 소주 두 되에다 네 홉들이 한 병을 갖고 원과 나 외에 한 사람이 낀 셋이서 보통강 건너의 공동묘지로 가 잡은 참 병바닥을 내면서 주위를 꺼릴 것 없이 시국에 대한 울분을 마구 쏟아놓았다. 적이 마음이 후련해진 우리는 주인 모르는 무덤 사이에 누워 잠이 들었다가 눈을 떠보니 하늘에 별이 총총했다. 너무나 무심하게 맑고 깨끗한 별빛이었다. 원인가 난가가 먼저 울음을 터뜨리자 같이들 울어버리고 말았다.

드디어 일제 말기의 징용이다 뭐다 하여 배겨날 수가 없어 원은 부친이 경영하는 광산으로, 나는 시골 고향으로 소개를 나가 둘이는 부득이 얼마 동안 헤어져 있지 않으면 안 되었다.

해방이 되자 둘이는 평양에 있는 같은 여학교에 교편을 잡게 되어 거의 저녁마다 술타령이었고, 그 후 원은 그냥 평양에, 나는 서울에, 서로 떨어져 있다가 동란 때 부산 피난지에서 다시 만나서는 또 매일 저녁 통음을 했다.

원은 전시하에 생긴 조그만 신문사의 편집을 맡아보고, 나는 피난 온 중고등학교 교사로 있어 저녁에 만나 밖에서 술을 마시고 돌아오다가도 으레 미진한 생각이 들어 낙동강소주 한 되를 사들고 원의 하숙방으로 가 술을 계속하곤 했다. 내가 잡아준 원의 하숙과 우리 가족이 세 들어 있는 어떤 집 다락방과의 거리가 이백 미터쯤밖에 상거돼 있지 않아 통금 사이렌이 불기 시작해야 나는 원의 방을 나와 내 다락방 쪽을 향해 마치 백 미터 육상선수 나름으로 달리곤 했다. 그러면서도 발을 헛디뎌 쓰러져본 적은 한 번도 없었다. 주머니 사정이 여의치 못해 고작 안주라고는 호콩과 오징어 쪼가리뿐이었건만 우리들의 몸이 정말 용케 견뎌주었던 것이다. 아마 그때의 우리들에게 밀착돼 있던 커다란 비극의 응어리가 술의 독소마저도 얼씬하지 못하게 했는지 모를 일이었다.

원은 더구나 나와는 견줄 수 없는 깊은 마음의 아픔을 지니고 있었다. 나는 그래도 가족과 함께 모여 살고 있었지만 원은 단신으로 남하했던 것이다. 그 아픔에 대해 원은 말하지 않았고, 나

역시 그것을 건드리지 않기에 힘썼다.

그저 단 한 번 원은 술자리에서 모성애에 대한 것이 화제에 올랐을 때 자기 가족 이야기를 하나의 에피소드처럼 얘기했을 따름이었다. 모성이 갖고 있는 힘에 대면 부성이란 아무것도 아니라면서, 1·4 후퇴시 월남할 때 부인이 해산한 몸이어서 함께 떠나올 수 없게 되어 맨 위 열한 살잽이 사내애만 데리고 떠나는데 집을 나와 막 큰길로 꺾일 참에 대문간에 배웅하고 섰던 애어머니가 애 이름을 부르며 너는 나하고 같이 있자 하자 그 말이 떨어지기가 무섭게 아버지인 자기에게는 일별의 눈길조차 주지 않고 기다렸다는 듯이 되돌아서 어머니한테로 줄달음치더라는 것이다. 이런 가족을 남겨두고 온 원의 쓰리고 아린 심정을 어떤 말로 감히 위로할 수 있으랴. 나는 원을 정면으로 바라보지 못한 채 지금까지의 속도보다도 빨리 잔을 비우고는 그 잔을 원에게 건넨 후 어서 잔을 내고 내게 돌릴 것을 겨우 재촉했을 따름이다. 이러한 뜻에서 원은 나보다 술의 독기를 삭일 만한 요소를 훨씬 많이 지녔다고 할 수 있었다.

환도하여 원이 새로 가정을 이루고 나서 전활 들여놓고 내게 번호를 알려줄 때, 0385야, 38선을 다섯 번 넘어갔다 왔단 말야, 한 일이 있다. 전화번호를 외우기 쉽게 하느라고 한 말일 게지만 어찌 다섯 번에 그쳤겠는가. 그렇다고 그것은 현재의 부인과 아들딸들에의 애정에 대한 배리는 아닌 것이다.

한때 원이 심한 노이로제에 걸린 것도, 그 원인이 부산 피난지에서 신문사를 그만두고 1·4 후퇴 때 같이 남하한 친구들과 《주간 문학예술》을 간행하면서 혼자 번역물을 도맡아 하고, 환도 후엔 월간《문학예술》로 바뀌고 나서도 벅찬 업무량에 쫓겨 지나친 과로가 겹쳐서 생긴 병이라고 할 수 있지만 거기에는 혼자 견뎌내고 있는 착잡한 그의 아픔이 크게 빌미됐다고 여겨진다.

신고 끝에 노이로제에서 벗어난 후로, 원의 신경의 과민성은 아주 표면화했다. 공기의 변동에 일일이 민감한 반응을 보였고, 특히 소음에는 견디지를 못해, 길가 상점에서 흘러나오는 조금만 조잡스런 레코드나 라디오 소리, 차도에서 들려오는 차량의 브레이크 밟는 소리에도 손가락으로 양 귀를 틀어막는 걸 몇 번 목격했다. 그리고 전쟁이나 깽 영화의 광고 간판은 아예 쳐다보려 들지도 않았다.

이런 점으로 미루어 원의 낚시 취미는 무엇보다도 우선 번잡한 시가지를 벗어나 한동안이나마 신선한 자연 속에 묻혀 심신을 쉬어보려는 의도에서 비롯됐다고 해야 할 것이다.「낚시의 즐거움」이라는 수필에서도 원은 말하고 있다. "봄은 봄대로 곡우를 전후해서 산란기를 맞아 신록과 더불어 겨우내 집안에 갇혔던 울적을 향기로 씻을 수 있으니 즐겁고, 하지를 지난 무더운 여름은 여름대로 깊은 수심에 낚싯줄을 드리우고 강바람과 들바람을 쐬니 또 즐겁지 않을 수 없다. 가을은 푸른 하늘과 황금물결 치는 오곡의 벌판과 울긋불긋 곱게 물든 산야에서 샛바람을 맞는 마음도 즐겁지 않을 수 없다."

나는 팔구 년 전까지만 해도 꽤 여러 차례 원을 따라 몇몇 사람들과 함께 낚시질을 다녀보았지만, 원은 심신을 쉬기 위한 낚시여서 그런지 보통 낚시꾼들과는 좀 달랐다.

대개 목적지로 가는 버스 안에서는 서로 우스갯말을 하며 심심치 않게 시간을 보내다가 버스에서 내리자부터 상황은 급변해 버린다. 버스에서 낚시터까지 사오 마장쯤 상거돼 있는 건 예사이고 때로는 십 리 실히 걸어야 하는 경우도 있다. 이 낚시터에 다른 사람보다 한 발작이라도 먼저 가 좋은 자리를 차지하고자 야단인 것이다. 메고 있는 낚시구럭이 흔들거리지 않게끔 한 손으로 누르고는 남한테 뒤질세라 휭 하니 발에 바람을 일으키며 달린다. 숫제 뜀박질 경주다. 그런데 원만은 평상시의 보행 그대로다. 고기를 많이 낚는다는 데에만 관심이 쏠려 있지 않아서라고 하지만 나는 원의 이런 태도에서 낚시꾼으로서의 격을 새삼 발견하곤 했다.

낚시터에 이르러서도 원은 별로 서두르지 않고 남들이 다 차지하고 남은 자리를 한 바퀴 돌아보고 나서, 몇 번 낚시질을 따라다녀도 영 초보자의 영역을 벗어나지 못하는 내게 한 자리를 잡아준다. 그러고는 원 자기도 거기서 꽤 떨어진 곳에다 자리 잡는다. 이미 다른 사람이 앉아 있는 자리라도 고기가 낚일 성싶으면 찌가 누구의 찐지 분간 안 될 만큼 바짝 다가앉는 따위의 얌체 짓을 원은 범하지 않는 한편, 남과 떨어져 앉음으로써 자기만의 분위기를 즐기기 위해서인 것이다.

밑밥과 떡밥만 해도 그렇다. 어떤 사람은 물고기의 후각, 시각, 미각을 자극할 만한 향료나 조미료를 섞는 조작을 하지만 원은 낚시 가게에서 파는 것을 그대로 사용한다. 이것을 원은 자기의 연구심 부족 탓이라고 웃어넘기는 것이나, 무어나 작위적인 것을 싫어하는 그의 성격 때문인 것이다.

점심때가 되면 원과 나는 한곳에 모여 도시락을 편다. 이런 때 나는 원에 대해 미안함을 금치 못한다. 나와 함께 오지 않았던들 원도 다른 사람들처럼 낚싯대에서 떠나지 않은 채 찌를 응시하면서 점심을 때워도 되지 않았을까 해서다. 그러나 원 편에서 먼저 아예 낚시를 밀쳐놓고 나와 도시락 반찬을 안주 삼아 소주잔을 주고받는다. 원이나 나나 원래 낮술은 절대 안 하다시피 하는 터이나 야외에 나와서는 그걸 깨치는 것이다. 갖고 온 술을 다 마시고 나서야 밥을 먹는다.

점심 후 원과 나는 제각기 낚시자리로 가지만 이때부터 나는 낚시질을 않는다. 실은 점심 전에도 착실하게 낚시질을 한 건 아니었다. 제법 고기들이 집적거려도 마찬가지다. 결국 이렇게 내가 낚시질에 끌려들어가지 못한 것은 인내심의 부족과 게으름과 무엇을 낚아낸다는 것에 도무지 흥미를 못 느끼는 성미 탓이라고 할 수밖에 없다.

그런데도 원은 내게 낚시 취미를 붙여주려고 낚시 도구 일습을 마련해 주었으니, 칸 반짜리서부터 두 칸, 두 칸 반, 세 칸짜리까지의 낚싯대와 거기 따른 낚시주머니, 받침대, 뜰채, 어롱, 접이의자 등 하나도 빠짐없는 낚시도구를 갖추어주었던 것이다. 그렇건만 종내 나는 내 인내심을 기르지 못한 채 게으름을 못 고치고, 천성을 돌리지 못한 채 원의 성의에 보답지 못하고 말았다. 아마 내가 원이 그처럼 바라던 일에 응하지 않은 것은 오직 이것 하나뿐이 아닌가 한다.

점심 후엔 숫제 나는 낚싯대를 드리워둔 대로 어디 그늘을 찾아 낮잠을 잔다. 한숨 늘어지게 자고 나서는 하릴없이 남들의 어획물이나 구경하면서 시간을 보낸다.

이런 저녁때에 원은 고기를 많이 낚았건 적게 낚았건 낚시를 거둔다. 내가 지루해 할까 보아 그러는 것보다 원 자신이 그날의 낚시는 그걸로 족하다고 생각는 것이다. 낚시질 갈 때는 여럿이 함께 가지만 돌아올 때는 원과 나만이 먼저 돌아오는 수가 적지 않았다.

원은 「낚시의 즐거움」 속에서, "어느 가난한 묵객은 시름이 있거나 무료할 땐 벼루에다 연적의 물을 부어 먹을 벅벅 갈아 거기에서 안겨오는 향그로움으로 인생을 달랬다고 한다. 참으로 운치를 담은 경지라 하겠다. 낚싯대를 매만지는 심정도 이와 상통하는 즐거움일 것이다. 낚싯대를 만지는 것은 반드시 앞으로 고기 수확에 더 큰 기대를 거는 데서가 아니라 생활의 번거로움을 잠시나마 잊고 묵연히 수면을 바라보고 있는 낚시터의 자세로 돌아갈 수 있기 때문이다."라고 말하고 있는데, 이런 마음가짐으로서도 원은 한두 번 아니게 낚시회에서 제노(齊魯)라는 누구누구를 제쳐놓고 대어상이니 수량상이니 하는 것을 탄 사실을 나는 알고 있다. 얼마 뒤엔 이 낚시회라는 데도 참가하지 않게 됐다. 까닭인즉 낚시회에서의 잘 아는 사람들의 좀된 행동거지나 소갈머리가 보기에 민망스러워 안됐더라는 것이다. 이미 상이 다 결정된 후에 힐레벌떡 달려와, 당신네들 시계가 어떻게 돼먹었길래 벌써 시상을 했느냐, 내 시계는 지금이 그 시각이라고 우겨 예외로 특별상이라는 걸 타고야 만다든가, 붕어의 길이를 잴 때 이게 어디 여섯 치 두 푼이냐 세 푼이지 하고 아귀다툼을 한다든가, 수량상에 들기 위해 전차표(요즘의 버스 회수권보다 작은)만큼도 못한 잔

마지막 잔 181

퉁이가 반이가 되는 고기 바구니를 서슴지 않고 들이댄다든가 하는 데엔 그만 질려버렸다는 것이다.

낚시터에서 시내로 돌아와선 원과 나는 술집에 들른다. 아까 낮에 마신 술의 해장식으로 시작하는 것이 본격적인 음주로 발전해 버린다. 천천히 잔을 비우며 원은, 낚시질하고 돌아오다 마시는 술맛은 별미라고, 미소를 짓는다. 나는 별로 그런 걸 느끼지 못하면서도 낚시질이 원의 신경을 누그러뜨리는 데에 도움을 주고 있는 것은 썩 잘된 일이라고 생각하며 잔을 거듭하는 것이었다.

모르는 사람이 보기에는 저런 몸을 하고서 어쩌 신경과민증을 일으킬까 하고 의구심을 가질 정도로 원의 체구는 듬직하게 건강하여, 175센티나 되는 키와 굵은 몸집에, 얼굴은 홍안동자라는 별명대로 언제나 맑게 붉어 환했다. 대학 시절 농구선수였다는 걸 넉넉히 연상시킬 만한 체격이었다.

원과 내가 알게 된 것은 이미 서로가 성인이 되고도 남은 나이였는데, 처음 만나서부터 내가 보아온 그는, 자유를 희구하는 내면에서의 강한 열의와 옳게 사물을 판단하는 곧은 자세를 지닌 한편, 퍽이나 자상하고 섬세한 감성의 소유자였다.

부산 피난지에서 원은 나와 그 많은 술을 마셔가며, 민족상잔의 비극을 도발한 자에 대한 비난, 월남 전후의 갖가지 고난, 어떻게든 전쟁이라는 비인간적인 행위는 즉각 저지돼야 한다는 소신 등등을 꽤나 열띤 심정이면서도 차분한 어조로 펴곤 했다.

이러한 원이 환도 후 노이로제를 앓고 나서 과민해진 신경을 가누기에 고심하고 있을 때 자신의 언동까지 제어하지 않으면 안 되게 된 일이 발생했다. 출판업을 시작하면서 수삼 차 수사기관에 불려가 신원 조사를 받게 되었던 것이다. 이북에서의 원은 처음에는 교편을 잡고, 다음에는 통신사에서 영문 번역을 하고 있다가 동란 때 이리저리 피해 다니다 마침내 가족을 남겨둔 채 단신 남하한 것이었다. 더할 나위 없는 고통 끝에 내린 결단이 아닐 수 없다. 이런 원이 한두 번도 아니게 신원 조사를 받게 되면서 가뜩이나 과민해 있는 신경으로 견뎌낼 수 없어 자신에 대한 폐쇄작용을 일으켰던 것이다. 원은 내게, 허참, 가족을 놔두구 혼자 넘어온 게 안된 모양야, 허참, 하고 어이없다는 듯이 허참 소리를 연발하다가 자기 자신에 대한 말처럼, 사람이란 왜소해지려면 한없이 왜소해지게 마련이드군, 했다. 고약한! 나는 더 할 말을 잃었다.

술자리가 무르익어 좌중이 돌아가며 노래를 하게 돼, 나도 황성옛터든 두만강 푸른 물을 되잖은 청으로나마 불러치우건만, 원만은 무슨 노래건 입에 올리려 하지 않았다. 남에게 자기의 노래하는 모양을 보이기 싫어서인 것이다. 어쩌다 한다는 것이 베에토벤의 제9심포니의 한 구절을, 빰빠아바바 빰바빠아바 빰바빠아바 빠암빠바아, 하고 양손으로 컨덕하는 시늉까지 하는 것인데, 그 손놀림이 흥거워서라기보다 이렇게밖에 감정 표출을 못하는 자신의 쑥스러움을 얼버무리는 동작 이상으로는 보이지 않았다. 평상시의 몸가짐에 헝클어짐이 없던 그라, 그리고 커다란 몸집이어서 허한 구석이 더 두드러지는 것이었다. 그만 나는 원의 처지가 새삼스러워져 측은함을 느끼곤 해야 했다.

남북공동성명이 발표된 직후의 원의 반응은 또 사뭇 착잡했다. 월남한 사람들, 특히 가족을 두고 온 사람들이 어떤 부푼 기대에 들떠 있을 때, 원은 곤혹한 빛을 감추지 못했다. 이산된 가족찾기 운동의 원칙은 그대로 옳다고 여기면서도 정작 자기가 겪어야 할 일이 난감스러웠던 모양이다. 가족과 헤어진 지도 어언 이십여 년이 넘어 그 가족들이 여태 살아 있기나 한지, 살아 있다면 그들의 형편과 자기의 현재의 형편이 어떻게 융합을 봐야 할 것인가 하는 데에 무진 고뇌와 불안을 느껴야 했으리라. 요즘 갑자기 머리가 더 하얘졌어, 하고 내게 허한 웃음을 지어보인 것도 그 무렵이었다. 이 어찌 원만이 당해야 옳은 일일까 부냐. 나는 전에 원한테서 열한 살짜리 아들애 얘기를 들었을 때처럼 뭐라고 위로의 말을 찾지 못한 채 그저 술잔만 연거푸 건네야 했다.

그 뒤로 현저히 원은 더 자기 안으로 움츠러들었다. 집의 가친이 별세했을 때 약력 읽는 걸 부탁했더니 그러마 하고 영결식 직전에 가서 다른 사람한테 시키라는 것이었다. 이쪽에서 준비해 놓은 것을 읽기만 하면 될 것이나 그것조차 남 앞에 나서기가 싫었던 것이다.

그런 가운데서도 우리 둘이는 기회만 있으면 만났다. 만나야 할 일이 있어서가 아니다. 그저 만나고 싶어서 만나는 것이다. 만나서는 주로 내가 말하는 쪽이고 원은 듣는 편이었다. 원으로서 가타부타의 의사 결정을 하지 않으면 안 될 경우에도 그는 내게 빙긋이 웃기만 하면 됐다. 자기의 태도를 밝히지 않더라도 자네만은 내 생각이 어떻다는 걸 알 거 아니냐는 웃음인 것이다. 혹은 술을 마시면서 전에 없이 원이 허황된 얘기, 어떤 사람이 낚시터에서 고기를 많이 낚으니까 곁의 사람이 무슨 미끼를 쓰길래 그렇게 잘 무느냐고 해 송충이를 사용한다고 했더니 뒷산에 가 송충이를 한 깡통 잡아다 미끼로 썼다는 둥, 누구는 자짜리 붕어를 끌어올려 손에 잡으려니까 와닿는 손맛이 달라 봤더니 비늘이 모두 거꾸로 박혀 있어 기겁을 해 놓아주었다는 둥 어처구니없이 웃기는 얘길 지껄일 적도 있었는데 그럴 때는 내게 우울한 일이 있었던 날이고, 그걸 미리 알아채고 내 마음을 풀어주려고 할 경우였다. 이렇게 해서 우리는 늘 좋은 일이든 나쁜 일이든 삭여갔으며 거기에서 피차 남모르는 용기를 얻곤 했는지 모른다.

원이 그런대로 자기의 의사 표시를 강하게 보여준 것은 우리말에 관해서가 아닌가 싶다.

얼마나 원이 우리말에 관심을 갖고 이를 아꼈는가는 그의「그놈을 잡으려」라는 수필을 봐도 알 수 있다. 원은 젊어서부터 번역을 할 때 거기에 맞는 말을 찾기 위해 우리말 사전을 뒤적이다가 찾는 말 아닌 낯선 말이 눈에 띄면 노트에 적어두곤 했는데 이렇게 해서 적어둔 것이 두툼한 노트 가득 되었다. 무료할 때면 이 노트를 꺼내가지고, 어허 이런 알뜰한 어휘도 있었던가, 저런 묘한 말도 있었던가고 혼자 감탄하곤 했다. 그러느라고 노트 겉장이 낡고 닳아 새것으로 씌우고 모지라진 데는 손질했다. 마치 화초를 가꾸듯 매만졌던 것이다. 이런 노트를 사변 때 다른 책들과 함께 잃어버렸다. 잃은 책들은 그때그때 사정이 닿는 대로 우선 급한 것부터 다시 사들일 수 있지만 노트만은 어쩔 도리가 없었다. 사변으로부터 거의 이십 년(이 수필이 발표된 것은 1969년)이 가까워오는데도 문득문득 머리에 떠오르는 것이 그 노트다. 번역을 하다 우리말이 막힐 경우 더욱 그랬다. "겨울철 살림 속에 내린 눈이 쌓이고 쌓였다가 봄이 되어 낮에 볕을 받아 오후엔 건등이 녹아내리며 물이 돈다. 하지만 밤에 접어들어 다시 기온이 내려가 물이 돌던 눈의 건등은 얼음으로 변한다. 발로 밟으면 물 위의 살얼음처럼 바삭하고 꺼져내려간다. 영어로는 crust라고 한다. 이 눈 건등의 얼음진 것을 한마디의 낱말로 무엇이라고 하는지, 분명히 내 노트에는 적혀 있었다. 한 오륙 년 전 어떤 수기를 번역하다가 이 crust가 나왔다. 아무리 생각을 해내려고 애를 쓰고 사전을 뒤적여보았으나 허사였다. 할 수 없이 눈얼음이라고 번역했다. 말이면 다 말은 아니다. 이것은 얼토당토않은 궁여지책에서 나온 넋두리에 불과하다. 나는 얼마 전부터 하루에 단 일 분씩이라도 우리말 큰사전을 샅샅이 잡아나가기로 했다. 저 노트에 적었던 그놈을 잡기 위해서다. 그놈을 잡으려면 몇 해가 걸릴지 모르지만.” 이 얼마나 무섭도록 우리말을 사랑한 증좌며 무한한 애정의 발로인가.

어떤 자본 댈 사람이 나서 월간 문예지《문학》을 발간했을 때 원이 온갖 심혈을 기울였던 것도 우리의 문학과 글에 대한 그의 집념의 표시였던 것이다.

언젠가는 어떤 영문학자가 번역한 글 가운데 landing을 '춤추는 장소' (아마 일본 사람이 이것을 오도리바〔踊場〕라고 한 것을 그대로 옮긴 게 틀림없었다. 층계가 꺾이는 이곳에서의 발놀림이 춤추는 듯하다 하여 일본 사람이 그렇게 가져다 붙인 것이리라.)라고 한 것을 보고 원은 내게 그것에 합당한 우리말을 물어왔다. 당장 적당한 단어를 찾지 못해 뒤로 미루고는 나는 잊어버리고 말았었는데 며칠 후 원이 내게 전화를 걸어 '쉼다리'라고 하면 어떻겠느냐고 하는 게 아닌가. 잠깐 쉰다는 뜻에다 층층다리의 다리를 따다 만들어봤다고 하면서.

원의 우리말에 대한 애정은 자기가 하고 싶은 번역이나 쓰고 싶은 글에 대해서만 부어지는 게 아니고 어떤 글을 다루거나 한결같았다. 원이 작고하기 한 일 년 전부터 생활에 보탬이 될까 하여 일본 역사소설 번역을 해왔는데 그때에도 예외는 아니었다. 옳게 번역을 하자니 하루 이백 자 원고지 열 장도 나가지 않을 적도 있고, 잘 나가야 고작 스무 장 안팎이라고 했다.

만나면 피곤한 기색이 보였다. 원래 약체인 나는 나대로 학교 나가는 것만으로도 고단중을 느껴오는 터였다. 우리는 우리가 짊어져야 할 생의 무게에 짓눌린 것이다. 자연 우리들의 주량이 줄어들어갔다. 이 년 전만 해도 둘이 만나면 두 홉들이 소주 네댓 병은 보통 뉘곤 하던 것이 세 병으로, 두 병으로 내려가다가 나중에는 한 병을 나눠 먹고도, 오늘은 이만 하지, 할 때가 늘어갔던 것이다. 처량하기 짝이 없었으나 뭐 반드시 양이 문제랴, 둘이 만나 속이 받아들이는 만큼 마셔가며 즐기면 그만 아니냐. 이런 일도 원이 낚시터에서 쓰러지기 바로 전 일요일로써 마지막이 되고 말았다.

원과 나는 칼국수를 좋아했다. 우리집에서 칼국수를 하게 되면 전화로 원을 오라고 하는 수가 적지 않았다. 특별한 사정이 없는 한 원은 와주곤 했다. 그게 뭐 대단한 음식이어서 오라고 하는 게 아니고 원 쪽에서도 그걸 먹기 위해 버스로 한 시간 이상 걸리는 길을 오는 게 아니었다. 그저 만나기 위해서인 것이다.

그날 저녁에도 우리집에서 칼국수를 해 원이 와주었다. 원은 피곤한 기색이 역력했다. 얼굴의 맑게 붉던 빛도 많이 잃어져 있었다. 맡은 번역물이 며칠 안으로 끝나기는 한다고 했다. 출판사에서, 좀 설쳐도 좋으니 빨리 해오라는 독촉이 어찌나 심한지, 그런 일감은 다시 맡을 게 아니라는 말도 했다.

술은 닭고기 안주로 두 홉들이 소주병 하나를 둘이 마셨을 뿐이었다. 칼국수를 원은 전보다 적게 먹었다. 한 그릇 하고 더 하곤 하던 것을 한 그릇도 겨워했다.

원의 맡은 일이 다음 주 내에 끝나는 대로 연락하여 시내에서 만나기로 약속하고 원은 다른 때보다 일찍 돌아갔다. 나는 다음에 만나면 안주 좋은 집으로 가 위로의 술을 나누리라 마음먹었다. 이 약속이 영원히 미결 상태로 남고 말 줄이야.

원의 하는 일이 끝났음 직한데 소식이 없어 내 편에서 전화를 걸고 싶었으나 참았다. 예정대로 일이 진척되지 않는지도 모르는데 공연히 전화를 걸어 마음만 급하게 만들 게 없다는 생각에서였다. 뒤에 알고 보니 토요일에야 원고를 출판사에 넘기고 다음 날인 11월 4일 몇 사람과 같이 낚시질을 갔다가 뇌출혈로 쓰러지고 만 것이다.

앞뒤의 얘기를 종합해 보니 토요일의 원의 거동이 암만해도 나를 피한 흔적이 있었다. 원은 출판사에 원고를 넘기고 돌아오는 길에 다음 날 갈 낚시 비용의 자기 몫을 냈다 한다. 당일 내게 돼 있는 것을 미리 낸 것이다. 무슨 일이 있어도 낚시질을 가야 한다고 자기 자신을 묶어놓기 위한 것이 틀림없었다. 전부터 낚시질을 가 머리를 풀어야겠는데 일 때문에 못 간다는 말을 수차 했던 터라 이번만은 꼭 강행하겠다는 속셈이 분명했다. 그러고는 일단 집으로 돌아왔다가 한 친구를 찾아가 늦저녁때에야 돌아왔다. 그 친구는 술을 못했다. 그 친구의 말이, 특별한 용건이 있어 원이 왔던 건 아니라고 한다. 역시 나를 피하기 위해서였던 것이다. 아무리 낚시 회비를 냈다 하더라도 내가 전화로 부르면 뿌리칠 수 없을 거고, 그래서 나와 만나면 술을 마시게 될 거고, 그러면 다음 날 낚시질을 못 가게 되리라는 것을 예상했기 때문인 것이다. 전에도 낚시질 가기로 한 전날 저녁 둘이 만나 조금만 마시고 그만둔다는 게 번번이 도를 넘겨 낚시질을 포기해 버리곤 한 적이 여러 번 있었다. 원이 타계한 뒤 원의 부인이 내게 한 말 중에, 원은 저녁상을 받고 앉았다가도 내가 전화로 부르면 나가곤 해 뭐라고 좀 싫은 소리를 했더니, 당신 없이는 살아두 황 없이 못 살아, 했다던가. 표현이 헤프지 않은 그가 어쩌자고 내게 이토록 몹쓸 말을 남겼는지.

나는 광 속에서 낚시 도구를 찾아냈다. 원한테 받은 지 십 년 넘어 되는 물건이다. 그동안 몇 번 이사를 하며 끌고 다녔지만 별상한 데 없이 그대로 쓸 만했다.
하나하나 풀어 꺼내어 털고 닦고 했다. 원이 쓰러졌다는 낚시터를 찾아가보려는 것이다.
나는 원이 마지막 낚시를 드리웠던 곳에 한번 가봐야 한다는 생각을 벌써부터 하고 있었고, 그동안 갈 수 있는 시간은 얼마든지 있었다. 작년 원이 세상을 떠난 뒤에는 소위 낚시꾼들이 납회라고 해서 그해의 낚시를 접는 시기이기도 했고 경황도 없었지만 올해 들어는 한창 여름철이 되도록 가자고 들면 얼마든지 갈 수 있었는 걸 나는 미뤄온 셈인데 그것은 단순히 나의 게으른 탓만은 아니었다.

원이 낚시터에서 쓰러진 날 밤, 나는 병원 응급실에서 코에다 산소흡입기를 꽂은, 운명하기 몇 시간 전의 원의 기막힌 꼴을 내 눈으로 보았고, 관 위에 내 손으로 몇 삽의 흙을 뿌렸고, 그 뒤에 두세 번 무덤을 찾아가보기까지 했는데도 나는 원의 죽음을 이미 확정 지어진 과거의 사실로 인정하고 싶지가 않았다.

원의 부인은 새벽에 원이 대문을 열고 나가면서 대문 잠그라고 한 말이 귀에 쟁쟁해 언제고 그 대문으로 원이 다시 들어설 것만 같다고도 하고, 뒷채 서재에서 원이 그대로 앉아 원고를 쓰고 있는 것만 같다고도 했다. 나는 전화벨 소리에 문득 저것이 원한테서 걸려오는 거라면 하고 가슴을 울렁거리기도 하고, 어디서 전화를 걸다가 그것이 원의 전화번호 다이얼을 돌리고 있다는 걸 깨닫고 손이 떨린 적도 있었다.

원의 마지막 낚시질은 그가 이 세상에 남긴 최후의 자취다. 이를 내가 더듬는다는 것은 모든 걸 과거의 사건으로 변질시켜버리는 결과가 될 게 두려워 지금까지 미뤄왔던 것이다. 그러나 이미 있었던 일은 엄연히 있었던 일인 것을.

나는 낚시구럭을 메고 시내 낚시 가게에 들러 줄과 바늘을 갈아 맨 후 떡밥과 지렁이를 사가지고 원이 마지막 낚시질을 했다는 송전저수지를 찾아가기 위해 동대문 고속버스 터미널에서 용인행을 탔다.

그날은 몹시 추웠다면서요? 내가 사공에게 말을 건넸다.

사공이, 네 굉장히 차가웠었죠, 한다.

서울서도 가을 날씨 치고 엔간히 쌀쌀했으니 물가에서는 더했을 것이고, 더구나 아침 여덟 시 경이니 꽤나 추웠을 것이다.

첫낚시들을 던지고 나서, 같이 갔던 사람 둘이 으시시한 기분을 덜기 위해 술 한잔씩을 하기로 하고 원더러도 오라고 했으나 원은 싫다고 했다는 것이다. 그 음성이 여느 때와 조금도 다름이 없었다. 두 잔씩인가를 들이켜고 나서 한 사람이 원한테로 가, 한 잔 하니까 몸이 풀린다고, 저리 가서 조금만 하라고 권했다. 이때 원은 파카 모자를 쓴 고개를 떨구고 앉아 있었다. 꼭 졸음에 겨운 사람 같았다. 얼굴을 들여다보니까 눈감은 코끝에 콧물 방울이 매달려 있고 파카 앞자락에 젖은 얼룩이 져 있었다. 이날 아침 여섯 시 모이기로 한 처소에 원이 제일 먼저 와 있다가 나중 온 사람들에게, 세 시에 모이기로 해놓고 왜들 인제 오느냐고 장난말을 해, 동행들은 괜히 새벽 세시에 일찍 잠이 깬 투정을 한다고 놀렸던 터라, 지금 잠 부족으로 잠깐 눈을 붙인 줄로만 여겨 졸리면 좀 눕는 게 어떠냐고 몸을 흔들었더니 반응이 달랐다. 뭐라고 웅얼거리는데 전혀 말소리가 이루어져 있지 않았다. 어디가 편찮으냐고 하니까 다시는 웅얼거리는 소리도 내지 못했다. 비로소 심상치 않음을 깨닫고 부축해 보트에 옮겨 대올 때는 발도 제대로 떼어놓지 못했다. 또렷한 말을 했을 때에서 불과 육칠 분 됐을까 말까 한 사이에 일어난 일이었다.

나는 얼마 타지도 않은 담배를 물에다 집어던졌다.

사공이 알려주어 두 칸 반짜리를 드니 피라미가 달려나왔다. 그냥 놓아주면 또 낚시에 와 장난질을 할지 몰라 원의 하던 식대로 일단 따서 어롱에 넣는다.
 원은 자기가 비대해지지 않으려는 데에는 항상 관심을 갖고 있었으나, 혈압이 높다는 말을 한 적은 전혀 없었다. 요즘 일 킬로 반이나 체중이 늘었다고 하기도 하고, 이 킬로가 줄었다고 하기도 하고, 얼마 동안 주욱 같은 무게라고 하기도 하면서 체중에만은 신경을 썼다. 원이 돼지고기와 계란을 꺼리고 소고기도 기름기는 꼭꼭 빼고 먹고, 불고기 안주일 때는 안 피우던 담배를 조금씩 피우기도 하고, 그리고 오래전부터 아침 산책을 하고 있은 것도 주로 체중 조절을 위해서였던 것이다.
 다시 두 칸 반짜리에 소식이 있어 잡아올렸더니 이번엔 서너 치 되는 구구리가 물려나왔다. 사공이 길쭉길쭉한 이를 드러내며 소리 없는 웃음을 짓는다. 잡고기만 낚는 게 딱하다는 낯이다.
 머리의 혈관이 파열되어 의식을 잃기 직전 원이 여기서 무엇을 생각하고 있었는지는 알 길이 없으나 다만 내게 숙제로 남은 건, 원 자신이 이곳을 자기의 죽음의 장소로 택하지 않았나 하는 점이다. 물론 의식하고서 그랬을 리는 없다. 의식이 미치지 못하는 어떤 작용에 의해 원은 죽음을 예지하고 있었던 것 같다. 그래서 전날 나와 만나는 걸 피했던 것이다. 만나면 술을 마실 것이고, 처음에는 조금만 마신다는 게, 자네 일거리두 끝나구 했으니 오늘은 좀 듭세, 어쩌고 하면서 나는 자꾸 잔을 권했을 것이다. 두 홉들이 한 병으로 줄었던 양이 두 병, 세 병으로 는다. 아니다. 그동안 원은 원대로 나는 나대로 고달파 있던 차라 한 병만 놓고 시간이 걸린다. 별로 말도 주고받지 않는다. 그러면서도 피차, 자 힘을 내서 살아봄세, 하는 말이 심중에서 오간다. 그러세, 그러세. 그러다가 별안간 원이 들었던 잔의 술을 엎지르면서 맥없이 잔을 떨어뜨린다. 그런 다음 벌어질 상황. 그 상황 앞에서 내가 어찌할 바를 몰라 쩔쩔매지 않도록 하려고 원은 나를 피했던 것이다. 그러고서 평소 즐기던 낚시라 낚시터를 택했던 것이다.

사공이, 어서 낚시를 들어올리지 않고 뭘 하느냐고 하여 보니 세 칸짜리의 찌가 수면에 누워 있다. 낚싯대를 들어올리려니까 끝대가 확 휘면서 줄이 핑 한다. 서서히 끌어올렸다. 희끄무레한 붕어의 자태가 물속으로 식별됐다 싶은 순간 낚싯대 잡은 손의 힘이 탁 빠져나가면서 낚시 끝의 물건이 온데간데없어졌다. 사공이, 일곱 치는 잘 됐는데, 하고 서운해한다.

그러나 나는 그 고기를 낚아올리지 못한 것을 별반 아쉬워하지 않았다. 기왕 못 잡았으니 자위하려는 심사에서가 아니다. 시초부터 나는 그랬다. 소풍삼아 원과 같이 강이나 못이나 저수지를 갔을 따름, 낚고 못 낚고는 전연 관심 밖이었다. 애당초 나는 낚시꾼 될 자격을 못 갖고 태어난 셈이다.

더구나 이날은 원의 마지막 자취를 더듬는 김에 원이 최후로 낚싯대를 드리웠던 자리에 앉아 나도 낚시를 한번 담가보고자 했던 것뿐이다. 그러나 이것조차 한갓 감상에서 비롯된 것, 대체 이래서 어쩌겠다는 건가. 나는 원이 의식을 잃고 옮겨진 병원으로부터 불과 백여 미터밖에 안 떨어진 곳에서 그날 낮 열한시에 제자의 결혼주례를 하고 있었고, 다음엔 오후 한 시에 사돈집 결혼식에 들렀다가 다음엔 친척집 애 백일잔치에 가 저녁에 돌아올 때는 그 병원 앞을 지나가기까지 하면서도 까마득히 모르고 있던 내가 아닌가. 연락이 되지 않았으니 알지 못한 게 당연하다고 할는지 모르나, 어떤 자연스런 이끌림에 의해 응당 그것을 감지했어야 하지 않는가.

　나는 창황히 낚싯대를 거두고 어롱을 털어버리고는 사공을 재촉하여 나루터에 닿자 돈 얼마를 집어준 뒤, 용인서 타고와 대기시켜 놓았던 택시에 올랐다. 작년 가을 원이 왔을 때는 길가 버드나무들의 낙엽이 구르고 있었을 길을, 지금은 짙푸르게 버드나무들이 우거져 있는 길을, 원이 돌아올 때는 의식을 잃고 있었지만 나는 정신이 또렷하여, 그만큼 답답한 가슴을 주체치 못해하며 돌아와야 했다.

　마시는군.
　음.
　두 홉들이 소주를 반 남아 비우고 나는 어지간히 누그러진 마음이 돼 있었다. 송전저수지에서 돌아오는 참, 고속버스 터미널 근처의 술집에 들어와 앉아 있는 것이다.
　낚시구럭을 감추구 있을 건 없잖아.
　나는 담배를 피워 물며 발끝으로 낚시구럭을 한번 건드려보았다. 남의 눈에 띄지 않게끔 낚시구럭을 의자 밑에 밀어넣어 놓고 있었다. 낚시꾼도 아니면서 낚시꾼처럼 보이기가 계면쩍었던 것이다.
　역시 자네 낚시질은 안되겠드군. 모처럼 내가 보내준 붕어두 못 낚으니 말야.
　미안허이. 근데 자넨 그날 낚실 던지구 나서 한 번두 들어보지 못하구 그모양이 됐다면서? 모르는 소견에두 오늘은 낚시하기에

괜찮은 날씨 같던데 그날은 어땠나? 일기예보가 날씰 바루 맞히기나 했었나?

관상대야 언제나 그 꼴인걸.

그래두 요샌 꽤 맞혀.

반대루야 잘 맞히지. 당장 비가 죽죽 내리구 있는데두 라디오에선 관상대 발표라구 하면서 날이 맑겠다니 알쪼 아냐.

원은 관상대의 일기예보를 유난히 탐탁지 않게 여겼다. 아마 언젠가 관상대 일기예보를 믿고 우비를 준비하지 않고 낚시질을 갔다가 되게 혼난 일이 있었는지 모를 일이었다. 원이 마지막 낚시를 간 날 일기예보의 기온은 맞았었는지 틀렸었는지.

고갤 숙이구 마시는 버릇은 여전하군. 그 이마의 흉터가 인제 거의 몰라보게 됐는걸.

지난해, 그러니까 원이 세상을 떠난 해 정초에 나는 인당에서 오른쪽 눈썹 위로 큰 상처를 입었다. 저녁에 손님들이 와 술을 마시고 나서의 일이었는데, 대문 밖 계단 밑으로 굴러 계단 모서리에 이마를 찧은 것이었다. 손님을 배웅하러 나갔다가 그리 된 모양이나 연일 마신 술에 이날 밤 몹시 취해 있어서 전후 사정이 전혀 기억에 없었다. 병원으로 가 여섯 바늘인가를 꿰맸다. 원 세상 떠날 적까지만 해도 그 흉터 자국이 완연했었다.

근데 자넨 그때 왜 내 상처 입었단 말을 듣구 그렇게 웃어댔지?

상처를 입은 다음다음 날 원과 거리에서 만나기로 약속이 돼 있었던 터라 못 나가게 된 것을 알릴 겸 사고를 말했더니 전화를 받던 원이 느닷없이 큰 소리로 웃어제끼는 것이었다. 원에게서 과히 들어보지 못한 큰 웃음소리였다. 사람이 다쳤다는데 그렇게 웃을 수 있어? 해도, 원은 좀처럼 웃음을 멈추지 않았던 것이다.
　자네가 웃은 까닭을 말하진 않았지만 난 알지. 자넨 허망감을 느꼈던 거야. 그전에는 그만두구, 부산 피난지에서 깡소주나 다름없는 술을 그처럼 마시구두 야밤중에 백 미터 육상선수 나름으루 무사히 달린 것은 그것대루, 그 후에두 아무리 술을 마시구두 단 한 번의 실수를 하지 않았던 친구가 이리 되다니 하는 말 못할 허망감이 그만 걷잡을 새 없이 그러한 커다란 웃음 소리루 돼 나왔던 거지. 그 속엔 자네 자신에 대한 허망감두 그대루 곁들어 있었을 걸세. 앞으루 또 내가 어떤 큰 상철 입을는지 모르지. 허지만 난 먹을 수 있는 날까지 술을 마실 거야. 근데 말야, 자넨 어쩌자구 나한테 조금의 여유두 주지 않구 이렇다 할 말 한마디 없이 훌쩍 떠나가버렸지? 전에 내가 한 일에 대한 보복인가?
　전에 나는 평양에서 서울로 피해 올 때 원에게 떠난다는 말을 않고 왔던 것이다. 부산 피난지에서 만나 원은 나더러 그렇게 감쪽같이 떠날 수 있느냐고 나무랐다. 환도 후에도 어떤 자리에선가 같은 말을 했다. 웬만한 일을 가지고는 두 번 되풀이해 말한 적이 없는 원이라, 그때의 내 행위가 몹시 비위에 거슬리고 섭섭했던 게 분명했다. 이미 남북왕래가 용납되지 않던 때여서 같은 직장에 있던 내가 서울로 간다는 걸 원이 미리 알고 있으면서 잠자코 있기란 힘들 거고, 또 가만있다가 나중 그게 드러나게 되어도 원의 신변에 좋지 않을 듯싶어 나는 나대로 생각하여 아무 말 않고 떠나왔노라는 설명을 했건만.
　대체 자넨 내 어떤 신변보호를 위해 잠자쿠 떠난 거지? 어디 변명을 해봐.

나는 담배를 아무렇게나 비벼 끄고, 잔을 들어 입 안에 술을 털어넣었다.

하긴 자네가 죽구 난 뒤 난 깨달은 게 있긴 해. 전에 내가 아무 말 않고 떠났다구 자네가 나무란 건, 그런 행위를 한 자체를 못마땅히 여겨서 한 말은 아니라는 걸 말야. 그보다는 떠나구 난 뒤 남은 쪽의 심정이 어떻다는 걸 모르느냐구 투정을 부린 거라구 말야. 그렇더군. 이 세상에서의 사람과 사람의 사귐이 얼마나 소중하다는 걸 뼈저리게 느끼는 건 뒤에 남은 쪽야. 허지만, 전에 내가 아무 말 없이 떠났었을 땐 우린 나중에 다시 만나지 않았나. 만나지 못했다 치더라도 피차 어디에 살아 있겠지 하는 희망만은 가질 수 있지 않았나. 그런데 지금은 어떤가. 그래서 말일세, 난 병원에서 그냥 뇌출혈이 계속되구 있는 자네의 기막힌 꼴을 보구 복받치는 울음 속에서, 이럴 수가, 이럴 수가 하는 소리를 수없이 주절거리면서두 맘속으루 빌었어. 잔인한 것 같지만 병신이 되더라두 살아주기를, 반신불수가 되건 뭐가 되건 살아 있어주기만 빌구 빌었던 거야.

나는 또 술을 입 안에 털어넣었다. 그리고 잔에다 술을 따르고 나니 병 밑에 술이 조금밖에 남지 않았다.

그 마지막 잔은 날 주게.

원은 기벽이라고 할 만한 것을 하나 갖고 있었다. 술자리에서의 마지막 잔을 언제나 자기가 마시는 것이다. 마침 자기에게 돌아오게 되는 마지막 잔은 말할 것도 없고, 자기가 남의 잔에 술을 붓다가 술이 모자라 잔이 차지 않더라도 조금 남겨서 몇 방울일망정 자기 잔에 쏟는 것이고, 다른 사람이 술병을 잡고 있을 때도 마지막 잔은 병을 빼앗아다 자기 잔에 붓는 것이었다. 이 버릇은 한 일 년 남짓 전부터 생긴 걸로 안다. 내가, 마지막 잔을 먹으면 뭐 어떻다는 속신이라두 있나? 하고 빈정댔더니 원은 그저, 모두들 마지막 잔을 싫어하니까, 했다. 내가 다시, 언제부터 또 다정불심이 됐노, 하고 이죽거렸더니 원은 씨익 웃어버리고 말았다. 나는 원이 타계한 뒤로 언제 어디서 술을 마시건 마지막 잔은 원을 위해 부어주는 치기를 부려왔다. 그런데 이날 내게 불현듯 깨달아지는 게 있었다. 원이 생전에 빠짐없이 마지막 잔을 마신 데에는 그의 의도가 작용돼 있었던 것이라고. 그것은 다름 아닌 운명할 때 고통 없이 죽게 해달라는 기원 같은 것이었을 거라고. 이처럼 원으로 하여금 죽을 때만이라도 고통 없이 해달라고 기원케 할 만큼 그동안 그를 둘러싸고 괴롭혀온 것들이 있었던 것이다.

그 잔을 달라니까.

나는 원을 괴롭혀온 모든 것들에 대해 새삼 통분을 느끼며 병 밑의 술을 탁자 옆 허공에다 쏟아부었다.

자, 받게!

그리고 덧붙였다.

앞으루두 내 마지막 잔은 자네에게 부어줌세. 그리구 자넬 그토록 괴롭혀온 모든 것들을 되새김세!

(1974년 팔월)

나무와 돌, 그리고

 소년은 잠자리채를 들고 짱아를 잡으러 쫓아다닌다. 잡힐 듯 잡힐 듯 짱아는 잡히지 않는다. 소년은 잠자리채로 허공만 가른다. 그런데도 소년은 자꾸만 짱아를 쫓아 벌판을 이리저리 쏘다닌다. 차츰 땅거미가 져 주위의 시야가 좁혀져오고 있건만 소년은 그냥 잠자리채를 휘두르고 있다. 사위가 아주 어두워져 사물을 분간키 어려울 때까지 소년은 그 동작을 되풀이하며 벌판을 헤맨다.

 얼마 전부터 가끔 그는 새벽에 잠이 깰까 말까 하는 잠깐 사이 뭐라고 딱히 집어낼 수 없는 미묘한 기분에 사로잡히곤 한다. 까닭 모를 서글픔 같은 것이 전신을 휩싸곤 하는 것이다. 그런 때 그의 뇌리를 휘도는 것이 잠자리잡이 하는 소년 적 영상이었다. 어째서 하필 오십여 년 전 잠자리잡이 하는 정경이 되살아오는

지를 그는 알 길이 없었다. 그것도 실제와는 아주 상이하게 나타 나는지를 알 수가 없었다. 어려서 여름방학 같은 때 시골 할아버지 댁에 가 있으면서 잠자리잡이를 한 일은 여러 번 있었으나 그것은 동네 안에서였지 벌판에 나가 한 적은 없는 것이다. 그리고 잠자리를 잡고자 들면 언제나 몇 마리씩은 잡을 수 있었고, 특히 장마가 끝날 무렵 반짝 햇빛이 쬐일라치면 어디서 모여드는지 수많은 고추잠자리들이 집집 마당에 날아다녀 잠자리채 아닌 담사리비로도 쉽게 잡곤 했다. 그러니 잠자리를 못 잡아 날이 어두워질 때까지 벌판을 헤맨 일이란 한 번도 없었던 것이다.

잠자리를 한 마리도 못 잡고 날이 저물도록 무의미하게 잠자리채를 휘두르며 벌판을 헤매는 소년 적 영상은 그러니까 결국 그 자신의 생애가 집약되어 투사된 것이 아닐까 하고 그는 생각해 본다. 평생 영문학을 붙들고 몇 권의 연구논문까지 세상에 내놓기는 했으나 따지고 보면 한갓 공허한 작업에 지나지 않았다는 것을 언제부턴가 절감해 오고 있었던 것이다.

새벽에 잠이 깰까 말까 하는 짧은 사이에 맛보는 형용키 어려운 서글픔 같은 것 자체가 공허감에서 연유됐는지 모를 일이었다. 그리하여 잠자리잡이 하는 영상을 보고 난 뒤의 공허감은 때로 하루 종일 그를 붙잡고 놓아주지 않는 수가 있었다. 집에서는 물론, 정년퇴직을 얼마 앞두지 않은 대학에 나가 있는 동안에도 붙어다녔다. 그러면서 그를 또 하나의 상황 속으로 이끌어가기가 일쑤였다.

그것은 뉘우침이었다. 사람이란 자기 생애에 중대한 흔적을 남긴 실수나 실책에 대해 회한을 갖게 마련이지만 그의 경우는 그게 아니었다. 남들에겐 하찮게 여겨질, 그 자신에게 있어서도 이미 망각의 심연 저쪽에 묻혀져도 그만일 사소한 일들에 대한 뉘우침인 것이다. 그리고 그것들은 한꺼번에 밀어닥친다든가 어떤 계기를 거쳐 나타난다든가 하지 않고 불시에 전후 맥락 없이 빠꼼히 고개를 들곤 하는 것이다. 그리하여 그를 은근히 괴롭혀 마지않는 것이다. 그중 몇 가지는 되풀이되기도 했다.

어렸을 때 뜰에서 오줌을 누다 오줌에 맞아 필사적으로 꼼틀거리는 벌레를 보고는 쫓아가며 그리로 오줌발을 겨냥했던 일, 소학교에 들어갔을까 말까 했을 나이 때 같은 또래의 옆집 계집애가 자기가 물고 있던 눈깔사탕을 입술로 내밀어주는 것을 손으로 거칠게 움켜 땅바닥에 내동댕이쳤던 일, 중학 이삼학년 때 비둘기 한 쌍을 사다 기르는데 저녁마다 장에 들지 않고 추녀 밑에다 잠자리를 잡곤 해 한밤중 불들어다가 장에 옮겨넣기를 몇 번 거듭하자 비둘기들이 어디론가 가버리고 만 일, 대학생 때 10전균일 스탠드바아의 여자와 극장구경 가기로 약속을 하고 다음 날 낮에 만나 보니 색전등 조명 밑에서는 괜찮던 얼굴이 아주 딴판이어서 영화관에 들어가자 변소에 가는 척하고 여자를 혼자 남겨놓은 채 극장을 빠져나왔던 일, 태평양전쟁 말기에 시골 고향으로 소개해 갔을 무렵 어느 어둑한 저녁녘에 동구 밖을 지나다가 동네 여인이 밀밭 속으로 기어들어가는 걸 목격하고는 외잡스런 연상을 했던 것이나 나중에 여인의 남편 되는 사람이 징용 끌려 나갔다 도망쳐 와 그 속에 숨어 있다는 걸 알게 됐던 일 등이 되풀어 나타나는 것인데, 이밖에 좀 더 거듭 나타나는 게 두 가지 있었다. 그리고 이 둘은 묘하게 어느 한쪽이 나타나면 다른 쪽도 따라 나타나곤 하는 것이다.

　중학교 때 한반 친구네집에서 철쭉 한 포기를 얻어온 일이 있었다. 장마철이라 별로 시드는 기미 없이 옮겨 심은 철쭉은 살아났다. 푸른 잎으로 여름을 보내고, 가을에는 다른 낙엽수처럼 잎을 지우고, 겨울을 났다. 그리고 이듬해 봄이 되어서였다. 진달래꽃이 활짝 피었건만 철쭉의 꽃망울은 부푸는 기색이 없었다. 가지 끝을 꺾어 보았다. 속이 파랬다. 원래 진달래보다는 늦은 꽃이라 두고 기다렸다. 그러나 진달래꽃이 지고 잎이 돋아나는데도 철쭉은 아무런 소식이 없었다. 철쭉나무 둘레의 흙에 골을 내고 물을 주면서, 어서 싹이 트기를 빌었다. 그리고 들고 나며 하루에도 몇 차례씩 들여다보았다. 그래도 감감소식이어서 다시 가지를 꺾어보았다. 속이 죽어 있었다. 다른 가지들을 꺾어보았으나 매한가지였다. 버릴 참으로 삽을 가져다 파냈다. 그런데 이게 어찌된 일인가. 뿌리에 허연 움이 몇 돋아나고 있지 않은가. 얼른 도로 꽂고 흙을 덮었다. 하지만 종내 그 철쭉나무는 죽어버리고 말았다. 왜 좀 더 기다리지 못하고 뿌리를 건드렸던가.

　이와 함께 이어지는 생각은 여러 해 전 정원사에게 부탁해 뜰에 들여놓은 돌의 일이다. 오대산 계곡의 돌로, 흰 바탕에 쑥색이 여러 가지 농담으로 무늬 지워진 데가 생김생김이 풍물과 짐승의 형상을 닮은 것도 있는데 꽤 운치 있는 돌들이었다. 자리를 골라 배치해 놓은 다음 물로 세수를 시키자 흰 바탕과 쑥색의 농담이 생기를 발하면서 여느 때는 드러나지 않던 빛깔마저 살아났다. 적이 흡족스러웠다. 그런데 그들 돌 중 눈에 거슬리는 돌이 하나 있었다. 직경이 일 미터가 넘게 동그마하고 넓적하게 생겼는데,

영 볼품이 없고 돌의 질이 물러보였다. 물을 끼얹어도 별 생기를 내지 못할 뿐 아니라 여기저기 균열이 생겨 있어 오래가지 못할 것 같았다. 며칠 두고 보다 못해 번거로움을 무릅쓰고 정원사에게 일러 다른 돌과 바꿔오게 했다. 그러고 나서 여러 해가 지난, 얼마 전이다. 밖에서 밤늦게 돌아와 무심코 뜰을 둘러보고 있는데 그 볼품없고 물러 뵈는 넓적돌이 어둠 속에 눈앞을 막아섰다. 얼른 외면했다. 그러나 돌 모습은 사라지지 않고 말을 건네왔다. 대체 내가 어떻다고 그토록 못마땅히 여겼는가, 볼품이 없다고? 그렇지만 네 노추해 가는 꼴에 비기면 얼마나 의연한 자태이냐, 그리고 질이 물러 오래가지 못할 것 같다고? 그래 네 생전에 부스러져 마멸되기라도 한단 말인가, 천만에, 아마 네가 인간으로서 가장 오래 살고 사라진 뒤에도 몇백 년, 아니 몇천 년은 견디리라. 외면해도 보이는 그 돌은 마냥 비웃는 것이었다.

바로 어제다. 새벽에 예의 잠자리잡이 하는 영상을 본 날이었다. 그리고 돌과 철쭉의 은근한 강박으로 인한 괴로움을 지닌 날이기도 했다.

학생들을 따라 용문산에 캠핑을 갔다. 캠핑이라야 토요일과 일요일을 이용하여 하룻밤 캠프파이어놀이를 하려는 간단한 여정이었다. 그러나 이맛 거동에도 그는 학생들의 줄기찬 권이 없었던들 나설 엄두를 못 냈을 것이다. 이렇듯 평상적인 것에서 조금만 벗어나는 행동거지에도 우선 움츠러드는 기분이 앞서곤 하는 이즈음의 그였다.

학생들의 캠프파이어 가머리를 준비하는 동안, 그는 절 앞에서 있는 은행나무께로 내려갔다. 오전에 산으로 올라오면서도 보았지만 예닐곱 아름이 실히 될 밑둥이요, 수십 길이 넘을 높이의 거대한 나무였다.

석양 그늘 속에 은행나무는 한창 황금빛으로 물들어 있었다. 가을이 온통 한데 응결된 듯만 싶었다. 얼마든지 풍성하고 풍요했다.

그 둘레를 서성거리고 있는데 난데없는 회오리바람이 일어 은행나무를 휘몰아쳤다. 순식간에 높다란 나무 꼭대기 위에 새로운 장대하고도 찬란한 황금빛 기둥을 세웠는가 하자, 무수한 잎을 산산이 흩뿌려놓았다. 아무런 미련도 없는 장엄한 흩어짐이었다.

뭔가 그는 속 깊은 즐거움에 젖어 한동안 나뭇가를 떠날 수가 없었다.

(1975년 십일월)

작품 해설

순수성과 서정성의 문학, 또는 문학적 완전주의
―황순원과 그의 단편들

김종회

1 순수성과 완결성의 미학, 그 소설적 발현

　오랫동안 글을 써온 작가라고 해서 반드시 훌륭한 작품을 남기는 것은 아니다. 그러나 작품의 제작에 지속적 시간이 공여된 문학은 그렇지 않은 경우에 비추어 더 넓고 깊은 세계를 이룰 가능성을 갖고 있다.
　해방 50년을 넘긴 우리 문단에 명멸한 많은 작가들이 있었지만, 평생을 문학과 함께 해왔고 그 결과로 노년에 이른 원숙한 세계관을 작품으로 형상화할 시간적 간격을 획득한 작가는 그리 많지 않았다.
　황순원이 우리에게 소중한 작가인 것은 시대적 난류 속에서 흔들림 없이 온전한 문학의 자리를 지키면서 일정한 수준 이상의 순수한 문학성을 가꾸어왔고, 그러한 세월의 경과 또는 중량이 작품 속에서 느껴지고 있다는 점과 긴밀한 상관이 있다.

장편소설로 만조(滿潮)를 이룬 황순원의 문학을 거슬러 올라가 보면, 시에서 출발하여 단편소설의 세계를 거쳐온 확대 변화의 과정을 볼 수 있다. 그의 소설 가운데 움직이고 있는 인물들이나 구성 기법 및 주제의식도 작품 활동의 후기로 오면서 점차 다각화, 다변화되는 경향을 보인다.

여러 주인공의 등장, 그물망처럼 얼기설기한 이야기의 진행, 세계를 바라보는 다원적인 시각과 인식 등이 그에 대한 증빙이 될 수 있겠다. 그러나 그 다각화는 견고한 조직성을 동반하고 있으며, 작품 내부의 여러 요소들이 직조물의 정교한 이음매처럼 짜여서 한 편의 소설을 생산하는 데 이른다.

이러한 창작 방법의 변화는 한 단면으로 전체의 면모를 제시하는 제유법적 기교로부터 전면적인 작품의 의미망을 통하여 삶의 진실을 부각시키는 총체적 안목에 도달하는 과정을 드러낸다. 단편 문학에서 장편 문학을 향하여 나아가는 이러한 독특한 경향이 한 사람의 작가에게서 순차적으로 진행되고 있음은 보기 드문 경우이며, 그 시간상의 전말이 한국 현대 문학사와 함께했음을 감안할 때 우리는 황순원 소설미학을 통해 우리 문학이 마련하고 있는 하나의 독창적 성과를 확인할 수 있는 것이다.

황순원의 첫 저술에 해당되는 두 시집 『방가』와 『골동품』에 나타난 시적 정서는 초기 단편에 그대로 이어져서, 신변적 소재를 중심으로 하는 주정적(主情的) 세계를 보여준다. 이 시기의 작품들은 삶의 현장과 직접적으로 관련되어 있지 않은데, 이는 아마도 '암흑기의 현실적인 제약과 타협하지도 맞서지도 않았기 때문'일 것이다. 상실과 말소의 시대를 지나온 이러한 자리 지킴은 그에게 후일의 문학적 성숙을 예비하는 서장으로 남아 있다.

『곡예사』, 『학』 등의 단편집을 거쳐 『카인의 후예』나 『나무들 비탈에 서다』와 같은 장편소설로 넘어오면서 황순원은 격동의 역사, 곧 6·25 동란을 작품의 배경으로 유입한다. 삶의 첨예한 단면을 부각하는 단편과 그 전면적인 추구의 자리에 서는 장편의 양식적 특성을 고려할 때, 그와 같이 굵은 줄거리를 수용할 수 있는 용기(容器)의 고체는 납득할 만한 일이다.

그러면서도 여전히 절제되고 간결한 문장, 서정적 이미지와 지적 세련의 분위기를 유지하고 있는데, 장편소설에서 그것이 가능하고 또 작품의 중심 과제와 무리 없이 조응하고 있다는 데서 작가의 특정한 역량을 짐작할 수 있다.

그는 산문적, 서사적 서술보다 우리의 정서 속에 익은 인물이나 사물의 단출한 이미지를 표출함으로써 소설의 정황을 암시적으로 드러내 보인다. 이러한 묘사적 작풍(作風)이 단편의 특징을 장편 속에 접맥시켜 놓고도 서투르지 않게 하고 오히려 단단한 문학적 각질이 되어 작품의 예술성을 보호한다.

대표적 장편이라 호명할 수 있는 『일월』과 『움직이는 성』에 이르러 황순원은 인간 존재에 대한 철학적 성찰을 깊이 있게 전개하며, 그 이후의 단편집 『탈』과 장편 『신들의 주사위』에 도달하면 관조적 시선으로 삶의 여러 절목들을 조망하면서 그때까지 한국 문학사에서 흔치 않은, 이른바 '노년의 문학'을 가능하게 한다. 천이두는 이를 "단순히 노년기의 작가가 생산했다는 의미가 아니라 노년기의 작가에게서만 느낄 수 있는 독특하고 원숙한 분위기의 문학"이라는 적절한 설명으로 풀이한 바 있다.

 황순원의 작품들은, 소설이 전지적 설명이 없이도 작가에 의해 인격이 부여된 구체적 개인을 통해 말하기, 즉 인물의 형상화를 통해 깊이 있는 감동의 바닥으로 우리를 이끌 수 있음을 잘 보여준다. 그러할 때 그에 의해 창조된 인물들은 따뜻한 감성과 인본주의의 소유자이며 끝까지 인간답기를 포기하지 않는 성격적 특성을 가지고 있다.

 그러기에 문학사에서는 황순원을 낭만적 휴머니스트로 기록하고 있는 것이다. 대부분의 그의 작품은 배경으로 되어 있는 상황의 가열함 속에서도 진실된 인간성의 회복을 위한 암중모색을 포기하지 않는다.

 하나의 완결된 자기 세계를 풍성하고 밀도 있게 제작함으로써 깊은 감동을 남기고 있는 황순원의 작품들은, 한국 문학사에 의미 있고 독특하고 돌올한 봉우리를 형성하고 있다. 그것은 또한 현대사의 질곡과 부침(浮沈)을 겪어오는 가운데서도 뿌리 깊은 거목처럼 남아 있는 이 작가에게 우리가 보내는 신뢰의 다른 이름이요 형상이기도 하다.

2 「독 짓는 늙은이」, 막다른 길에 이른 삶의 표정

「독 짓는 늙은이」가 수록된 단편집 『기러기』는 1951년 명세당에서 간행되었다. 첫 단편집인 『늪』을 내놓은 이후 일제의 한글 말살 정책으로 인한 탄압 속에서 황순원은 "읽혀지지도 출간되지도 않는 작품"을 은밀하게 쓰면서, "그냥 되는 대로 석유 상자 밑이나 다락 구석"에 숨겨두었던 것인데, 그러한 작품 열네 편이 『기러기』에 실려 있다.

이들 작품의 정확한 제작 연도는 해방을 앞두고 시대적 전망이 가장 어두웠던 4년간이었으며, 그러므로 해방 후 발표된 작품들을 묶은 『목넘이 마을의 개』보다 출간 시기는 늦었으나 실제 집필 시기는 『늪』을 지나 황순원의 본격적 창작 활동이 시작되는 제2기의 것이 된다.

「독 짓는 늙은이」는 「산골 아이」, 「황노인」, 「별」 등과 함께 영어 또는 프랑스어로 번역되어 해외에 널리 소개되기도 하였다. 또한 이 작품은 최하원 감독에 의해 1969년에 영화로 만들어졌고, 황해와 윤정희가 주연으로 나왔다. 윤정희는 이 영화로 아시아태평양영화제 여우주연상을 받았다.

「독 짓는 늙은이」에 등장하는 인물들은 매우 단선적으로 그 성격이 정돈되어 있다. 옹기 독을 짓고 굽는 송 영감, 그의 어린 아들, 작품 속에 단 한 번도 등장하지 않는 "여드름 많던 조수"와 함께 도망간 아내, 그리고 흙 이기는 왱손이와 아이를 입양시켜 보내는 일을 맡은 앵두나뭇집 할머니 등이 그들인데 이 중 송 영감을 제외하고는 모두 평면적인 주변 인물의 역할에 그쳤다.

이 작품은 전지적 작가 시점에 의해 진행되고 있기는 하지만, 서술의 초점이 송 영감의 심정적 동향에 맞추어져 있고 그의 내포적 고통스러움을 드러내는 사소설적인 유형을 취하고 있다. 1인칭 소설이 아니며 송 영감의 입을 빌려 발화하지 않으면서도 그것이 가능하도록, 이 작품은 치밀하고 분석적인 서술의 행보를 유지하고 있다.

　이와 같은 유형의 소설을 읽을 때 문제가 되는 것은 그 소설적 상황을 통하여 작가가 우리에게 제기하는 공명과 감응력의 깊이일 터이다. "집중 잡히지 않는 병"으로 막바지에 달한 송 영감이 도망간 아내를 증오하면서, 또 어린 아들을 남의 집으로 보내면서 보이는 반응의 양상이, 얼마만 한 강도로 우리의 감성을 흔들어놓을 수 있느냐는 것이다.

　그러한 목표를 달성하는 데 이 작품은 한 번도 극적인 사건이나 반전을 시도하지 않는다. 사소하고 단편적인 표정 및 몸짓과 같은 외관을 통하여, 그것들의 정연하고 차분한 조합을 통하여 소정의 기능을 감당하게 한다.

　우리는 이 작품에서 삶의 마지막 길에서 인간이 겪을 수 있는 가장 극심한 내면적 고통과 대면하지 않으면 안 되는 한 개인을 만난다. 그에 대한 자연스럽고 정동적(精動的)인 휴머니티의 발현, 그것이 이 소설이 요망하는 소득일 터이다.

3 「목넘이 마을의 개」, 환경조건을 넘어서는 생명력

　1946년 5월에 월남한 황순원은 《개벽》,《신천지》등 여러 잡지에 단편들을 발표하기 시작했다. 이 작품들은 전란을 배경으로 가난하고 피폐한 삶, 당대의 혼란하고 무질서한 사회 등을 표출하고 있다.

　이 무렵에 발표된 작품 일곱 편을 묶어 낸 단편집 『목넘이 마을의 개』는 자전적 요소가 강하며 현실의 구체적인 무게가 크게 나타난다. 그것은 아마도 작가가 자신이 겪은 전란의 아픔과 비인간적인 면모를 함축해서 표현하고 있기 때문일 것이다.

「목넘이 마을의 개」는 작가가 표제작으로 삼을 만큼 애정을 가진 작품이었던 것 같다. "목넘이 마을"은 작가의 외가가 있던 평안남도 대동군 재경면 천서리를 가리키는 지명이다.

이 소설 역시 전지적 작가 시점으로 일관하고 있는데, 다른 작품들과는 달리 그 서술 시점이 더 효율적인 것은 주로 "신둥이"라는 흰색 개의 생태를 중심으로 이야기를 진행한다는 데에 있다. 나중에 단편집 『탈』에 이르러 「차라리 내 목을」이라는 단편에서는 작가가 말[馬]을 화자로 하여 역방향에서 사건의 깊은 내면을 부각시킴으로써 소설적 성공을 거두는 사례도 볼 수 있다.

이 작품에 등장하는 인간들, 예컨대 간난이 할아버지나 김선달, 또 큰동장네 및 작은동장네 같은 이들의 기능은 부차적인 수준에 그친다. 반면에 신둥이를 비롯하여 검둥이, 바둑이, 누렁이 등 여러 빛깔의 개들이 작가의 주된 관심 대상이며, 한 외진 마을에서 이 개들이 자기들끼리 또는 인간과의 관계를 통하여 생존, 번식, 화해와 같은 개념들을 구체적 실상으로 입증해 보이고 있다.

아마도 피난민들이 버리고 간 개인 듯한 신둥이가 이 마을에 남아 생명의 위험을 헤치고 마침내 "누렁이가, 검둥이가, 바둑이가 섞여 있는" 한 배의 새끼를 낳게 된다는 것이 이야기의 전모이다. 과연 그러한 사실이 생물학적으로 가능하겠는가를 따진다면, 이는 소설의 기본적 담화 문맥을 잘 모르는 소치라고 할 수밖에 없다.

왜냐하면 작가는 이미 그러한 과학적 지식을 넘어서는 생명 현상의 절박함을 펼쳐 보였으며, 가장 비우호적인 환경 조건 가운데서도 생존의 절대 명제와 그 법칙의 준수 및 보호에 관한 동조의 논리를 확보해 놓았기 때문이다. 그것은 혼탁한 세상 속에서 따뜻한 시각으로 생명의 외경스러움을 응대하는 작가의 태도를 반영하고 있기도 하다.

4 다른 단편들, 인간 본원의 순수성과 그 소중함

황순원 소설의 의미와 가치를 보다 심층적으로 살펴보기 위해 비교적 중점을 두어 분석해 본 「독 짓는 늙은이」와 「목넘이 마을의 개」 이외에 이 작품집에 실린 다른 단편들도, 한결같이 인간이 근원적으로 그 내부에 간직하고 있는 순수성과 그것의 소중함에 대한 소설적 형용을 보이고 있다.

그중에서 전쟁 직후인 1955년부터 1975년까지 이십 년에 걸쳐 쓴 작품 스물한 편을 묶은 단편집 『탈』에 「소리 그림자」, 「마지막 잔」, 「나무와 돌, 그리고」가 실려 있다. 이 단편집의 전반적인 성격이 노년과 죽음의 문제에 관한 수준 있는 성찰을 보이고 있는 것인데, 여기 예거한 세 작품은 인간의 순수한 근원 심성과 삶 또는 죽음이라는 명제가 어떻게 대척적으로 맞서 있고 또 어떻게 그 조화롭게 악수하는가를 감동적으로 보여준다.

「소리 그림자」에서 한 어른의 무분별한 노기로 인하여 40평생을 불구의 종지기로 살다가 죽은 어릴 적 친구의 그림에서 경건

하도록 맑은 즐거움을 찾아낼 수 있을 때, 우리에게 다가오는 것은 종소리의 여운과도 같은 감동의 파문이다.

그것은 한없는 분노를 청량한 웃음으로 삭여낼 수 있다는 사실이 생경한 교훈에 의해서가 아니라 고통스러운 사십 년의 삶을 대가로 지불하고 체득한 용서의 표현으로 받아들여짐으로써 경험되는 감동이다. 이러한 소설의 완결형이 보이는 깊이는 간결하게 절제되고 시적 감수성이 담긴 단단한 문체를 바탕으로 하고 있다.

그러할 때, 우리는 아득하게 먼 듯 보이는 삶과 죽음 사이의 거리가 불현듯 지척으로 좁혀짐을 느끼게 된다. 타계한 친구를 침묵으로 조상하는 실명소설 「마지막 잔」은 이 상거(相距)를 한 잔 술로 넘고 있다. "병 밑의 술을 탁자 옆 허공에다 쏟아부음"으로써 망자와의 교감을 유지하는 화자의 행위는 청신하다. 이 소박한 의식을 통해 화자는 죽음이 우리에게 밀착되어 있는 삶의 동반자임을 말하고 있다.

삶과 죽음의 거리를 술 한 잔으로 무화시키는 소설적 상황 구성은 결코 만만한 발견이 아니다. 초기 단편에서부터 주인공의 '떨림'을 안정시켜 온 술의 의미가 죽음의 중량을 감당할 만큼 진전된 것은, 황순원 소설의 문학성을 가늠해 볼 한 단서가 될 수 있으며 또한 이 작가의 세계관이 마련해 놓은 시각의 원숙도와도 결부되어 있을 것이다.

"마시는군/ 음"과 같은 간략한 지문을 통해서도 화자와 친구의 관점이 동화됨은 어렵지 않다. 친구의 대사를 화자가 대신하거나 그 역으로 되어도 별로 거부감이 없을 만큼 두 사람의 거리는 근접되어 있다. 작품 속을 흐르고 있는 애절한 우의를 집약하여 망자를 대하고 있는 화자의 외로운 주석(酒席)은 초혼제의 제례에 필적할 만하다.

그리하여 그들이 지금까지 누려온 평교간의 일상성이 시공을 초극하는 영혼의 교통으로 상승한다. 이 상승 작용이 바로 산 자와 죽은 자의 공간적 간극을 넘어서게 하는 동력원으로 기능하고 있다.

역시 죽음의 문제를 다룬 단편 「뿌리」는 노추하고 보잘것없는 삶의 모래밭에서 사금(砂金)처럼 반짝거리는 진실의 축적을 예시하고 그 소재를 캐어낸 작품이다. 이 작가가 논거하고 있는 평범한 사람들의 죽음은 이처럼 조촐하지만 내면적 품격을 갖춘 것이며, 그것이 참으로 순수하고 자연스러울 때 「나무와 돌, 그리고」에서처럼 '장엄한 흩어짐'으로 표상되고 있다.

은행나무 잎이 산산이 흩뿌려지는 광경에서, 이 작품의 화자는 범상한 삶의 경험 가운데서 암시되는 장엄한 죽음의 모습을 본다. 화자는 "뭔가 속 깊은 즐거움에 젖어 한동안 나뭇가지를 떠날 수"가 없다. 그는 단순히 계절의 생명을 끝내는 은행나무 잎을 보고 있는 것이 아니라, 삶과 죽음이 상징적으로 통합되는 절체절명의 순간에 내면적 충일이 "황금빛 기둥"으로 극대화되는 환각을 체험하고 있다.

시 「기운다는 것」에서 "내 몸짓으로 스러지는 걸" 보아달라고 하는 작가는, 삶과 죽음의 접점에서 그 몸짓이 격에 맞는 것일 때 "아무런 미련도 없는 장엄한" 모습으로 드러날 수 있음을 인식했던 것이다.

우리가 일생을 두고 추구하는 가치 있는 삶의 본질에 대한 소설적 수사학이 황순원에게 있다는 사실이 이 작가를 기리는 절실한 사유 중 하나가 될 것이다. 그 본질적인 것의 순수함과 아름다움에 대한 태도에 있어서, 그의 소설적 화자는 죽음과 대면하고서도 요동하지 않았다. 그러기에 우리는 그의 소설이 그 일생을 건 구도(求道)의 길이었음을 납득할 수 있고, 그의 소설에 기대어 우리 또한 소설적 인생론의 진수를 체험하는 행복을 누리는 터이다.

(문학평론가 · 경희대 교수)

작가 연보

1915년   평안남도 대동군 재경면 빙장리 출생.
1929년   평양 숭덕소학교 졸업.
1931년   《동광》에 시 「나의 꿈」 발표.
1934년   동경 유학 중 이해랑, 김동원 등과 함께 동경학생예술좌문회부 창립.
1935년   동경에서 시집 『방가(放歌)』 출간.
1936년   시집 『골동품』 발간. 와세다 대학 제2고등학원 졸업.
1937년   단편 「거리의 부사」 발표.
1939년   와세다 대학 영문과 졸업.
1940년   첫 창작집 『늪』 간행.
1945년   해방 직후 월남하여 조선청년문학가협회 가담.
1948년   단편집 『목넘이마을의 개』 출간.
1950년   장편 『별과 같이 살다』 출간.
1951년   해방 전 단편집 『기러기』 출간. 한국문학가협회 소설분과 위원장 등 역임.
1952년   단편집 『곡예사』 출간.
1953년   단편 「학」, 「소나기」 발표.
1955년   장편 『카인의 후예』로 아시아 자유문학상 수상.

1956년   단편집『학』출간.

1958년   중·단편집『잃어버린 사람들』출간.

1961년   장편『나무들 비탈에 서다』로 예술원상 수상.

1964년   단편집『너와 나만의 시간』출간.

1966년   장편『일월』로 3·1문화상 수상.

1973년   장편『움직이는 성』출간.

1975년   단편집『독 짓는 늙은이』출간.

1976년   단편집『탈』출간.

1977년   시「돌」,「늙는다는 것」등 발표.

1980~1985년 『황순원 전집』(전12권) 간행.

1982년   장편『신들의 주사위』출간.

1983년   12월 대한민국문학상 본상 수상.

1985년   고희 기념 작품집『말과 삶과 자유』간행.

1992년   시「산책길에서·1」,「죽음에 대하여」등 발표.

2000년   9월 14일 자택에서 별세.

오늘의 작가총서 2

별

1판 1쇄 펴냄 2005년 10월 1일
1판 14쇄 펴냄 2023년 8월 9일

지은이 · 황순원
발행인 · 박근섭, 박상준
펴낸곳 · (주) 민음사

출판등록 1966. 5. 19. 제16-490호
서울특별시 강남구 도산대로1길 62(신사동)
강남출판문화센터 5층 (우편번호 06027)
대표전화 02-515-2000 팩시밀리 02-515-2007
www.minumsa.com

ⓒ 황순원, 2005. Printed in Seoul, Korea

ISBN 978-89-374-2002-3 04810
ISBN 978-89-374-2000-9 (세트)

* 잘못 만들어진 책은 구입처에서 교환해 드립니다.